张岱休闲旅游文学研究

杜萍　著

中国原子能出版社

图书在版编目（CIP）数据

张岱休闲旅游文学研究 / 杜萍著. --北京 ：中国原子能出版社，2021.11（2023.4重印）

ISBN 978-7-5221-1763-8

Ⅰ.①张… Ⅱ.①杜… Ⅲ.①张岱（1597—约 1689）—旅游—文学研究 Ⅳ.①I206.2

中国版本图书馆 CIP 数据核字（2021）第 256516 号

张岱休闲旅游文学研究

出版发行	中国原子能出版社（北京市海淀区阜成路 43 号 100048）
责任编辑	张书玉
责任印制	赵 明
印 刷	河北文盛印刷有限公司
经 销	全国新华书店
开 本	787mm×1092mm 1/16
印 张	14.75 **字 数** 163 千字
版 次	2021 年 11 月第 1 版 2023 年 4 月第 2 次印刷
书 号	ISBN 978-7-5221-1763-8 **定 价** 60.00 元

网址：http：//www.aep.com.cn E-mail：atomep123@126.com

发行电话：010—68452845

前　言

张岱是我国明末清初著名的史学家、文学家，史学上，与谈迁、万斯同、查继左并称“浙东四大史家”；文学创作上，以小品文见长，以“小品圣手”名世。张岱天资聪颖、爱好广泛、通晓百艺；品性旷达不拘，热爱山水，足迹遍布江南各地，是一个特立独行、大隐于市的都市文人。

张岱生于官宦世家，早年过着锦衣玉食的生活，自称是“纨绔子弟”；在明朝灭亡后，人生巨变，成为一个衣食无继的贫苦遗民。自古以来，文人墨客在经历了人生大变故之后，都喜欢投身自然山水，以寄托情思、寻求解放，张岱也不例外，他在政治抱负实现无望之后，寄情山水，立志著书立传，著有《夜航船》《陶庵梦忆》《西湖梦寻》《琅嬛文集》等多部著作。他的小品文，语言生动、别具风格，在文学史上独树一帜，描写了游赏之趣，掺杂着人间百态，反映了自己的文学思想、美学思想与休闲思想。张岱癖于山水，在旅游文学作品上具有突出贡献，他以雅俗共赏、包罗万象的笔触描绘了他所看到的众多休闲旅游场景，描绘了明末清初的生活百汇图。他完美地将市井世俗文化与文人高雅文化相融合，他的休闲旅游文学作品，不但为明末清初的文坛增添了一抹亮丽的色彩，而且也为我国古代旅游文学史立起了一座丰碑。

走近张岱的休闲旅游文学作品，我们看到了如诗如画的西湖美景，认识了众多个性鲜活、技艺超群的市井艺人，了解了明末时期的民俗民风，等等。张岱的文学作品，影响了如鲁迅、周作人、俞伯平等众多后世文人的创作，同时在全民休闲时代对指导当代旅游生活具有借鉴意义。

本书首先分析了我国休闲旅游文学的发展历程，并介绍了张岱的生平及著述情况，使读者对本书的主要研究对象有个清晰准确的认识；然后深入探讨了张岱文学创作背景，并以其文学作品为例，分析了张岱的闲适观，介绍了作品中所蕴含的文学思想、审美思想及旅游思想；最后深入研究了张岱文学作品的艺术特征与形成渊源，介绍了《陶庵梦忆》《西湖梦寻》《琅嬛文集》中体现的休闲思想，并研究了张岱文学思想体系对现当代学术提升及旅游生活的指导意义。通过本书的研究，旨在让更多的人了解张岱及其思想，并且树立起自己的人生观、价值观及休闲观，做到热爱生活，豁达乐观，在繁忙的生活中，能通过休闲旅游以寻求一份闲适，放松身心，享受生活。

本书在编写过程中，借鉴和参考了国内许多专家学者的研究成果，在此一并表示感谢。由于作者水平有限，错误与不当之处在所难免，恳请广大读者在使用中多提宝贵意见，使本书得到修改和完善。

作者

2020 年 7 月

目　录

绪　论

一、研究综述

（一）张岱生平著述的相关研究

张岱生于官宦世家，在明清之际颇具名气，与其同时代的许多文人都曾对其文学作品进行过较为详细的评述。例如，张岱的族弟张弘在《琅嬛诗集小序》中写道："吾越徐文长，昭代诗豪，其诗酷似工部，宗子咏物诸篇酷似文长""若以宗子诸诗与文长并驱中原，便可谓吾越有两文长也。"[①] 从张弘的评价可见，张岱的诗歌有对徐渭诗歌的模仿。无论是出于对徐渭的崇拜与模仿，还是受公安派、竟陵派诗文习气的影响，张岱在诗文创作中有自己的独到之处，并取得了一定的成就。张岱的好友王雨谦也曾对其著作进行过研究，同样给出了极高的评价，他甚至指出，张岱的诗歌水平可以与同处越地的陆游、徐渭、杨维桢比肩。

清代，由于文字狱的原因，张岱张扬行文的风格与清代所推崇的考据尚学的风格大相径庭，《四库全书》也只收录了《西湖梦寻》的条目，这一时期有关张岱的研究较少。

---

① 王承丹. 明代诗文综论［M］. 北京：中国文联出版社，1999：167.

民国时期，在五四运动与新文化运动的影响下，周作人、鲁迅与张岱同为绍兴人，他们在整理、辑录乡邦文献的过程中，翻阅了大量先人著述，自然不可避免地接触到了张岱的作品，并且影响到了他们散文创作的风格。

至二十世纪八十年代，张岱的研究越来越多，在这一时期，以夏咸淳、张则桐、胡益民、佘德余等学者为代表，张岱生平与著述的研究，一步步地走向系统化。

香港中文大学何冠彪先生的《张岱别名、字号、籍贯及座年考辨》(《中华文史论丛》1986 年第三辑）具有重要意义，虽然当时他所阅文献有限，但通过对材料进行细致审查，其研究成果给人们留下了深刻印象。在此之后，他更系统化地概括了张岱生平著述的研究有胡益民先生所著的《张岱评传》[1]，胡益民先生在书中系统详细地介绍了张岱的家世，“据张氏家谱，张岱之始祖本为古剑州绵竹（今属四川人）。据何冠彪考证，‘族尤大’的‘汉川之绵竹’张家，其后代迁徙情况如次：张守礼（祖先为范阳方城人，永嘉时南迁，守礼在隋代官于锺离郡，即今安徽凤阳一带）—君政（迁韶州曲江）—子胄—弘愈—九皋（徙家长安）—抗—仲方—孟常—克勤—埸—纪—椝（迁四川成都）—庭坚—文矩（迁四川锦竹）—絃— 咸—浚—栻—焯—（传世待考）—远猷（迁浙江山阴）—？—？—？—福—仕廉—原旭—恭—宗盛—诏—天复—元忭—汝霖—耀芳—岱。”[2] 并且详细介绍了张元忭、张汝霖、张耀芳等对张岱影响颇深的先辈。接着详尽地研究了张岱的生平，将张岱完整的一生都细致地展现在读者面前。此外，佘德余所著的《都市文人——张岱传》[3] 也在前

① 胡益民. 张岱评传 [M]. 南京：南京大学出版社，2002.

② 胡益民. 张岱评传 [M]. 南京：南京大学出版社，2002：7—8.

③ 佘德余. 都市文人——张岱传 [M]. 杭州：杭州人民出版社，2006.

人研究的基础上，以时间为轴，通过显赫家世、居家读书、纨绔习气、结社交友、立志修史、“仔肩宇宙”、拥立鲁王、颠沛游离、生活困窘、著史情结、黍离之悲、卜居项里、告别人寰、后来斗杓、遗响绵长十五个章节概述了张岱精彩的一生，对于我们进一步了解张岱的生平与著述，极具参考价值。

通过众多相关研究可见，张岱的一生是精彩且曲折的，他生于钟鸣鼎食、文艺之风极盛的官宦之家，从小便显露出了自己的文学艺术才华，有着许多纨绔子弟的陋习。少年时期的张岱习读八股，欲入仕为官以实现自己的抱负，但在考取功名的道路上遭受挫折之后，开始寄情于山水，著书写传，开启了自己文学创作的闲悠生涯。他在颠沛游离、生活困窘之际，仍保有一颗豁达乐观的心，感怀人生，写出了如《西湖梦寻》《琅嬛文集》等众多对后世影响深远的文学作品，这些作品中所承载的哲学思想、美学思想等，皆为后人研究的重点。

（二）张岱思想的相关研究

就张岱文学著作展开研究，自然离不开对其思想的研究，胡益民先生在《张岱研究》一书中，从“对程朱理学及八股科举制度的理性主义批判”“辩证法思想”“‘心本体’问题与张岱哲学的美学化倾向”三个方面研究了张岱的社会—哲学思想；从诗画界限论、艺术范畴论、艺术家论、文学批评标准论、戏曲理论五个方面研究了张岱的艺术—美学思想。系统全面地介绍了张岱文学作品的思想体系。文学作品中所展现出来的思想，能折射出一个人的思想品质、性格特点及内在修养。因此，本书针对张岱休闲旅游文学作品进行研究，自然离不开对其美学思想、文学思想、哲学思想的研究。

卢杰①从四个方面探讨了张岱散文中的日常生活美学思想。首先，他从当时的社会形势及张岱的家世、文化交游两方面研究了张岱日常生活美学思想的形成；其次，分析了张岱日常生活美学思想的一个重要特征——对人精神内蕴的重视，分别从情感论及人物论两个方面就其日常生活美学思想的情感基础进行了深入研究；再次，作者分析了戏曲、工艺、园林建筑、茶艺这些张岱文学作品中所写的日常生活中所展现出来的审美趣味及审美倾向；最后，作者从张岱文学作品中的节庆与休闲来探讨其中所蕴含的日常美学思想。

张则桐②针对张岱的园林美学思想进展开了深入研究。他认为晚明江南士人的造园风气及当时的地域环境、家庭环境，培养了张岱深厚的园林艺术造诣。张则桐指出，张岱的园林美学思想主要体现在以下方面：第一，重视主人的主体意识；第二，强调天然的意趣；第三，崇尚淡远的风格；第四，注重题词。同时，张则桐还指出，张岱的园林美学思想与其所处时代的园林理论、艺术风气及时代思潮是紧密相连的，张岱的园林美学思想也是其文艺思想的重要表现。

肖艳平③认为，虽说张岱没有专门的美学著作，但这并不代表张岱没有美学思想，肖艳平认为，张岱是明末清初中国文化史上的一位文化全才，张岱的文学作品蕴含了丰富的美学思想。她认为，张岱美学思想体现在四个方面：第一，追求生鲜之美；第二，推崇空灵晶映之美；第三，展现个性之美；第四，流露悲慨之美。这一对张岱美学思想的研究，极具理论参考价值。

---

① 卢杰. 张岱散文中的日常生活美学思想 [D]. 扬州：扬州大学，2006.

② 张则桐. 试论张岱的园林美学思想 [J]. 漳州师范学院学报（哲学社会科学版），2008 (2)：87—91.

③ 肖艳平. 张岱文学创作中的美学思想研究 [D]. 武汉：华中师范大学，2009.

乔亚[1]认为，张岱虽说高举性灵一脉的旗帜，受徐渭、公安派和竟陵派影响，但是都没有完全被当时的风气所影响，他能得公安之俗而弃其浅薄，取竟陵之雅而去其艰涩，融合公安、竟陵之长而避其短，并“自出手眼”、独辟蹊径。为了不陷入“失之板实”“失之轻佻”的创作误区，还强调“以坚实为空灵”，其散文不但具有晚明小品通脱灵秀的气质，又独有厚重深挚的遗民之痛做情感底蕴，从而得以创作出空灵而又深厚的佳作名篇。他指出，张岱的人物小品与山水小品，都具有“真气”和“深情”，他在描写艺术化的生活情趣和营造富于诗意的意境，运用诗化的语言表现其雅趣的同时，还关注世态人情和民俗文化，雅不避俗，形成雅俗共融的艺术旨趣。形成其散文空灵而深厚，凝练而精致，圆熟、高雅而不避通俗，整饬而力求多变的特色。

虽说张岱是以文学家、史学家的身份著称，但他也是一名阳明学者，具有自己的哲学主张，他对宋明理学的发展、演变脉络，对阳明学者群体都有深层次地考察与研究，其文学作品中所蕴含的哲学思想也颇具特色。就此，冯宁宁[2]以《四书遇》为中心，就张岱哲学思想进行了深入研究，作者从晚明思潮的浸润、浙东学风的熏染、家学渊源的继承、交游氛围的渗透四方面分析了张岱哲学思想形成的影响，并以其文学作品为例，深入分析了张岱“‘性’‘情’论”“工夫论”“以儒为宗，兼摄佛老”等哲学思想，作者以《四书遇》为中心，将其置于明清之际的独特时代语境下，在充分揭示其哲学思想的同时，力图呈现张岱多重身份之间的内在张力，研究张岱多元思想之间存在的统一性与完整性。范根生[3]深入研究了张岱的

① 乔亚．张岱论［D］．济南：山东师范大学，2008.

② 冯宁宁．张岱哲学思想研究——以《四书遇》为中心［D］．杭州：浙江大学，2017.

③ 范根生．张岱心学的思想特质［J］．理论界，2018（5）：14－20.

本体观、工夫论及情欲观，就张岱对阳明心学所得出的独到见解展开研究。佘德余[①]从张岱深受家庭、越地阳明心学人物的影响，对阳明心学理论的体认，对阳明心学的履践三方面分析了张岱对阳明心学的继承与发展。

此外，李静，张永梅[②]分别从张岱的山水景物小品、社会风俗小品、人物小品三方面研究了张岱小品文中的思想内容；李莉[③]就张岱绘画美学思想提出了自己的见解。楼莉萍[④]对比分析了张岱、李渔的闲适观，从而就张岱的休闲文化思想进行了概述。

（三）张岱游历及休闲旅游文学作品的相关研究

虽说现当代以来，有关张岱生平、著述、思想的研究成为学术界研究的热点，但有关张岱游历的系统性研究仍然较少。

胡益民在《张岱研究》中对张岱交游经历进行了系统的整理。

陈竑的《张岱游历研究》[⑤] 在前人研究的基础上，从社会因素、家庭因素、个人经历三方面分析了影响张岱旅游行为形成的主要因素；从著述立说的学术考察、交游结社的文人交际、异地省亲的家庭生活、鼎革之际的落难奔波四方面分析了张岱出游的现实原因；从张岱的西湖情节、都市情节、山东兖州的异地远游、落难逃亡的艰苦生涯四方面概述了张岱的生平行游，并且还深入分析了张岱旅游行为特点，概述了张岱旅游散文的史料价值、个性意识及思想内涵。此文对后人深入了解张岱游历经历、了解

---

① 佘德余．张岱与阳明心学［J］．绍兴文理学院学报，2017（2）：38－43．

② 李静，张永梅．论张岱小品文的思想内容［J］．才智，2017（2）：214．

③ 李莉．张岱绘画美学思想研究［J］．衡水学院学报，2008（5）：81－84．

④ 楼莉萍．张岱、李渔闲适观比较［J］．漯河职业技术学院学报，2015（3）：57－59．

⑤ 陈竑．张岱游历研究［D］．上海：上海师范大学，2009．

张岱旅游文学作品创作的背景与思想内涵具有重要参考价值。

金花在《从张岱游历管窥明代旅游文化》[①] 中，研究了张岱游历的主要影响因素、张岱游历与明末社会尚游的风气及张岱出游与明代旅游文化。她认为，张岱作为一名社会上层的知识分子，他通过自己的游历实践，将世俗文化与高雅文化相融合所创作的一系列游历文学，不但为明末清初的文坛增添了一道亮丽的色彩，而且也为明代旅游文化史立起一座丰碑。

杜萍，王素君[②]的《张岱休闲旅游文学作品研究》，开始直接从休闲旅游的视角来研究张岱的文学作品，作者从张岱的生平和作品、张岱休闲旅游文学作品的艺术分析、张岱文学作品体现的休闲思想三方面就张岱休闲旅游作品展开了深入探究。此文从张岱文学作品中的休闲旅游特色这一角度进行分析，同时结合了张岱生活的社会背景及张岱跌宕起伏、丰富的人生经历去探讨其休闲旅游文学作品中所蕴含的休闲思想，对于后人的相关研究具有一定的参考价值。

二、基本思路

在旅游生活、审美生活及审美实现中获得生命休闲状态，是古代休闲旅游文学作品的一种重要的休闲思想。在中国传统哲学及美学研究当中，审美活动及美感的获得，其途径并不同于西方哲学所提倡的那种主体对客体的直接感知与认识活动，更多的是强调一种观照及体验活动。中国传统审美文化是提倡体验式的，要去品“味”、去体验，从而获得审美感受，

---

① 金花. 从张岱游历管窥明代旅游文化 [J]. 文博考古，2014 (36)：173－174.

② 杜萍，王素君. 张岱休闲旅游文学作品研究 [J]. 开封教育学院学报，2018 (8)：44－46.

“读万卷书，不如行万里路”所强调的便是体验的重要性。

中国古典审美文化的主要特征是“物我两忘、主客融合”的审美体验，以审美境界为人生的最高境界，提倡重视日常生活中的艺术化审美，提倡保持身心的平和、宁静状态。从休闲学的角度进行分析，中国审美文化的这些特征，正体现在进入生命自由、自在的休闲状况。

自古以来，人们都乐于且善于在日常生活中审美，正所谓艺术源于生活，审美活动渗透于日常生活的方方面面。审美休闲成为休闲实现的一种主要方式，也成为中国传统文化思想在休闲领域突显的另一独特价值。在张岱的文学作品当中，这一思想文化的特征尤为突出。因此，本书针对张岱休闲旅游文学展开研究。首先就休闲旅游文学的定义与特征、张岱的生平进行了详细介绍，并深入研究了张岱文学作品的创作背景，因为艺术源于生活，所以只有对其生平及创作背景有准确的了解，才能更深层次地体会作者在其文章中所寄托的思想，才能更深刻地理解这些文学作品中作者所要表达的思想意蕴。然后本书结合其文学作品对其闲适观、休闲旅游思想体系的构成进行深层次的研究，使读者能更好地理解张岱闲适观的形成，理解其休闲旅游思想体系。紧接着便是对张岱文学作品艺术特征的分析，并深入探讨了张岱文学作品艺术特征的形成渊源，在以上分析的基础上，就其最具代表性的三部文学作品集——《陶庵梦忆》《西湖梦寻》《琅嬛文集》体现的休闲思想展开研究，让读者能更清晰地了解张岱文学作品中所体现的休闲思想。最后是对研究意义的升华，笔者深入研究了张岱文学作品对现代学术提升、对当代旅游生活的指导意义。

本书系统且全面地研究了张岱文学作品的创作背景及思想体系，以期能对丰富张岱文学作品中所体现的休闲旅游精神的研究，对增进人们对张岱休闲旅游精神的了解贡献自己的一分力量。

三、研究方法

首先，本书主要采用的是文献资料法。在进行研究之前，笔者通过图书馆、中国知网、万方数据库等多个文献资料数据库，查阅了许多与本书研究相关的学术著作，这些参考文献，为笔者的研究开拓了思路、提供了思想理论基础。

其次，本书采用了问题意识与一般描述相结合、文本材料与理论分析相统一的研究方法，以选取且确定本书的研究思想、研究重点及研究内容。

再次，本书根据休闲理论跨学科的特征，从休闲学、哲学、美学、文化学、人文学等学科交叉结合着手，以此来研究张岱文学作品中所体现的休闲思想。

最后，本书运用了提炼重点问题、例举个案内容、史论结合的研究，通过具体文学作品的深入分析，来展现张岱文学作品中所蕴含的休闲思想。

第一章 休闲旅游文学基本概述

第一节 旅游文学的定义、产生与发展

休闲旅游文学是旅游文学的一个分支，欲了解休闲旅游文学，应先了解旅游文学的发展脉络，因此，本书便首先对旅游文学的定义、产生与发展进行研究，使读者能在深入了解旅游文学概念与发展脉络的基础上，更好地理解休闲旅游文学，为后面的研究奠定基础。

一、旅游文学的定义

“旅游”一词出现的文献，最早可追溯到南朝梁政治家、文学家沈约所著的《悲哉行》，其中有“旅游媚年春，年春媚游人”这样的诗句。在唐宋诗歌发展的巅峰时期，许多诗文中都有“旅游”一词，意思与现在相近，指的便是旅行游览。

传统旅游通常侧重于“游”，主要指的是某种适意自得，通过出游，与当地的环境、自然、天地融为一体。此外，“游”还有嬉戏、游戏的意思。古时候，传统的“游”不一定是远行，也有游戏玩耍的意思。“游”

被寄予需要通过远行之旅作为前提的意思是现代社会交通便利、生活节奏加快而开始有的含义。当代都市生活节奏加快，许多人都渴望拉开距离、远离工作生活的地方，通过远行来感受不一样的环境氛围，以此摆脱自身单调的生活。

从一定层面上来讲，文学的本质在于抒发作者内心情感、表达作者精神感悟，旅游行为的产生促进了旅游文学的萌芽。因为旅游行为能给人的精神带来一种轻松感、愉悦感及满足感，文人墨客会情不自禁地通过文学作品来表达自己内心的情感，所以，他们通过文学创作来记录自己出游时的情感。同时，随着商品经济、道路交通的发展，旅游范围不断扩大，在此背景下，旅游文学开始丰富起来。

关于旅游文学的定义，也是众说纷纭。由于在古代文学当中，没有旅游文学这一概念，通常有关抒写自然美景的都被称作山水文学，旅游文学是基于山水文学的基础上发展而来的，但山水文学的概念与旅游文学存在一定差异：首先，二者描写的对象存在差异，山水文学多以山水景色作为描写对象，而旅游文学除对山水进行描写外还侧重于对旅游生活的描写；其次，与山水文学相比，旅游文学的题材更为广泛，传统的山水文学在表现形式上受限更多。

“旅游文学”这一概念提出来的时间不长。这一概念的提出，是与现代休闲旅游产业的繁荣发展相适应的，有着特定的社会背景与文学背景。旅游文学是与当代旅游文化紧密相连的，是基于我国传统山水文学的基础上而提出的一个新的概念，旅游文学与山水文学联系密切，因此，本书便在山水文学的基础上，综合各家说法，对旅游文学下定义：旅游文学是一种反映作者旅游生活的文学，主要是通过对山川湖海等自然景观，对文物古迹、民俗风情等人文景观的描写，来抒发作者内心情感，且具有一定文学价值的作品。

二、旅游文学的产生与发展

旅游文学，是一种以反映游客旅游生活、记录游客内心所感所想的文学，我国很早就有旅游活动，因此，旅游文学在我国具有悠久的发展历史。总的来说，我国旅游文学自先秦两汉时期孕育到明清时期发展到兴盛期，经历了两千多年，本书便主要将我国古代旅游文学的发展分为以下四个时期进行分析。

（一）孕育期（先秦两汉）

从夏商周至两汉时期，人们对山川大河等自然景观，最早表现出来的是一种观赏的态度，人们选择出游地点时，会选择一些赏心悦目的自然景观及一些颇具特色的人文景观，正所谓“目之所及，心为所动”，渐渐地，在感受到景观美之后，内心也会有一种美的体验，有感而发、写书感怀，所以这一时期就出现了许多模山范水的文字，但对山水景色的描述不是文章的主旨，仅是作为陪衬。这一时期的许多文学经典作品都透露出先民的旅游信息，细品先秦重要神话传说古籍《山海经》、最早的诗歌总集《诗经》，以及儒家学派经典著作《论语》，都能找到有关旅游的文字描写。例如，在《山海经·北山经》中有这样一段文字：“炎帝之少女名曰女娃，女娃游于东海，溺而不返，故为精卫；常衔西山之木石，以堙于东海。”写的是炎帝最小的女儿，名叫女娃，有一次去东海游玩，但是却溺水身亡，最后化为精卫鸟，经常衔着树枝和石块来堵塞东海。

《诗经》包含的旅游文学成分也十分突出，现在被大家公认的我国第一篇旅游文学作品就出自《诗经》，为《诗经·郑风·溱洧》：“溱与洧，浏其清矣。士与女，殷其盈矣。”溱河洧河，水清见底，俊男美女，随处可见。所描写的就是一幅水美人美的美丽画卷。

在《论语》中也有就休闲旅游的描写："暮春者，春服既成，冠者五六人，童子六七人，浴乎沂，风乎舞雩，咏而归。"描述的是一幅在暮春时节，大家都穿上春装，五六个大人与六七个小孩一起去沂水洗澡，到舞雩台吹风，然后唱着歌欢快回家的画面。虽其主旨在表现志趣及理想，但所描写的俨然是大人、小孩一起春游的景象，这也是我国最早描写春游的文字记载。除此之外，在先秦两汉时期，屈原的《楚辞》、司马相如的《上林赋》等，也都已经有了旅游文学作品的雏形。

（二）形成期（魏晋南北朝）

魏晋南北朝是我国古代历史上的一个动荡不安的时期，儒家思想的主导地位受到了冲击，出现了许多异端思想，其中以老庄思想最为活跃，在老庄思想影响下，旅游成为时尚，人们的出游也带有一些及时行乐及无可奈何的心境。在这一时期，自然山水和人之间的关系产生了一些变化，人们对山水景色开始有了审美意识，人们将大自然视为自身栖息的场所，将大自然视为观光游览的对象。同时，出现了许多旅游文学作品，南朝著名医药家、文学家陶弘景所写的《答谢中书书》便为六朝山水小品名作；北魏地理学家、散文家郦道元所写的《三峡》，就是一篇明丽清新的山水散文，不但在文中描写了长江三峡的雄伟险峻，而且也深入刻画了三峡各具特色的四季景色。

南北朝时期，特别是在南朝晋宋之际，江南地区的农业获得了较好的发展，这为偏安江左的士族阶层创造了优渥的物质生活条件。他们虽然享受着优渥的物质生活，但也深受动荡的社会环境影响，再加之受佛家、道家思想的影响，许多士族文人开始调整自身的关注焦点，从专注现实人生转为关注大自然。许多士族文人开始结伴出游，登山临水，期望能从山水景观中寻求身心的解脱。从而出现了谢灵运、谢朓等多位山水诗人，推动了旅游诗的发展。以谢灵运为例，他为东晋名相谢玄之孙，十八岁袭封康乐公，但后来由于仕途受挫，开始“寻山陟岭，必造幽峻，岩嶂千重，莫不备尽”（《宋书·谢灵运传》）。他喜欢将自己的游历经历、所见美景以诗歌的形式描绘出来。“池塘生春草，园柳变鸣禽”（《登池上楼》），此句看似平常，但却很好地表现了初春的特征及谢灵运当时的心情，在池塘里已长出了春草，柳枝上已有刚刚迁徙来的鸟儿在鸣叫，当时谢灵运久病初愈，看到冬去春来、万物复苏，所写的普通景象，给人一种意象清新、浑然天成之感。除了山水旅游诗及小品散文之外，还出现了许多旅游赋，建安文学的杰出代表王粲所作的《登楼赋》，首开了旅游赋的先河。

（三）发展期（隋唐宋元）

隋唐宋元时期，我国的游文学得到进一步发展，并开始趋于成熟。从旅游风貌上来看，隋唐时期的旅游文学与宋元时期的旅游文学又有些许不同。隋唐时期的旅游文学是在社会安定、经济文化高度发展的环境下发展的，这一时期的诗歌表现出积极向上、轻松愉快、热情激昂的特点。相对来讲，宋元时期的大部分时间，社会都处于动荡不安的环境下，旅游也只能在社会相对平静的间隙发展，这一时期的旅游文学主要表现出闲散淡泊的特点。

唐代的旅游文学主要是以诗歌与散文的文体出现。其中以旅游诗最为突出，旅游诗在唐代也经历了四个不同的发展阶段。

初唐时期，诗人注重的是对诗歌意境的营造，出现了许多开朗、明丽的旅游诗。张若虚的《春江花月夜》便是这一时期的经典之作，整首诗紧紧围绕春、江、花、月、夜这五种意象进行描写，生动地描绘出春江花月夜的纯净灵动之美，看到如此美景让人心生感叹，引入游子及思妇的哀愁，整首诗语言清丽、情景交融，让人在欣赏动人美景的同时又产生深刻的哲学思考，提升了旅游诗的意境。

盛唐时期，出现了以王维、孟浩然为代表的山水田园诗派，他们将山水田园诗歌推向高峰。以王维为例，他既是一名诗人，也是一名画家；既是山水田园诗派的代表人物，也是水墨山水画派的创始人。此外，王维还精通音律，他的旅游诗景象鲜明、色彩明丽，将情感自然地融入其中，让人有一种身临其境之感，“诗中有画，画中有诗”，苏轼的这一评价准确地概括了王维作品的特点。“大漠孤烟直，长河落日圆。”《使至塞上》反映的是边塞生活，同时也表达了作者由于被排挤而产生的孤寂情感，然后再被大漠雄浑景色感染、升华之后，又产生了一种慷慨悲壮之情，显露出作者内心的一种豁达的情怀。“明月松间照，清泉石上流。竹喧归浣女，莲动下渔舟。”《山居秋暝》描绘的是一幅秋雨初晴后傍晚时分山村的旖旎风光，用词轻快明丽，表达出作者在隐居山林之后的一种怡然自得的心理状态。这些诗句都极具画面感，通过直观的景物描写进行抒情。

中唐时期，也出现了许多优秀的旅游诗。其中有以白居易、元稹为代表的“元白诗派”，有以韩愈、孟郊为代表的“韩孟诗派”，他们创作的旅游诗，虽各有特色，但大都是展现祖国大好河山的美丽多姿。如白居易的《钱塘湖春行》，元稹的《岳阳楼》，韩愈的《春雪》《山石》，孟郊的《游终南山》，等等，都属旅游类诗歌中的佳作。

晚唐时期，藩镇割据、宦官专权、党争激烈，百姓疾苦，文人士大夫的抱负难以施展。这一阶段的文学作品，已难以听到如盛唐时期那般高亢激扬的声音，伤世悯时的幽怨与感慨成为人们抒情的主调，缺乏活力，旅游文学的创作也日渐式微。这一时期最杰出的诗人当属被后人称为“小李杜”的李商隐和杜牧，也出现了一些流传千古的旅游诗，但相比盛唐时期的高亢激扬，他们在诗歌中对景物的描写显得有些清凉。“夕阳无限好，只是近黄昏”（《乐游原》）、“烟笼寒水月笼沙，夜泊秦淮近酒家”（泊秦淮）、“昨夜星辰昨夜风，画楼西畔桂堂东”（《无题》），都透着一种悲凉。

除了诗歌之外，唐代的旅游散文对我国旅游文学的发展也具有重要影响。如王勃的《滕王阁序》、元结的《右溪记》、柳宗元的《永州八记》等，写景与抒情感怀共存，意境高远。其中李翱的《来南录》，被称为中国古代最早的一篇旅游日记，以日记体的叙述手法来记录自己南行一路的见闻，开创了旅游日记的先河。

宋代旅游文学的发展，在承续唐代旅游文学传统的过程中，融合新变，形成了自己的特点。例如，旅游词独树一帜，异彩纷呈；旅游诗的题材和内容都得到延展，诗歌创作形成新的风格；旅游散文得到进一步发展，名篇佳作层出不穷。其中，涌现了的众多旅游词、写景词，成为宋代旅游文学中最璀璨的星星。例如，柳永的《望海潮》（寒蝉凄切）：“烟柳画桥，风帘翠幕，参差十万人家。”苏轼的《念奴娇》（赤壁怀古）：“乱石穿空，惊涛拍岸，卷起千堆雪。”王安石的《桂枝香》（登临送目）：“千里澄江似练，翠峰如簇。征帆去棹残阳里，背西风，酒旗斜矗。彩舟云淡，星河鹭起，画图难足。”等，都是宋词当中的精品之作，也是优秀的旅游词。

相比唐代，宋人的旅游范围进一步扩大，宋代文人描写了更广阔的山水景色。宋代诗人与唐代诗人在审美情趣上有一定的差异，宋代诗人“以才学为诗”“以议论为诗”，诗作丰富多彩。宋代著名诗人王安石、苏轼、陆游、杨万里等，都为后人留下来许多优秀的旅游诗。王安石所写的那些短小精炼的律诗或绝句，精巧凝练而显得自然含蓄，如《江上》“江水漾西风，江花脱晚红。离情被横笛，吹过乱山东。”苏轼的旅游诗具有丰富性与理趣性的特点，描写的地域十分广泛，巴山蜀水、西湖风光、海南美景等都有描写，作为豪放派的代表人物，苏轼的诗歌更显气势恢宏，且具有丰富的想象力，例如，《题西林壁》既是一首诗画般的写景诗，又是一首哲理诗，将哲理蕴含在对庐山景色的描写之中；《饮湖上初晴后雨》既描述了西湖水波荡漾、光彩熠熠的姿态，又发挥自己的想象，将西湖比作西施，对西湖美的描写进一步升华。

除了诗词之外，宋代文人也写下了众多流传千古的散文游记佳作，如范仲淹的《岳阳楼记》、苏轼的《石钟山记》、欧阳修的《醉翁亭记》等。同时，宋代在进一步发展了日记体旅游文的同时又出现了游记这一独特的文学样式，陆游的《入蜀记》和范成大的《吴船录》便是日记体旅游文学成熟的标志。苏轼的《灵璧张氏园亭记》、欧阳修的《真州东园记》、陆游的《南园记》等，成为当今园林相关研究人员的重要研究材料。

元代存在的时间不长，仅有九十年，在旅游文学上也没有较大的建树，值得一提的当属散曲。散曲最初来自民间，用口语进行创作，风格诙谐、形式活泼，能直接反映旅游生活，也出现了一些佳作名篇。如马致远的《天净沙·秋思》，此曲的前三句都是由名词性词组构成，共列举出九种景物，言简而意丰，全句虽仅五句，仅二十八字，却容量巨大、意境深远、结构精妙，被后人誉为“秋思之祖”。

（四）兴盛期（明清）

明清两代，社会经济、政治文化、交通都得到了较好的发展，这也推动了旅游业的发展。这一时期，人们的旅游意识觉醒，开始将旅游活动视为一种审美活动。在交通得到发展的前提下，文人旅游的范围变得更加广泛，结伴出游成为一种时尚。人们不但喜欢旅游，而且懂得如何游玩，他们对如何更好地享受出游提出了许多独到的见解，明清时期的旅游文学作品便在此背景下产生、发展，我国的旅游文学也就此进入兴盛时期。

在明清两代，旅游诗的创作始终保持着旺盛的势头，明初的高启至清末的康有为，都有旅游诗的创作，其间也出现了众多佳作名篇。如明初高启的《登金陵雨花台望大江》，以一种雄健激昂的笔调去歌颂南京的山河美景，既抒发了作者怀古感今的情怀，也表现了作者对国家统一的喜悦；如明代中后期文坛盟主王世贞的《登太白楼》，诗人登上太白楼，举目远望，心中遥想诗仙李太白当年的神情气度与坦荡胸襟，情景交融，观今怀古，以景思人来表达自己对先贤的怀念与崇敬之情；如初清著名诗人宋琬的《清水道中》，作者在清秋时分行走在清水道中，满目清秋，心中有感，便写下这首五言律诗，他用简洁的语言表达了自己一路所见的景色及感受到的风土人情；如清朝中后期的诗人、散文家袁枚的《登华山》，此诗重在描写诗人在登华山时的所见所感，在对华山的描写中突出了对华山"险"的描写，也表达了自己身处险境中的心理感受，整首诗写得细致真切，使人读后有身临其境之感。

明清旅游文学当中，最出彩的当属游记，明代著名地理学家、旅游家、文学家徐宏祖所写的《徐霞客游记》影响最为深广，此书既是一部著名的地理著作，也是一本散文游记，全书约六十万字，主要记录了作者在1613年至1639年这二十六年间旅游的所见所闻，对不同地方的地理、水文、地质、植物做了详细介绍，同时也记录了各地的名胜古迹及风土人情。这一巨作主要以日记体的形式著成，文字简洁、记载详细，许多篇章都描写得绘声绘色，融情于景，颇具文学价值。此外，袁宏道的《满井游记》、袁枚的《桂林诸山记》、姚鼐的《登泰山记》等都是这一时期的游记散文佳作，对后世影响深远。

除最出彩的游记散文外，还有许多游记小品，通过这些游记小品，记载了山川名胜、风土人情及民间故事等。其中以张岱的游记小品最为著名，如《西湖七月半》，他认为中秋月圆夜的月夜无可看之处，倒是月下之人颇为有趣，并将赏月之人分门别类，生动地描写了他们的动作情态及游览目的，表达了不同的人对月的不同感受与表现，文章中尽显文雅娴静之美；如《湖心亭看雪》，生动地描写了西湖雪景，如诗如画，情趣盎然；如《虎丘中秋夜》，描绘了苏州虎丘中秋夜民间游乐的盛况。除张岱之外，还有袁宏道的《虎丘》、王昶的《游珍珠泉记》、林纾的《游西溪记》都是这一时期著名的游记小品文。

明清时代，还出现了一种独特的文学样式——楹联，俗称“对子”。楹联起于北宋，广泛流行于明代，繁荣于清朝晚期。现今留传下来的以旅游景点为主题的楹联多出于明清两代。明代的祝允明、文徵明、唐寅等，清代的纪昀、翁方纲、何绍基等都属楹联高手，清代的康熙与乾隆两位皇帝也喜欢对“对子”。楹联长短不一，短的仅有八至十字，长的可达千字。许多旅游楹联都蕴含深刻的内涵，不但能丰富景色的内涵，而且能增添旅游者的乐趣。例如，刘凤诰所作的《济南大明湖联》：“四面荷花三面柳，一城山色半城湖。”，此联紧扣大明湖依山傍城，荷花、柳树、山色、城景互为借用而意境升华的特征，用词简单对称，突出了大明湖碧波荡漾、花红柳绿、湖城一色的醉人景色。

以上便是对我国古代旅游文学的形成与发展的一个梳理，自清代之后，旅游文学继续发展，在现当代文学史上，也出现了许多以白话文及新诗为主的旅游文学作品。现当代时期，由于打开了国门，作家所关注的已不再局限于中国的风景名胜，而是去接受国外的思想观念及审美情趣，抒发对异国景色的所想所感。二十世纪二三十年代，出现了许多以现代诗及现代散文为体裁的旅游文学作品。诗歌作品有徐志摩的《再别康桥》、冯至的《小河》等，散文作品有朱自清的《荷塘月色》、周作人的《北平的春天》等，这些都是现代旅游文学中的佳作，流传度较高。二十世纪八十年代以来，在改革开放的推动下，我国的旅游业得到空前发展，旅游文学也有新的发展，旅游成为一种休闲娱乐活动，在旅途中进行文学创作成为一种潮流，当前人们所创作的旅游文学作品，内容越来越丰富，思想越来越开阔，同时随着传播媒介的发展，作者可以实时地通过博客、论坛等平台与人分享自己的作品。除此之外，还出现了影视剧剧本、电视专题片解说词等新的样式，能更直观地传播旅游文化，从而推动我国旅游业的发展与前进。

第二节 休闲旅游文学的定义与特征

一、休闲旅游文学的定义

休闲旅游，主要指的是消遣性旅游，休闲旅游的核心是建立在和观光旅游、度假旅游对比的层面上的。休闲旅游是一种与观光旅游、度假旅游相对的旅游形式，主要指的是以消遣休闲为目的的旅游活动，突出的是游客能通过旅游活动获得身心上的放松。刘敦荣认为："休闲旅游，是休闲者在保证身心放松、愉悦保健的原则下，以休闲为主以旅游为辅而开展的一种旅游活动形态。"[①] 陈瑞萍认为："休闲旅游，是指以旅游资源为依托，以休闲为主要目的，以旅游设施为条件，以特定的文化景观和服务项目为内容，为离开定居地而到异地逗留一定时期的游览、娱乐、观光和休息。"[②] 与观光旅游相比，休闲旅游的层次相对更高，更具深入性、舒适性、丰富性的特征；与度假旅游相比，休闲旅游更侧重以文化作为核心的

① 刘敦荣. 旅游商品学概论 第 2 版［M］. 北京：首都经济贸易大学出版社，2018：145.

② 陈瑞萍. 美丽乡村与乡村旅游资源开发［M］. 北京：航空工业出版社，2019：83.

吸引要素。在厘清休闲旅游概念基础上得出休闲旅游文学的定义：休闲旅游文学指的是作者以消遣休闲为目的而出游所写的一些文学作品，是旅游文学的重要组成部分。

二、休闲旅游文学的特征

休闲旅游文学，作为文学领域中的一个门类，除了具有文学的共性之外，还具有一些有别于一般文学的特征，接下来，本书便主要就旅游文学的特征进行分析。

（一）审美性特征

审美性可以说是休闲旅游文学最显著的特征。从本质上来看，休闲旅游本身就是一种审美活动，是人们精神生活中的重要组成部分。基于休闲旅游活动而创作的休闲旅游文学作品，自然具有美感，从而具有审美性。

休闲旅游活动形式多样，旅游景点五花八门，休闲旅游活动的审美内容也是异彩纷呈。就休闲旅游文学领域而言，主要包括了自然美、社会美与艺术美。休闲旅游文学便是作者通过文字来对旅途中所见的自然美、社会美及艺术美内容的反映，有侧重于反映自然美的、有侧重于反映社会美的、有侧重于反映艺术美的，也有侧重于这些审美内容的综合表现。例如，李白的《望天门山》、王维的《山居秋暝》、白居易的《钱塘湖春行》主要是侧重自然美的描写。自然美的类型多种多样，就其性质来看，包括形态美、色彩美、听觉美、视觉美等；就其形态来看，包括秀美、壮美、奇美、险美、柔美、雅美等。这些在休闲旅游作品中都有展现。

休闲旅游文学审美性的表现是全方面的，能反映出多姿多彩的审美内容，具有新奇性与正面性的特点。新奇性特点是促进旅游者进行休闲旅游活动的关键心理动力。旅游者以休闲为目的去旅游，主要目的在于放松身心、休闲娱乐，去感受不同地方的不同风光、不同风土人情，寻觅险山秀水，结交有趣之人，搜罗奇闻轶事，去体验这种新奇所带来的快乐，这种新奇性特征在张岱的作品中也多有表达。例如《陶庵梦忆·鲁藩烟火》一文，文章以“兖州鲁藩烟火妙天下”起始[①]，张岱因省亲首次来到山东兖州，又观鲁王府前张灯的美景，是新奇的。文章可分为三部分，前半部分张岱用排比的手法描述鲁藩张灯结彩的盛景，写出了鲁藩烟云灯海、物我混一的境界；中间部分张岱细致地介绍了燃放烟火的器具，特别将火器的造型设计及烟火在喷射过程中的奇妙绝伦作为重点进行描写，进一步表现了烟花技术与器具的新奇性；最后以苏州人似痴似诞的夸张描述来结尾点评。整篇文章可谓细致生动、妙趣横生，让读者通过作者的描写就能产生四周烟火通明的联想，产生好奇心，欲身临其境，与作者一同观看鲁藩烟火。虽说大部分作品都是正面的，但也有些休闲旅游作品会对社会上的一些丑陋面貌进行批判，虽说其作品的创作意图也仍在表现美。以张岱的《西湖七月半》为例，在月圆之夜，爱月之人张岱却说月亮没什么可看的，月下之人倒是十分有趣，开始对月下之人进行分类，并且对那些“巳出西归，避月如仇”的所谓赏月者进行强烈的讽刺。

（二）抒情性特征

休闲旅游的核心与灵魂是文化，从本质上来看，休闲旅游活动其实是一种文化活动。人们以休闲为目的出游，所追求的不仅是得到一种物质层面上的享受，更重要的是想通过休闲旅游活动来获得一种精神上的满足。虽说现代旅游观念强调的是在食、住、行、游、购、乐，欲这六方面都获

---

① 张岱著，谷春侠、张立敏注析. 陶庵梦忆 西湖梦寻·鲁藩烟火［M］. 郑州：中州古籍出版社，2012：53.

得满足，但“游”仍是重中之重。张岱也十分注重休闲旅游过程中的享受，注重舒适度，会准备齐全、带上家丁出游，但是张岱作为性情中人，游情所致，也会席地而坐，露宿月下。他的诸多文学作品也是在观景之后，情感上产生波澜之后的有感有发，极具抒情性。

具体来讲，休闲旅游文学所表现的抒情性，主要有直接抒情、情景交融、情在景中、借题发挥四种形式，接下来本书便就这四种抒情形式进行详细分析。

1. 直接抒情

在早期的休闲旅游文学作品当中，许多都是直接抒情，是一种先写景、叙事写景，后在文章末尾进行抒情的形式。如曹丕的《登城赋》，先写初春时节登上城楼，举目远望，看到平原广阔而敞亮，田中春耕春种正忙，万物复苏，生机勃勃，但最后却正话反说，发出“永优游而无为”的感叹，以此来表达作者积极进取的追求，并且与所写美景融二为一。

2. 情景交融

情景交融，指的是情在景中、情景结合进行抒写。如白居易的《钱塘湖春行》，这是一首描写西湖的七言律诗，白居易以一个美学家的欣赏眼光，去欣赏西湖美景，虽说古往今来描写西湖美景的诗词很多，但这首《钱塘湖春行》之所以能颇具盛名，便在于他能以更独特的眼光去发现西湖独特的美，并且将自己的情感融入情景描写当中，既流露出作者对钱塘湖景色的赞美，又抒写了自己的雅致闲情。

3. 情在景中

情在景中指的是文学作品的通篇都在写景叙事，没有直接抒情的语句，要抒发的感情全部包含在景物描写当中。如曹操的《观沧海》，这是一首写景抒情的四言乐府诗，全诗都在抒写大海雄伟壮阔的景象，并借此“咏志”，来表达自己宽广博大的胸怀及统一三国的宏伟志向。

4. 借题发挥

文章只字不见对景物的描写，而是通过对古人往事的描写来抒发自己的情怀。如袁枚的《马嵬》，整首诗都没有写马嵬坡，只因马嵬坡是杨贵妃缢死之地而借题发挥，以唐玄宗和杨贵妃的爱情故事为背景进行议论。这首诗通过强烈的对比，来反驳传统的观点，明确地指出唐玄宗与杨贵妃的爱情悲剧是不值得同情的，同情的应该是在“安史之乱”中饱受疾苦的普通百姓，诗中透露着作者对唐玄宗的强烈批评之意。

本书将休闲旅游文学的抒情方式分为以上四种，只是相对来讲的，并非绝对，例如情景交融与情在景中，有时候就很难区分开来。

（三）知识性特征

休闲旅游与文化是紧密相连的，文化是休闲旅游的核心、是休闲旅游的灵魂。出游者在休闲旅游的过程中，或多或少会受到当地文化的熏陶，因此，创作的休闲旅游文学作品自然也会反映不同地区的不同文化，具有丰富的知识性。

所谓知识性，指的是游客在休闲旅游的过程中，会获得大量的文化知识信息，并且将这些知识写入自己的作品当中，然后读者通过对这些作品的阅读提取自己所需的知识信息。如读张岱的《报恩塔》，可以知道南京报恩塔是明成祖朱棣为报答其母养育之恩而建；读张岱的《金山竞渡》，可以了解到金山寺龙舟竞渡的盛况，了解龙舟的样貌及龙舟竞渡的方式；读张岱的《三生石》，可以知道三生石所处位置及有关三生石的传说故事；等等。在古往今来的休闲旅游文学作品中，许多都包含丰富的知识，如先秦重要古籍《山海经》与徐弘祖的《徐霞客游记》，虽说是旅游文学，但也都是重要的地理类读物，具有重要的研究价值。

（四）局限性特征

休闲旅游文学，既可写山川美景，也可写市井乡间的民俗风情，看似包罗万象，涉及范围十分广泛，但细细品来，由于受题材的制约，在写作内容上也存在着一定的局限性。

休闲旅游文学，是以休闲旅游为题材的文学，写作的内容也只是反映休闲旅游生活及一些与之相关的事情。假如超越了休闲旅游这一范畴，那么就不可称之为休闲旅游文学作品。休闲旅游活动只是人们社会生活中的一小部分，许多人都是将休闲旅游当作一种寻美搜奇的活动，所以，休闲旅游文学难以将全社会纳入描写，也无法触及一些尖锐的社会矛盾。虽然说有些能揭露出一些社会矛盾与问题，但也仅是与旅游相关的矛盾与问题，涉及面较窄，包含的内容也十分有限，只能从一个侧面、一个角度来反映社会矛盾，所以说具有一定的局限性。

（五）多样性特征

从前文关于旅游文学的产生与发展的研究中可以发现，旅游文学几乎不受体裁的限制，在体裁方面具有多样性的特征，休闲旅游文学作为旅游文学的一个分支，也具有这一特征。古代休闲旅游文学大量见于诗、词、曲、赋、散文、传记及楹联之中。现当代休闲旅游文学，除常见于新诗歌体与游记散文体之外，还可在各类专刊或网络上看到一些小说、通讯等体裁的作品。近些年，随着影视业的发展，出现了许多以休闲旅游为主题的影视剧、纪录片、戏剧等。并且随着时间的推移，文学体裁的发展，休闲旅游文学体裁还会不断创新，由此可见，休闲旅游文学具有多样性特征。

（六）群体性特征

休闲旅游文学的群体性特征主要体现在作者的群体性上，由于休闲旅游文学是基于休闲旅游活动而产生的，休闲旅游活动又多与名山大川、名胜古迹有关，许多作家都慕名而来，为其名增色，所以但凡有名的景观，总是不断地吸引文人前往，“人因景至，景因人名”，渐渐地，这种连锁效应就如滚雪球一般，景观的名气越来越大，在此抒写情怀的名人也越来越多，也因此增添了这一景观的文化内涵。吟诗、作对、题名、作赋，从最开始对风景的歌咏，变为对景观诗文的点评，各朝各代的文人都乐此不疲。以杭州西湖为例，古往今来，名人为其撰写的诗文不计其数，而且许多都脍炙人口，广泛流传，如苏轼的《饮湖上初晴后雨》，“水光潋滟晴方好，山色空蒙雨亦奇”，这两句既写了湖光，又写了山色，既写了湖光的晴和之景，又讲了山色的雨天之韵，笼统地概括了西湖的美，然后再用“欲把西湖比西子，淡妆浓抹总相宜”两句，将西湖比作美人西施，西施不管是淡雅妆饰还是盛装打扮，都一样美丽动人，西湖也不管是晴是雨、是春是夏、是秋是冬，也同样美不胜收。如杨万里的《晓出净慈寺送林子方》写的是六月西湖的美丽景色，“接天莲叶无穷碧，映日荷花别样红”诗人运用充满色彩对比的句子，使读者产生一种直观的视觉感受，令人回味。除此之外，诗歌中还有白居易的《钱塘湖春行》、欧阳修的《采桑子·群芳过后西湖好》等，张岱的《湖心亭看雪》《西湖七月半》也都是描写西湖的散文名篇。由此可见，休闲旅游文学的作家具有群体性特征。风景如画、江山多娇，文人墨客自然难以按捺内心感怀之情，诗兴勃发、翰墨淋漓，抒写情怀。

上述主要是针对休闲旅游文学的产生、发展、特征进行分析，但是可以预见，随着我国人民生活水平的不断提高，随着人们休闲娱乐需求的增强，我国的休闲旅游业必将更加兴旺，休闲旅游文学作为旅游文学的一个分支，宛如一朵奇葩，必将越开越盛、越开越艳。

第二章　走近张岱

第一节　张岱生平经历

张岱，生于万历二十五年丁酉（公元 1597 年），关于其逝世的年月文献中没有明确记载，有记载其逝于 1680 年[①]，但存在争议。张岱初字维城，字宗子，又字天孙，号陶庵、蝶庵、六休居士等，浙江山阴（现浙江省绍兴市）人。作为明末清初著名的文学家、史学家，张岱一生著述不辍，为后人留下了宝贵的文学财富。

在此，笔者就张岱生平进行梳理，展开简要概述。

一、天资聪颖，科考受挫

张岱生于浙江省绍兴城内的一个家世显赫的官宦世家，根据史学资料《绍兴府志》的相关记载，张岱的十五世祖张远遒担任绍兴太守时，张家全家都住在状元坊中，张岱作为张远遒的直系后裔，状元公张元忭的曾

---

① 何永康，陈书录．首届明代文学国际研讨论文集［C］．南京：南京师范大学出版社，2004．

孙，张耀芳和陶氏夫人的长子，一出生便倍受宠爱。

张岱出生之后体弱多病，其中以“痰疾”最为严重，也因此被其外祖母马太夫人接到家中悉心照料，这一住便是十年，由于张陶两家相隔不远，虽寄居外祖母家，也可经常回家。为了医治好张岱的“痰疾”，其太外祖父在两广为官时，四处收集牛黄丸，此药吃到十六岁，张岱的“痰疾”才得以痊愈。张岱从小就很善于对对子，在寄居外祖母家时，其舅舅陶虎溪指着墙壁上的一幅画道：“画里仙桃摘不下”，很快，张岱便对出“笔中花朵梦将来”，陶虎溪十分意外、惊喜，称张岱为“今之江淹”，江淹为南朝著名的文学家，六岁便能作诗，而陶虎溪称张岱为今之江淹，可见对其评价相当高。还有一次，约万历三十三年，张岱随祖父张汝霖来到杭州，遇见了当时已颇具名气的文学家、画家陈继儒，当时陈继儒正骑着张汝霖送的一只大角鹿游览钱塘江，他耳闻张岱擅长对子，便手指屏风上的一幅李白骑鲸图吟道：“太白骑鲸，采石江边捞夜月。”张岱沉思了一会，便对出：“眉公跨鹿，钱塘县里打秋风。”陈继儒听后哈哈大笑，并道：“那得灵隽若此！吾小友也。”这段往事在张岱的《自为墓志铭》中有记载。

由此可见，张岱的聪慧才智从小便显现出来了，张家对天资聪颖的张岱也寄予了厚望，不断勉励其学习，希望张岱将来能建立“千秋之业”，考取功名，光耀门楣。少年时期的张岱也颇为自负，望考取功名，“一鸣惊人”，不甘心于“轩翥樊笼”。这些远大的志愿在其少年时期所著的《祁梦疏》中有所表露。

张岱出生的年代，正值明王朝步入衰亡的时期。万历中期，张居正严厉地推行改革，提出整顿吏治，推行“一条鞭法”，辅助万历皇帝推行“万历新政”，在这一改革的推动下，明王朝一度呈现出振兴的景象。但是这一振兴景象却没有持续太长时间，到万历后期，张居正改革被废止，再加上社会积弊与天灾一同迸发，百姓生活疾苦，社会危机愈加严重。这一时期，以万历皇帝为首的统治阶层十分贪婪，纵欲无度，大兴土木耗资无数，还频年用兵，不断增加苛捐杂税，使得“民力殚残”，百姓疾苦。发展至天启年间，明王朝进一步走向衰败，再加之宦官魏忠贤专权，残杀当时的正直大臣，使得明王朝元气大伤，并就此一蹶不振。张岱在其《石匮书·熹宗本纪》中写道：“天启则病在命门，精力既竭，疽发背，旋痈溃毒流，命与俱尽矣。”在当时，许多明人志士都已意识到明王朝有如既将坍塌的高楼、有如风雨中的破舟。但是作为有着满腔热血的青年才俊，张岱同当时的许多仁人志士一样，对于国势深表担忧，且希望能献身报国，希望能通过自己的努力挽救危亡。

张岱要想实现自己“志在补天”的抱负，欲实现其亲人对其寄予的“光宗耀祖”的厚望，就不得不研习八股以考取功名。为此，张岱勤学苦读。但是对于文章的评判没有一个标准，八股文章更是凸显这一特点，这杆秤完全掌握在考官手中，遇到平庸糊涂、眼界短浅的考官，再出彩的文章也只被当作废纸。尤其像张岱这种嵚崎磊落的有志之士，他们所作文章通常越出常套，难入考官的“法眼”，张岱便在屡次赶考落选之后心灰意冷。与此同时，张岱也更加深刻地体会到这种八股制义、科举制度的腐朽性与危害性，并对其进行了强烈的批判，他在《石匮书》中指出：“有人于此，一习八股，则心不得不细，气不得不卑，眼界不得不小，意味不得不酸，形状不得不寒，肚肠不得不腐。”“八股一日不废，则天下一日犹不得太平也!”如此犀利的批判，指出了八股文对知识分子的毒害是极其严重的，假如钻入八股文的黑洞中走不出来的话，则会变成一个心胸狭窄、眼界短浅、思想腐朽的可怜之人。

张岱之所以能看清八股弊端与其父亲也有一定关联，张岱的父亲张耀芳，一心追求功名，将大半辈子的光阴都耗在八股考制之上，但到头来却一事无成。因此，在考取功名几载无果之后，张岱便醒悟了，在铩羽之后，便不再一心追求八股取义，而是将自己心思放在著书修史方面，并且寄情于山水，开始热衷于出游。接下来，张岱便开始了他的早年悠游生涯，这也为其文学创作奠定了基础。

二、寄情山水，早年悠游

明朝中后期，出游风气日渐盛行，许多文人墨客、士大夫都喜欢游览名山大川，寄情山水，抒发情怀，张岱也是如此，张岱在《西湖梦寻·大佛头》中自云："余少爱嬉游，名山恣探讨。"[①] 张岱生于江南、长于江南，出游之地也多是江南地区，踏遍吴越山水，此外，还远游山东泰山、安徽齐云山、湖北武当山等地。

张岱尤其喜欢杭州西湖，对杭州西湖的景物了如指掌。其好友王雨谦就曾说张岱盘礴于杭州西湖四十余载，水尾山头，无处不到。有关西湖的各种典故与景物，张岱都能如数家珍般与你道来。可见，张岱对于西湖是"真爱"，也正是出于这种发自内心的热爱，才能使张岱识得山水性情，能欣赏到景物的别致，使其所写的山水小记更有灵魂，从而蕴含"空灵晶映"之气。

明朝后期，商品经济发展速度加快、发展规模增大，城市和集镇日渐繁华，江南地区新兴的城市更是如星罗棋布，甚是繁盛。张岱生于绍兴，又长期盘桓于杭州、绍兴、扬州、南京等地，这些城市都是当时商品经济发展最好的地方，同时也是当时文化发展最好、市民阶层最为集中的地方。长期游历于这些地方，张岱不但领略了江南各地的山水美景，深受丰

① 张岱. 陶庵梦忆 西湖梦寻［M］. 长沙：岳麓书社，2016：125.

富多彩的市景文化、风土人情的影响，同时也结交了不同领域的不同人物，去了解不同人物的不同思想及人文精神。张岱喜欢结交有个性、有癖好、真性情之人，交友面十分广泛，不局限于与他一样的世家公子的范畴。在张岱结交的许多朋友当中，关系最为密切的当属一些民间艺人，他打破了传统的鄙视工匠艺人的观念，以一种全新的价值观去评价这些工匠艺人，他认为，那些身怀绝技的工匠艺人、伶人及曲艺家，都是值得尊敬、称赞的。张岱认为，这些艺人，不但掌握了高超的技艺，而且在他们所制作的工艺品中、在他们的表演中，都能展现美、体现艺术的规律，他认为这些市井艺人才是真正的艺术家，是值得尊敬的。张岱十分欣赏当时的市井竹刻艺术家濮仲谦，用“雕刻妙天下”来对其技术给出了极高的评价。在《琅嬛文集·卷一·鸠柴奇觚记序》中就其竹刻技艺写道：“置之商彝周鼎、宣铜汉玉间，而毫无愧色。”[①] 张岱还十分欣赏当时的市井说书艺人柳敬亭，称其在刻画人物时出神入化、惟妙惟肖，甚至可以与著名史学家司马迁媲美。因而在《张子诗秕·柳麻子说书》中写道：“眼前活现太史公，口内龙门如水泻。”从古至今，从未有人如张岱这般将一个民间说书艺人媲美于太史公司马迁。只有像张岱这样深入市井生活，尊重民间艺人，且用心去欣赏他们才艺、真正识得他们价值、真心与他们交朋友的人，才会做出这般极高的评价。在张岱所生活的年代，伶人的社会地位较低，处于社会底层，但是张岱却没有这种等级观念，他用心去欣赏他们的才艺、与他们交朋友。例如，崇祯三年（1630 年），张岱家养班中的伶人夏汝开的父亲去世，张岱典当了一件裘皮大衣为其葬父。崇祯四年三年，张岱去往兖州省父，观看直指使练兵，五月从兖州归来后不久，夏汝开病逝，张岱为其料理后事，将其葬于敬亭山，在夏汝开病逝次年的寒食节

① 张岱. 琅嬛文集·卷一·鸠柴奇觚记序［M］. 长沙：岳麓书社，2016：31.

上，张岱也不忘与好友王畹生、李峤生一同祭奠夏汝开，并作有《祭义伶文》，以示自己对夏汝开的缅怀之情。

张岱好游，且好在节庆时出游，游历名山大川、江河湖海，游历市井之间。他既能从名山大川、江河湖海中体会大自然的美，造就其乐观豁达的心境；也能在市井之间感受真实、浓郁的市民文化，受其熏陶，进而从普通民众的真实生活中汲取写作素材。阅读张岱的风俗小品便不难发现，他所著的诸多风俗小记都带有浓郁的人情味、带有朝气蓬勃的市井气息，从而能与读者产生共鸣。

三、天下大乱，隐居避乱

崇祯十七年（1644 年），当时明王朝已经腐朽不堪，李自成领导农民战斗，推翻了明王朝，但是不久之后清军大举入关，攻占了京城，成了新的统治者。这一朝代的更替在中国历史上也是一个大事件、大转折，在这样一个战争不断、天崩地裂、民不聊生的历史转折的关键时期，许多王公贵族、士大夫都经受了严峻的考验。张岱家虽说是山阴大户，世家大族，也没有逃过此劫，被沦为普通民户，甚至开始了逃亡生活。这对张岱来说也是一个重要的转折，他开始从一个过着锦衣玉食生活的纨绔子弟变成一个衣食无继的贫苦遗民。

张岱从小过着养尊处优的生活，手不能提、肩不能挑，不知柴米油盐之苦。而在天下大乱、江山易主的环境下，张岱也被生活折下了腰，不得不参加一些既累又脏的体力劳动。这时的张岱已过古稀之年，还得操杵舂米，感觉十分吃力。写下《舂米》：“连下数十舂，气喘不能吸。自恨少年时，杵臼全不识。”但相比舂米，更让张岱难堪的还属挑粪，他向来有洁癖，闻不得臭味，但沦为流民之后，却不得不肩挑粪担，写下：“近日理园蔬，大为粪所困。”同时由于已近古稀之年，体力不支，也自嘲道：“扛扶力不加，进咫还退寸。”在经过了劳动实践之后，张岱体验了不一样的生活，同时也更深刻地体会到普通百姓的疾苦，这使张岱的思想感情发生了一系列变化，开始反思自己昔日的奢侈生活，甚感惭愧。

张岱开始意识到劳动的重要性，尤其是对于年轻人来说，必须要去亲身经历艰难困苦，经历生活的磨炼。同时张岱也开始体会到劳动的快乐，并且收获了劳动的成果。张岱给后人留下的诸多如《舂米》《挑粪》等诗作，体现了他质朴率真的人格品质，相比于陶渊明的“采菊东篱下，悠然见南山。”般悠然自得，张岱的“窗下南瓜荣，堂前茄树嫩。”更显真实质朴，有这样豁达乐观的心境，在天下大乱、家道破败的现实情况下，认清现实，乐观积极生活，在古代文人墨客当中也是极其少见的。

四、乐观豁达，向死而生

张岱自小性格倔强，个性鲜明，后期家道中落之后，也表现出了豁达乐观的人格品质。康熙四年（1965）年，已六十九岁的张岱开始撰写《自为墓志铭》，以一种自嘲游戏的手法来诉说自己这一生的各种“癖好”，道出自己所感叹的一些矛盾且“不可解”的地方，还一一列出世人对他的各种评价，例如“败子”“顽民”等。对于一生的经历，无论好坏，都是自己的人生，他对此无怨无悔，并且泰然处之，其中最令张岱欣慰的是，虽然说一生经历跌宕起伏，但是好在自己的民族气节没有断，自己著书修史的志向没有丢。张岱倾注自己毕生经历所写的《石匮书》，铸造了一座历史丰碑。以自传形式所写的《自为墓志铭》，是对自己人生的总结，在诙谐自嘲的语言中蕴含了作者深层的情思，也显示其“向死而生”的心境。

在写完《自为墓志铭》之后，张岱已是古来稀之年，但是他仍未放弃写作，在康熙六年（1667 年）周戬伯八十岁寿辰时，张岱作组诗《丁未六月十日恭逢周戬伯道兄八十大寿弟有广陵之行不得跻堂躬贺先以小诗奉祝俚言博粲惟郢教之四首》（《寿周戬伯八十二首》）以贺周戬伯的八十寿辰；康熙八年（1669 年），张岱为其二叔张联芳的画作题字，著有《题葆生叔画》；次年，张岱的好友周懋明逝世，周懋明之子周嘉绩恳请张岱为其父亲作墓志铭，张岱虽说怕唐突想要推辞，但是在周懋明之子的强烈要求下仍作了《周宛委墓志铭》一文；康熙十年，七十五岁的张岱完成了《西湖梦寻》，并亲自作序；康熙十一年，张岱撰文《快园记》。

就算到了耄耋之年，张岱仍没有放下自己手中的笔，康熙十九年（1680 年），张岱的《琯朗乞巧录》完稿，这时张岱已是八十四岁高龄了，其自序云："曾闻人言，牛女星旁有一星名琯朗，男子于冬至夜祀之，得好智慧。故作《乞巧》一编，朝夕弦诵。倘得邀惠慧星，启我愚昧，稍窥万一，以济时艰。"从自序中可见，虽然此时的张岱已是一位八十有四的老翁，但是却仍然怀有一颗童心，具有兼济天下的爱心，希望能求得智慧之果，使其造福人间，将百姓从困苦中解救出来。自清军入关之后到其辞世的漫长岁月当中，张岱的生活一直十分穷困，晚境十分凄凉，但在这些穷困、凄凉的光景中，造就了张岱的辉煌，给后人留下了宝贵的文学财富，使其能流芳百世，被世人所铭记。

张岱晚年在避难于项王里时，除了潜心写作之外，在闲暇之余，也会游览周边的山水景色，看好了项王里鸡头山为一块福地，并梦想在此建一别墅，取名"琅嬛福地"。但此时的张岱已家道中落，无钱修造别墅，但还是将此地选作自己的墓址。在《陶庵梦忆·琅嬛福地》中写道："山尽有佳穴，造生圹，俟陶庵蜕焉，碑曰：有明陶庵张长公之圹。"古时候有志怪故事记载，西晋时期的政治家、文学家张茂先于荒野，看到一位老翁枕着书躺在石板上，张茂先便与其攀谈，见其所枕之书，所写都为蝌蚪文，无法辨识，张茂先感觉十分奇怪。老翁问张茂先："您读了多少书?"张茂先答，自己读的都是近二十年的新书。老翁听完微笑着将张茂先领进石壁中的一间雅室，里面装有万卷书。张茂先甚感欣喜，遂问老翁这些都是什么书，老翁答曰这些都是世上的历史书；又领张茂先去了另一个藏书更加丰富的房间，又告之这些是万国的历史书；进而又领张茂先去了一个密封的房间，有两只犬看守着，上面题有"琅嬛福地"四个大字。老翁领张茂先进屋看书，发现里面所藏之书许多都闻所未闻。张岱与张茂先一样，一生爱书，潜心著述，因此，张岱希望自己死后能魂归于此。再者说，项里是一代枭雄项羽的流寓之所，张岱死后欲葬于项里，也表明了他死也要忠于故国的情怀。

第二节　张岱著述介绍

张岱始终标榜太史公司马迁，在科考路上受挫，想通过当官来施展满腔抱负无望之后，便计划着能通过立言来成就自己的志向，因此，张岱毕生笔耕不辍，并留下了诸多良篇。但是由于他生活在明末清初的年代，加之遗民身份，反清的欲望十分强烈，因此，许多作品散佚严重，且被人篡改，本书笔者虽旨在针对张岱文学作品中的休闲旅游思想进行研究，但也有必要先对张岱一生著述进行简要梳理。笔者在参考前人研究成果的前提下，按照清朝所修《四库全书》的分类，现将张岱的作品分为经、史、子、集四部，具体篇目如图 2—1 所示。

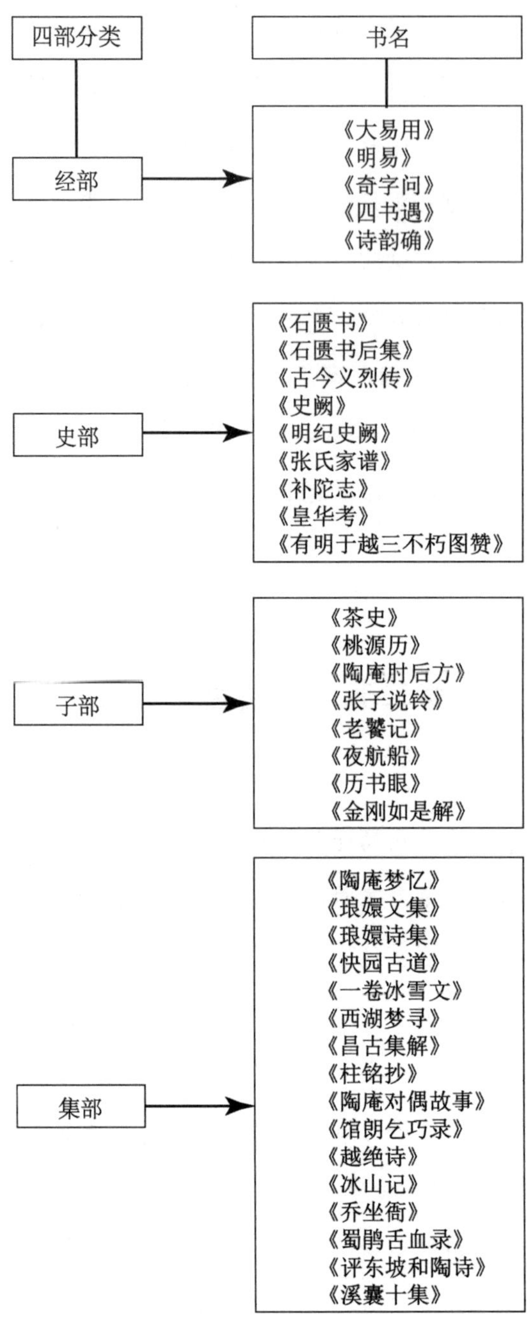

四部分类
书名
经部
《大易用》
《明易》
《奇字问》
《四书遇》
《诗韵确》
史部
《石匮书》
《石匮书后集》
《古今义烈传》
《史阙》
《明纪史阙》
《张氏家谱》
《补陀志》
《皇华考》
《有明于越三不朽图赞》
子部
《茶史》
《桃源历》
《陶庵肘后方》
《张子说铃》
《老饕记》
《夜航船》
《历书眼》
《金刚如是解》
集部
《陶庵梦忆》
《琅嬛文集》
《琅嬛诗集》
《快园古道》
《一卷冰雪文》
《西湖梦寻》
《昌古集解》
《柱铭抄》
《陶庵对偶故事》
《馆朗乞巧录》
《越绝诗》
《冰山记》
《乔坐衙》
《蜀鹃舌血录》
《评东坡和陶诗》
《溪囊十集》

图 2-1　张岱著述分类

通过图 2—1，可对张岱毕生的著述有个大概的了解，接着笔者便就其具有代表性的一些著述进行详细介绍。

首先，张岱有着司马迁一样的文学理想，因此，当张岱决定以“立言以明志”之后，便想通过写史书来让后人了解真正的历史。他写下了《石匮书》《石匮书后集》，这两部作品都沿袭了司马迁的写作手法，属纪传史体例记录了明朝历史，具有重要的史学价值，张岱写此书的历程也是十分坎坷，在《石匮书自序》中有记载：“余自崇祯戊辰，遂泚笔此书，十有七年而遂遭国变，携其副本，屏跡深山，又研究十年，而甫能成帙。”[①] 除此之外，张岱还著有《史阙》，《史阙》的写作手法有述有评，也由此可见张岱对于历史具有独到的见解。

其次，由于晚明时期“阳明心学”盛行，影响十分广泛，经学也呈现出了“心学”化的趋势，其中以《四书》学方面的转变最为明显，在明朝晚期出现了许多在“阳明心学”观点下来对《四书》进行诠释的著作，这也成为明朝晚期《四书》学的一大特色。张岱的家乡山阴正是“阳明心学”浙中学派的中心地，因此，张岱深受“阳明心学”的影响，以心学视角下论“四书”，写下了《四书遇》，这一著作体现了张岱对“阳明心学”思想的接受与理解。

再次，张岱还著有《陶庵梦忆》《西湖梦寻》《快园古道》《夜航船》等多部著述，其中以《陶庵梦忆》《西湖梦寻》这类小品散文作品最为著名，这些作品不但是对张岱个人生活的真实记录，而且也细致地描述了各地的社会风俗、山水景观及士林生活。

有人形容《陶庵梦忆》既是一部优美的个人生活志，也是一部极具历史文化研究价值的文献著作，同时此书还是一部极具文学价值的散文集，

---

① 张岱著，云告点校. 琅嬛文集・石匮书自序［M］. 长沙：岳麓书社，2016：2.

此书就如同晚明时期的“清明上河图”，张择端所画的“清明上河图”是北宋时期的风俗画，通过绘画的方式，以长卷的形式、采用散点透视的构图手法来生动细致地记录城市面貌与当时百姓生活状况。而张岱的《陶庵梦忆》则是以散文的形式来描绘当时不同阶层群众的各类生活图景，例如赏雪、品茶、游湖、观灯、听书、说戏等，张岱的描写生动形象，读者读之朗朗上口也极具画面感，因此，为后人呈现出了一幅当时社会面貌的真实画卷。一言以概之，“清明上河图”被称为北宋时期的风俗画，《陶庵梦忆》则是晚明时期的风俗散文集。

有人称《西湖梦寻》是一部被“遗忘”的方志，当前，《西湖梦寻》也被列入杭州方志主要书目之一，张岱对于杭州西湖有着特殊的情结，因此在其文学作品当中，写得最多的也是杭州，尤其是以这部散文集——《西湖梦寻》描写得最为详尽。这一散文作品集共五卷七十二则，张岱对杭州一带的重要山水景观、佛教寺院等进行了一个全面的梳理及细致的描写，全书以一种空间顺序展开描写，将杭州的古与今生动地呈现在读者面前，更为关键的是，他在每则记事之后，还选录了先贤时人的诗文若干，为其山水描写增添了光彩。如若将《西湖梦寻》中所选录的这些诗文集中起来，又可作为一部西湖诗文选。

除以上介绍之外，张岱还有一部以对偶形式、按韵编排的讲述历史典故的书籍——《陶庵对偶故事》，此书没有流传开来，因此所见文献不多，后由天一阁发现并对孤本进行整理，由 2019 年于浙江古籍出版社出版了《和陶集 陶庵对偶故事》一书，此书在没有参考校本的前提下，整理者进行了理校与注明，以便读者理解。《陶庵对偶故事》这书，写作类型似唐代李翰所著的《蒙求》，也是一部蒙学著作，此书依照平水韵目，各系八字韵语，分咏两事。

最后就张岱的诗歌著述来看，当前，主要是由不同版本的《琅嬛文集》当中的诗歌及清抄本《和陶诗43首》组合而成。在沈复灿钞本《琅嬛文集》被发现之前，张岱的诗歌一直以来都体例不全，世人无法窥其诗歌全貌。现今，世人可以通过2019年于浙江古籍出版社出版的《和陶集 陶庵对偶故事》一书的前半部分及沈复灿钞本《琅嬛文集》来对张岱诗歌进行研究。

第三章　张岱文学作品创作背景研究

第一节　张岱休闲旅游行为形成的影响因素

每个人性格的形成，都是受社会环境、家庭环境及个人经历等多方面影响的。张岱好游的性格自然也是受当时社会环境、家庭环境及个人经历的影响而形成的。因此，本书便从社会因素、家庭因素、个人经历三方面分析张岱休闲旅游行为的形成。

一、社会因素对张岱休闲旅游行为形成的影响分析

在明朝万历年间，经济繁荣，社会呈现出一派太平盛世的光景。这一时期，手工业发展较好，各行业生产内部分工也日趋细化，生产效率得到了提高，产品对市场的依赖程度逐步加强。除了手工业日趋商品化之外，农业生产也走向商品化，再加之白银的大范围使用，推动了商品交换。商品经济的发展推动了城市的发展，江南地区的经济得到了较好的发展，资本主义在此阶段也开始萌芽发展。

经济的不断发展、城市的日渐昌盛及市民文化的蓬勃发展，无一不冲

击着自然经济条件下人们既保守又封闭的思想意识及生产方式。尤其是商品经济的出现，极大地影响了人们传统的生活方式，人们禁锢的思想得到了解放，人们的视野日渐开阔，尤其是对于一些接受过教育的文人志士而言，他们开始将目光聚焦在外面更广阔的世界，人们的社会生活也越来越丰富多彩。休闲旅游作为一项富有挑战与朝气，充满新奇的生活方式，在当时得到了人们的推崇，并日渐流行起来，进而在全国范围内掀起了一阵出游风潮，尤其是一些风雅文人、世家公子，热衷结伴出游。

据史料记载，在明朝万历年间，这股出游风潮在江南地区尤为盛行，张岱深受这一风潮的影响，这也促进了他休闲旅游文学的产生与发展。据悉，当时在江南地区最繁华的城市——苏州、杭州，时常会出现游人如潮，万人攒动的繁华场面。在张岱的许多作品中都有对江南地区热闹场面的描写，例如，在《陶庵梦忆·虎丘中秋夜》中就描写了苏州古城西北角的虎丘山中秋夜的盛景“土著流寓、士夫眷属、女乐声伎、曲中名妓戏婆、民间少妇好女、崽子娈童及游冶恶少、清客帮闲、傒僮走空之辈。”①又比如在《陶庵梦忆·葑门荷宕》中有对苏州城东葑门荷花节的描写，“偶至苏州，见士女倾城而出，毕集于葑门外之荷花宕。楼船画舫至鱼艖小艇，雇觅一空。远方游客，有持数万钱无所得舟，蚁旋岸上者。”② 在《陶庵梦忆·虎丘中秋夜》中的描写是全城男男女女、老老少少都出来感受中秋夜歌舞升平的景象；《陶庵梦忆·葑门荷宕》描写了荷花水塘的船都租用完了，远方来的游客持数万钱也难觅一舟，人数众多，如蚂蚁般盘桓在岸边。由此可见，当时的苏州是怎样一幅繁荣的盛景。

---

① 张岱著，谷春侠、张立敏注析. 陶庵梦忆 西湖梦寻［M］. 郑州：中州古籍出版社，2012：129.

② 张岱著，谷春侠、张立敏注析. 陶庵梦忆 西湖梦寻［M］. 郑州：中州古籍出版社，2012：38.

杭州的风景名胜是以西湖为中心的，张岱笔下杭州西湖万人云集的场面也迫为壮观。例如，在《陶庵梦忆·西湖七月半》中有这样的描述，“一入舟，速舟子急放断桥，赶入胜会。以故二鼓以前，人声鼓吹，如沸如撼，如魇如呓，如聋如哑，大船小船一齐凑岸，一无所见，止见篙击篙，舟触舟，肩擦肩，面看面而已。”[①] 作者对万人云集的场面描述特别形象，大船和小船一起靠向岸边，那便什么美景也看不到了，只能看到船篙击打着船篙，船帮碰着船帮，人与人肩并着肩，脸对着脸罢了。江南地区，除苏杭之外，扬州、秦淮一带的游乐场面也十分热闹，例如，在《陶庵梦忆·扬州清明》中，张岱描写了扬州清明节时的热闹场面，来自四面八方游玩的人，都聚焦此处，观光玩乐，好不热闹。“扬州清明，城中男女毕出，家家展墓。虽家有数墓，日必展之。故轻车骏马，箫鼓画船，转折再三，不辞往复。……是日，四方游寓及徽商西贾，曲中名妓，一切好事之徒，无不咸集。长塘丰草，走马放鹰，高阜平冈，斗鸡蹴鞠，茂林清樾，劈阮弹筝，浪子相扑，童稚纸鸢，老僧因果，瞽者说书，立者林林，蹲者蛰蛰。”[②]

在明朝晚期，受社会环境的影响，许多文人志士都开始走出书室，去感受更广阔的社会生活。与张岱同时期的文人董其昌在《画禅室随笔——卷二》中著有“读万卷书，行万里路”的名言，之后演化成民间的一句俗语，正所谓“读万卷书，不如行万里路；行万里路，不如阅人无数；阅人无数，不如名师指路，名师指路不如自己去悟。”由此可见在那一时期，人们已经意识到出游阅历的重要性。在此风气的影响下，许多文人都将休

---

① 张岱著，谷春侠、张立敏注析. 陶庵梦忆 西湖梦寻·西湖七月半［M］. 郑州：中州古籍出版社，2012：164.

② 张岱著，谷春侠、张立敏注析. 陶庵梦忆 西湖梦寻·扬州清明［M］. 郑州：中州古籍出版社，2012：132.

闲旅游当作是学习的一部分，当作是拓宽视野、陶冶情操的“正经事”，文人墨客在游玩之后喜欢吟诗作对、写相关游记来抒发内心情感。据相关研究统计数据显示，明朝晚期出现的游记数量大概有450篇。徐弘祖的《徐霞客游记》，王士性的《广游志》和《广志绎》，袁宏道的《西湖游记》，张岱的《西湖梦寻》及《陶庵梦忆》等游记集，都是这一时期的作品。

综上分析可见，从明朝中期开始，随着商品经济的发展，人们的思想观念开始转变，特别是一些上层文人及士大夫，他们通过休闲旅游实践所写的诸多优美文章广为流传，使得在全国，尤其是江南地区掀起一股休闲旅游热潮。无可厚非，张岱作为生活在一环境下的著名文人，自然也潜移默化地受此影响，从而促进了张岱一生热爱山水，热衷休闲旅游的性格，促进了其休闲旅游文学的创作。

二、家庭因素对张岱休闲旅游行为形成的影响分析

张岱出生于浙江绍兴，后被寄养在其外祖父陶家，张家与陶家在那时都是山阴大族、官宦世家，这为其前半生奢靡的生活奠定了物质基础。同时，在明朝晚期“穷欢极乐”的社会背景影响下，张岱成为一名爱好广泛、极会享受的“纨绔子弟”。但张家自远祖张远猷开始，便有“耕读传家”的传统，尤其是明朝中期，这一传统发展到了极致，自明朝中期开始，张家走出了多位进士，例如，张岱的高祖张天复是嘉靖年间的进士、祖父张汝霖是万历年间的进士，张岱的曾祖父张元忭更是隆庆五年的状元。并且自张岱的祖父张汝霖这辈开始，张家的生活开始崇尚奢侈，痴爱园林。浓郁的书香氛围与良好的生活环境，影响了张岱艺术文化修养的提高与喜好游乐性格的形成。

张家从张天复开始就痴爱园林。明代政治家、戏曲理论家祁彪佳在《越中园亭记》中写道："越中园亭开创，自张内山先生始。"张内山先生指的便是张天复，张天复年少时也胸怀大志，为嘉靖年间进士，本想能有所作为，却因被人陷害，而"逮对云南""累羁侯者月余"，在此之后，其子张元忭奔赴云南为其申冤，最终得以削职无罪释放，但经此事之后，张天复的满腔抱负深受打击，从此心灰意冷，意志消沉。从云南回到绍兴之后，便在镜湖之滨构建别业，"日与所狎纵欲其中"[①]，假如儿孙不在身边，就"召客啸筋，日淋漓，轰饮叫嚎如故"[②]。最后竟因饮酒而猝死。

在张家的先辈当中，最使张岱自豪与敬佩的当属其曾祖父张元忭。

张元忭是隆庆五年的状元，其孝行也成为一段佳话，但让张元忭闻名于当时的是其思想家的身份，张元忭是当时浙中王门学者王畿的弟子、王阳明的再传弟子[③]。张元忭以阳明的学说作为宗旨，同时又接纳吸收朱子学的一些文化思想，创造了一套独有的学术思想与方法，其学术思想与方法对张岱学术思想及思维的形成具有重要影响。同时，张元忭也是一名史学家，他除了著有《不二斋文选》及《读史肤评》等作品之外，又继承了其父亲张天复没有完成的志向，续修《山阴县志》，并撰修《绍兴府志》与《会稽县志》。在当时，张元忭凭其学识与人品，人望极高，具有广泛的社会影响力。张岱在《家传》中认为：曾祖一生以忠孝为事，其忠孝为张家"所由出"；其大魁殿撰，则是张家"地步"，张家的"养福之人"[④]。由此可见张岱对其曾祖父的崇敬之情，同时，张元忭的品性与学识也影响着张岱思想品格的形成。

---

① 张岱. 张岱诗文集·家传［M］. 上海：上海古籍出版社，1991：245－246.

② 张岱. 张岱诗文集·家传［M］. 上海：上海古籍出版社，1991：245－246.

③ 佘德余. 都市文人——张岱传［M］. 杭州：杭州人民出版社，2006：9.

④ 佘德余. 都市文人——张岱传［M］. 杭州：杭州人民出版社，2006：9.

对张岱的影响最直接、最大的当属张岱的祖父张汝霖。

张汝霖年少聪颖，在其父亲的严格管教及悉心督促之下，博览群书，在万历二十二年（1594 年），凭借南京国子监的身份参加乡试，本拟置解元，因避岳父朱赓之嫌，定为第六名举人，第二年成进士[①]，自此开始其仕途生涯。张汝霖这一生仕途迫为坎坷，就其任山东副使时，力排众议，因为在落卷中录取了“古文崛”的名士李延赏而遭到弹劾，最终丢职返乡。尽管说后来得以返回官场，但却始终没有得到重用，未能展现自身才华。同大部分在官场上不得志的士大夫一样，张汝霖在罢去官职之后，便钟情于山水，或是“颇蓄声妓。磊块之余，则以丝竹陶写”，通过这些方式来排遣自己在官场上不得志的郁闷之情。除此之外，张汝霖还在杭州筑有寄园，以供其往返杭州驻足游览之用。在其妻子去世之后，他开始独居于天镜园内，钟情于山水，总的来讲，张汝霖可称得上是一个好游之人，在其影响下，张岱也对山水情有独钟，热衷游玩。

再说张岱的父亲张耀芳，虽然张耀芳从小体弱多病，但也极为聪明，在其 14 岁时便凭过人的才气，成为补邑弟子员。但在此之后，参加过多次乡试，屡屡落榜，使其性情压抑，时常发牢骚，本就体弱多病，再加之长时间心情压抑，使得身体每况愈下，患上严重的胃病。张岱的母亲，为了宽慰张耀芳，转移其注意力，从万历四十年开始，大兴土木，既建园林又造楼船，并且还组建了家班演戏，以期能让张耀芳通过园亭、娱戏来排遣心中郁闷。

从以上介绍可见，自张岱高祖张天复开始，张家便开始筑构园林，在绍兴，有砎园、天镜园、不二斋、镜波馆等诸多园林；在杭州西湖旁边筑有寄园。不管张岱的曾祖父、祖父、父亲建筑这些园林、别业的目的是什

---

① 佘德余. 都市文人——张岱传［M］. 杭州：杭州人民出版社，2006：10.

么，流连于这些园林、别业当中，都能让人体会到山水园林的美，让人心情愉悦舒畅，也因此养成了张岱喜好自然山水的性格。张岱是张家的长房长孙，在明代，长房长孙的地位尤其高，所以张岱自幼便深受其祖父的喜爱，张汝霖对其寄予厚望，十分关心张岱的教育、成长问题。张汝霖虽说常年在外为官，但每年回家探亲出去访客、会友时，总会让张岱这一长孙陪同，这让张岱从小便有许多出门游玩的机会，可跟随祖父去感受秀美的江南美景。或者与祖父多次带张岱至杭州游玩有关，张岱尤其喜欢杭州，对杭州、对西湖情有独钟，《西湖梦寻》与《陶庵梦忆》也多与杭州西湖有关。

三、个人经历对张岱休闲旅游行为形成的影响分析

张岱成长在富有的官宦家庭，尽管到其父亲张耀芳这一代，开始走下坡路，但仍属大富人家。张岱在其《张岱诗文集·春米》中有对其奢华生活的描述："余生钟鼎家，向不知稼穑。米在困廪中，百口丛我食。婢仆数十人，殷情伺我侧。喜则各欣然，怒则长戚戚……"[①]。从小过着锦衣玉食的生活，再受张家历来推崇享乐的氛围及明朝晚期江南地区放诞风流的社会时尚的影响，少时的张岱被养成一个纨绔子弟也就不足为奇了。但是由于张家是一个文化氛围十分浓厚的书香门第，家族中走出了多位造诣迫高的文学家、政治家、历史家、艺术家，从小受家庭文化氛围潜移默化的影响，张岱这位"纨绔子弟"还具有较高的文化品位。

在当时社会环境之下，读书人都追求功名，随着年龄的增长，张岱也以考取功名，施展抱负为目标，在其十六岁时所写的《南镇祈梦》中便表

① 张岱．张岱诗文集·春米．[M]．上海：上海古籍出版社，1991：35.

达了自己的远大抱负，写出了自己少年时期对人生与理想的热烈追求，同时也表露了自己的忧愁与迷茫。张岱生活的年代，明朝已开始显出颓败之势，各种各样的社会矛盾尖锐起来，正所谓乱世出英雄，张岱想成为时代的英雄，具有强烈的历史使命感，所以早年张岱也怀着满腔热血，追逐功名，一心想实现自己的政治抱负。

与当时的大部分文人一样，张岱对于功名及八股取士持有一种矛盾的态度，经过了长时间内心的矛盾与挣扎，再加上在科举场上的不如意，最终让他放弃了追求功名，而是专心写作，全身心地投入史学研究及文艺事业当中。内心没有了矛盾与煎熬，使其身心得到了解放，进而让张岱能有时间与精力去深刻感受社会现实生活，使其社会体验更真实。

张岱的文学艺术活动，从一定意义上来说，是同其休闲旅游活动相结合的，他通过四处游历，去结交不同的朋友，了解不同阶层人的不同生活，让他能更深层次地体会充满生气的市井文化；他通过四处游历，了解不同地方的风土人情，在开阔了自身眼界的同时，也为其文学创作积极了许多既鲜活又生动的素材。在史学创作方面，张岱始终持着严谨的态度，在修史的过程中，不但注重收集具有权威的史学文献资料，而且他还十分注重实地考察，通过走访询问老一辈的历史学家去搜集求证相关的历史材料。因此，基于拓宽眼界、体察民间、收集历史资料等多重目的，张岱选择广泛地出游，可以说，休闲旅游活动对其文学创作及修史具有重要意义。

通过前文的分析可见，从宏观上进行分析，张岱热衷出游这一爱好是综合社会因素、家庭因素及个人经历三方面的影响而形成的。特别是在张岱放弃考取功名而选择继承祖辈没有实现的修纂明史的遗志之后，他深刻地认识到，需要走出家门，走向更广阔的现实社会环境中，了解民生，感受世间百态，因此，休闲旅游成为他的必然选择。

第二节 张岱休闲旅游行为产生的直接动机

从旅游地理学的角度进行分析，一个人旅游动机的形成及激发，始终是出游者行为研究的关键要素。保继刚为旅游动机下的定义是："旅游动机是直接推动个体进行旅游活动的内部动因或动力。"[①] 保继刚还强调说旅游动机是源于出游者的内在需求，不是外界对其施加的动力，而是其自身内在需求的推动。美国学者麦金扎什（McInzash）对旅游动机作了分类，他认为旅游动机可以分为四大类：第一类为身体健康的动机，第二类为文化动机，第三类为交际动机，第四类为地位与声望的动机。

在综合前辈的研究及自身的理解之后，笔者认为，旅游动机主要产生于出游者对于休闲旅游活动所能带来的价值而产生的某种期待，这一期待值愈高，那么他的旅游动机也就愈强烈。对于这一理解可从以下三个方面进行解释：一是从观感享受上进行分析，由于休闲旅游通常是去一个自己平时不熟悉的地方，去感受不一样的风土人情，新鲜的事物总能给人带来视听上的感观刺激，从而让人心情愉悦，这种刺激越强烈，越能刺激下一次出游。二是因为通过休闲旅游能让出游者获得不同的文化体验，这也是刺激文人墨客出游的主要原因，通过不同的文化环境、感受不到的文化，能为其创作积累素材；三是通过休闲旅游，能结识许多志同道合的朋友，相互交流也能抒发自身情感，拓宽自己的思想境界，从而获得一种思想情感上的升华。

在旅游动机产生之后，还需借助一定外在条件来激发，外在条件主要

---

① 保继刚，楚义芳. 旅游地理学（修订版）[M]. 北京：高等教育出版社，1999：28.

指的是出游的地点对于出游者的吸引力，这一吸引力可起到推动效果。查阅张岱的出游目的地可见，张岱出游地点主要集中在江南一带，很少踏足其他地区，这与其热爱园林山水有关。在分析了影响张岱休闲旅游行为因素的基础上，接下来，笔者便就张岱休闲旅游行为产生的直接动机进行分析。通过休闲旅游活动，可为其积累文学创作素材，能交友结社，能探望远亲，在明亡之后，这一出游活动还是逃亡的无奈之举。但是不管是出于何种现实原因而选择的出游，张岱始终坚持自身的闲适观，寄情山水，表现其闲适境界。

一、为文学创作积累素材，为史学修纂进行学术考察

从明朝中晚期开始，在文人士大夫群体中开始流行一种重视实学的风气，他们通过四处游历来获得最真实的素材，在这股风气的影响下，张岱也更加注重社会交往与实践。张岱平生“好著书”，在他 22 岁时，就编撰了《古今义烈传》，自此之后就一直致力于著书修史，留下了许多著名的文学作品。张岱的著作范围涉及广泛，既有历史、哲学等方面的著作，也有记录山水风光的散文，其中文学成就最高的当属他独立完成的明史巨作——《石匮书》。流传最广的当属《西湖梦寻》《陶庵梦忆》等散文作品集。

张岱致力于修史，与其家族传统是紧密相连的，从其曾祖父张元忭开始，张家人就开始修撰史书，张岱将修史当作自己的使命，也是继承了张家前辈的遗志。张岱修史，十分注重对历史资料的搜集、重视实地考察，张岱通过不断地出游以走访相关遗老以搜求最真实的史学资料、获得最真实的历史资料，同时出游的经历也能为其写作提供素材。例如，在崇祯十五年十月至闰十二月，张岱当时正处于金陵至淮安的游历中，从而切身地感受到了李

自成的农民军攻打河南南阳等地的真实状况，并将这一真实状况如实地写入《石匮书后集·盗贼列传》中。“众数十万号百万，驻匝南阳，分兵攻汝宁，陷之。所属州县，多望风纳款。城下，贼秋毫无犯……。”[①]描写了当时农民军的军纪十分严明，也因此受到普通百姓的拥戴。

张岱的广泛出游除了为其史学修纂进行学术考察之外，也为其散文创造提供了素材，张岱所著的《西湖梦寻》《陶庵梦忆》《琅嬛文集》，之所以饱含真情实感，并被后人称为绝代文学名著，与其游历经历是密不可分的。就以《西湖梦寻》为例，全书共五卷七十二则，作者对杭州一带重要的山水景色、佛教寺院及亭台楼阁等进行了细致地描写，将杭州的美与神蕴细致地展现在读者面前。正因为《西湖梦寻》对杭州的景色描写得特别细致全面，因此，它还被列为杭州方志的主要书目。毋庸置疑，张岱对杭州的深入了解，与其不断地出游杭州是密不可分的。只有将自己置身于这个真实的环境当中，用心去感受，深入去了解，才能写出让人产生共鸣并千古流传的佳作。

二、为交游结社，为拓展人际交往

这一出游目的主要包括两个方面：第一，通过出游来走亲访友，联络与维系亲友之间的感情；第二，通过出游来结识新的朋友以拓宽自己的社交圈。第一种情况在近郊旅游中表现得较为明显，一般会选择在居住地附近结伴出游；第二种以结交新朋友为目的的出游，则通常发生于路途较远的旅行中。通过阅读相关史学文献可见，渴望结识更多志同道合的良师益友，始终是古代文人的一种精神追求，因此，不管是在平时的生活中，还

---

① 佘德余. 都市文人——张岱传，转引自《石匮书后集·盗贼列传》［M］. 杭州：杭州人民出版社，2006：57.

是在外出游历的过程中，他们都十分渴望能结识新的朋友，尤其是在精神上、在文学创作上能得到共鸣的知己。

张岱一生钟情于山水，喜欢出游，也喜欢在游玩的过程当中去结识不同的人。张岱在《祭周戬伯文》中写道："余独邀天幸，凡生平所遇，常多知己。余好举业，则有黄贞父、陆景业二先生、马巽青、赵驯虎为时艺知己；余好古作，则有王谑庵年祖、倪鸿宝、陈木叔为古文知己；余好游览，则有刘同人、祁世培为山水知己；余好诗词，则有王予庵、土白岳、张毅儒为诗学知己；余好书画，则有陈章侯、姚简叔为字画知己；余好填词，则有袁箨庵、祁止祥为曲学知己；余好作史，则有黄石斋、李研斋为史学知己；余好参禅，则有祁文载、具德和尚为禅学知己。至如周歌伯先生，则无艺不精，无事不妙……。"[①] 从中可以看出，张岱兴趣广泛，既热衷于考功名、品古文，又好游览、好诗词；既好书画，又好填词；既好作史，又好参禅。但无论哪一项爱好，张岱都有知己相伴，共同学习。能结交到这么多不同领域的知己好友，与其喜欢交游结社是分不开的。在张岱看来，结识志同道合的朋友，并且相约一起出游是他一生当中必不可少的乐事。例如，在《陶庵梦忆·卷三·陈章侯》中，作者就回忆了自己同画家陈章侯在夜里赏月泛舟游西湖的往事；在《陶庵梦忆·卷六·天童寺僧》中，记录了作者和好友秦一生一起游历至宁波天童寺拜访金粟和尚，游遍天童寺的往事。仔细翻阅张岱的文章能够发现，描写与好友一起交游的文章有许多，足以可见交游结社以拓展人际交往是其出游的现实原因之一。

秉承着"人无癖不可与交"的理念，张岱通过休闲旅游活动，不但结识了一些文人志士，还认识了不少奇人才士。其中包括说书先生、风尘女

---

① 张岱著，云告点校. 琅嬛文集·祭周戬伯文 [M]. 长沙：岳麓书社，2016：210.

子、道士和尚之类的许多身份低微却身怀绝技之人。例如，在《陶庵梦忆·闵老子茶》中有写："周墨农向余道闵汶水茶不置口。戊寅九月至留都，抵岸，即访闵汶水于桃叶渡。日晡，汶水他出，迟其归，乃婆娑一老。方叙话，遽起曰：'杖忘某所。'又去。余曰：'今日岂可空去？'迟之又久，汶水返，更定矣。睨余：'客尚在耶！客在奚为者？'余曰：'慕汶老久，今日不畅饮汶老茶，决不去。'"[①] 张岱听闻闵汶水是真正的茶道高手，不用品尝就可以辨别茶的优劣，于是特意前去拜访，等候多时才得以与之交谈，之后两人交谈甚欢，最终成了忘年之交。除此之外，张岱与当时的串戏明角张天锡、艺伎王月生等也都有往来。通过与这些在民间所结识的奇才人士进行交流，对张岱独特的文化品位与雅俗兼具写作风格的形成具有重要影响。

张岱的兴趣十分广泛，从他所结交的朋友就可以看出来，所交朋友遍布各个领域。在《陶庵梦忆》中，记载了他与友人一起组建的不同主题的社团，有"丝社""斗鸡社""噱社""蟹社""诗社"等。通过组织不同主题的社团活动，张岱可以同兴趣相投的好友一起游历四方，去欣赏各处的山水名胜，吟诗作对，抒发内心情感；去考察不同地区的风土人情，开阔自身视野。例如，于万历四十四年，张岱与好友范与兰、王士美等人组建了"丝社"，并且每月组织三次集体弹琴的活动，以琴会友，相互交流心得。除了积极参加自己与友人创建的社团所组织的活动之外，张岱还积极参与当时的著名诗社——"枫社"的活动。"枫社"是由当时的著名文人王思任、祁彪佳等人创建的，社团成员大部分是士子，还有一些退职的官员及读书人。"枫社"所组织的活动，主要是社团成员一同游览山水名胜，然后饮酒赋诗以抒发各自的内心情感。

---

① 张岱著，谷春侠、张立敏注析. 陶庵梦忆 西湖梦寻·闵老子茶［M］. 郑州：中州古籍出版社，2012：81.

张岱出于交游结社，以拓宽自己人际交往为目的而进行的休闲旅游活动，结识不同阶层的人，让张岱可以很好地将上层社会的文化形态与一些民间文化的精髓相融合，然后在自己的文学创作中表达出来，突出了自己的特色，也提升了张岱在文学、史学及艺术理论等方面的造诣。

三、以省亲为目的的出游

虽说到了明朝中后期，休闲旅游已经成了一大社会时尚，但由于交流不便利，人们在选择出游目的地时，大部分会选择离居住地较近的地方，张岱也鲜有远游的经历。少有的几次远游当中，也多是以省亲为目的。例如，在崇祯二年，张岱去过一次山东兖州，这次远游兖州的目的是为在山东兖州为官的父亲祝寿。兖州之游，以杭州为出发地，然后沿着京杭大运河北上，途中经过镇江等地，最终抵达山东兖州。这次山东省亲历时两年多，到达山东之后，张岱游历了孔子的故乡——曲阜，游览了“会当凌绝顶，一览众山小”的泰山，结交了许多新的朋友。通过这次远游，张岱留下了诸如《金山夜戏》《孔庙桧》《鲁藩烟花》等多篇名作。

除了山东兖州之行之外，张岱的另一次以省亲为目的远游经历是于崇祯十年七月赴江苏瓜洲以探望其叔父张联芳的出游。张岱前往瓜洲探望张联芳，住在于园，同时又游览了金山寺及焦山等地，然后又到天平山拜访了好友范长白。

总而言之，在张岱一生的休闲旅游生涯当中，以省亲为目的而游玩的次数较少，但是不管是山东兖州之行，还是江苏瓜洲之行，都可算是张岱游玩时间较少，游玩景点较多，对张岱来说较为重要的两次出游。

四、明末清初时期的落难奔波

张岱的人生轨迹，可以以1644年清军入关作为界限，分为两个不同的时期，两个时期的对比十分鲜明。在前文多次叙述了张家世代为官，家境殷实。但清军入关之后，改朝换代，战争不断，国破家亡，张家受到牵连，彻底破产，张岱的居住环境、生活环境发生了翻天覆地的变化。当时清军大举入关攻占北京之后，便开始迅速南下。顺治二年攻占了南京，弘光政权彻底覆灭，之后清军趁势从江阴长驱直入，进而攻占了嘉兴、湖州及杭州等地。因为当时清政府对汉民实行的是高压政策，江南地区反清复明的呼声高涨，明朝宗室鲁肃王朱以海被大家推举为抗清势力的唯一人选，出任监国，并成立了鲁监国政权。由于张耀芳与朱以海颇有渊源，早前张耀芳曾出任朱以海的右长史，再加之张家在绍兴属名门望族，因此，当时张家就自然而然地成为这一新成立的鲁监国政权所倚重的对象。最初，张岱对这个鲁监国政权抱有一丝希望，寄希望于他们这一反清复明的大业可以成功，因此，倾尽家产帮助他们。但是因为朱以海本人十分贪图享乐且目光短浅，再加之手下没有得力干将的辅佐，鲁监国政权的内部矛盾十分严重。顺治三年，在清军的攻击之下，鲁监国政权瞬间瓦解，继而绍兴沦陷。清军在攻占绍兴之后，便开始四处追捕支持鲁监国政权的力量。在这一紧张的局势之下，张岱无奈只能开始自己避兵逃难的生涯。

鼎革之后，张岱的避兵逃难生涯与之前的以交游结社、省亲访友、陶冶情操等为目的的出游完全不同，但是这段逃难生涯作为张岱后半生的一段重要人生经历，无论是在肉体上还是在精神上，对他来说都是有别于前半生的一段人生历练。在清军攻占绍兴之后，张岱带着一子、一奴及一筐书籍，逃到了绍兴城外的越王峥，并栖身于一座千年古刹之内。后因不小心暴露了行踪，为逃避追捕，张岱一行人又急忙转移到嵊州市西北山的一支同宗张氏后裔家中，并且在此继续进行《石匮书》的修撰工作。顺治四年，局势稍微稳定之后，张岱欲回到江阴，但是旧时的朋友，恐被其牵连，不敢与张岱再有往来。无奈只能暂时避居于绍兴城外的项里，张岱与家人在项里大概居住了两年，直至顺治六年，才搬回绍兴城内，居住在卧龙山下的快园，结束了逃难生活。

当然，张岱出游的现实原因，除以上所论述的四种之外，同大部分人一样，张岱出游的主要原因还是为了去接触、去感受与自己日常生活环境的不同生活，使心情愉悦与放松。例如，张岱所著的《陶庵梦忆》，就有许多文章属于描摹景致的小品文，由此足以证明，在张岱的休闲旅游活动经历当中，观赏风景无疑是一种长期性的主要行为。

第三节　张岱休闲旅游行为特点及对文学创作的影响

一、出游地点较为固定

虽说古往今来，大家出游的场所都主要集中在名山、湖海、园林，但古时候由于交通不便利，名山、湖海之地去的还是少数，大部分人还是选择在自居地附近游玩。张岱的出游地点也主要集中在所居住的江南地区，集中在杭州、苏州等城市，这些从其文学作品中可窥见一斑，《陶庵梦忆》中的各个篇名就多以地名命名，例如钟山、日月湖、砎园、不系园、天镜园、秦淮河房、虎丘中秋夜、扬州瘦马、西湖香市等，都是对江南地区美景的描写。

除了具有这些共性的特点以外，张岱在其游览景观的选择上，更有自己独特的眼光。

一方面，张岱对江南地区各个城市的山水景观兴趣盎然，这些地方毫无疑问是张岱游历时的必观之景。另一方面，张岱自幼深受市民文化的熏陶，在游览山水景观的同时，当地的一些民俗习惯、艺苑胜流、民间奇技都能引起张岱的关注，成为一种特别的观赏景观。张岱怀着浓厚的兴趣，记录了各地丰富多彩的民俗景观，如：扬州的清明、虎丘的中秋夜、绍兴的元宵灯景、鲁藩的烟火、苏州葑门荷宕、越俗扫墓、西湖的香市、泰州的客店、秦淮的河房等，形象逼真地展示了晚明社会的民俗风景线。

二、对市井文化情有独钟

张岱休闲旅游地点选在江南地区，自然是对江南地区的山水风光、亭台楼阁、江南园林感兴趣，但是选择中还有其独特的兴趣爱好，便是张岱对市井文化情有独钟，每到一处，必然去了解与感受当地的民俗习惯、民间技法、艺苑胜流、民间美食等，同时，他也记录了许多与当地民土风情相关的内容。例如，《陶庵梦忆·卷七·西湖香市》："西湖香市，起于花朝，尽于端午。山东进香普陀者日至，嘉湖进香天竺者日至，至则与湖之人市焉，故曰香市。"[①] 首先介绍了西湖香市的来历，然后通过描写西湖香市做买卖的人特别多，让人感受到西湖香市的热闹与繁华。"然进香之人，市于三天竺，市于岳王坟，市于湖心亭，市于陆宣公祠，无不市，而独凑集于昭庆寺。昭庆寺两廊故无日不市者，三代八朝之古董，蛮夷闽貊之珍异，皆集焉。至香市，则殿中边甬道上下、池左右、山门内外，有屋则

① 张岱著，谷春侠、张立敏注析. 陶庵梦忆 西湖梦寻·西湖香市［M］. 郑州：中州古籍出版社，2012：162.

摊，无屋则厂，厂外又棚，棚外又摊，节节寸寸。凡胭脂簪珥、牙尺剪刀，以至经典木鱼、伢儿嬉具之类，无不集。[①]”又如，《陶庵梦忆·卷七·扬州清明》：“扬州清明日，城中男女毕出，家家展墓。虽家有数墓，日必展之。故轻车骏马，箫鼓画船，转折再三，不辞往复。[②]”描写了清明节一到，扬州的男男女女全部出动，家家户户都要去省视自家墓地的情景。即使一家有几处墓地，也必须要在清明节这天省视完毕。因此，路上轻车骏马，水中箫鼓画船，东来西往，往复不断。让人能通过文章切身感受这一当地人对于清明节的重视，也体现了当地的一种民俗文化。除此之外，张岱还记录了金山的赛龙舟、鹿苑寺夏天成熟的柿子、龙山的放灯、绍兴的灯景等，除了对一些节日民俗有记载之外，张岱作为一位美食家，还记录了许多当地美食。由此可见，张岱出游时，所观赏的景观，绝不仅限于当地的名山名水，只要是他感兴趣的，他都会去亲身观察与感受，然后用文字记录下来，所以才有了留给后世的诸多名篇佳作。

三、好夜游、好静游，又好热闹

张岱对出游时机与出游时间也有自己的独特见解。在其《西湖寻梦·明圣二湖》中写道：“善游湖者，亦无过董遇三余。董遇曰：‘冬者，岁之余也；夜者，日之余也；雨者，月之余也。’雪巘古梅，何逊烟堤高柳；夜月空明，何逊朝花绰约；雨色涳濛，何逊晴光潋滟。深情领略，是在解人。[③]”冬夜、雨夜、月夜，通常是游人较为稀少的时间段，这个时间段由

---

① 张岱著，谷春侠、张立敏注析．陶庵梦忆 西湖梦寻·西湖香市［M］．郑州：中州古籍出版社，2012：162.

② 张岱著，谷春侠、张立敏注析．陶庵梦忆 西湖梦寻·扬州清明［M］．郑州：中州古籍出版社，2012：132.

③ 张岱．陶庵梦忆 西湖梦寻［M］，长沙：岳麓书社，2016：116.

于游人较少，风景会显得更加空旷、淡远与恬静。张岱尤其喜欢在月夜、雨夜游山玩水，以此感受到那份没有尘世纷扰的空灵之美。例如在《西湖寻梦·冷泉亭》中有这样的描述："余在西湖，多在湖船作寓，夜夜见湖上之月。而今又避嚣灵隐，夜坐冷泉亭，又夜夜对山间之月何福消受！[①]"张岱尤其喜欢夜游，他所描写的一幅幅月夜山水画卷，都蕴含着张岱对于月夜山水的喜爱。

张岱是一个矛盾的人，既喜欢清静，又喜欢热闹。

有时张岱在出游时间的选择上，会刻意避开旅游黄金期，选择游人少时出游。例如，张岱在《陶庵梦忆·卷七·西湖七月半》中介绍了西湖七月半游人众多时写道："西湖七月半，一无可看，止可看看七月半之人。[②]"正如当代人选择在旅游黄金周出游一般，各大热门景点人声鼎沸、众声嘈杂，然而真正会玩之人，会刻意选择淡季游玩，因为，只有等到游人稀少时，才能达到一种"山空人静，独往会心"的境界。因此，在《陶庵梦忆·卷七·西湖七月半》中，张岱也对自己独有的游玩方式进行了描述，等岸上的人一批批地出城之后，人群慢慢稀少，不久就全部散去了，这时候，我们再将船靠近湖岩，"月如镜新磨，山复整妆，湖复靧面，向之浅斟低唱者出，匿影树下者亦出。[③]"甚是漂亮。

但张岱又是一个十分喜欢热闹的人，喜欢在传统佳节，约上好友一起出游，去观赏并参与丰富多彩的民俗节日活动，感受热闹的节日氛围。例如，有文章记载的，张岱分别在秦淮、无锡及金山寺三处亲身感受过端午节的节日氛围，观赏龙舟竞渡这一民间传统体育项目，场面都十分热闹。除此之外，张岱还描写了绍兴元宵灯、虎丘中秋夜、扬州清明节，都是万

① 张岱．陶庵梦忆 西湖梦寻［M］，长沙：岳麓书社，2016：142.

② 张岱著，卫绍生译评．陶庵梦忆［M］．长春：吉林文史出版社，2001：148.

③ 张岱著，卫绍生译评．陶庵梦忆［M］．长春：吉林文史出版社，2001：148.

人云集，十分热闹。张岱认为，在节庆日出游，能更真实地感受当时的民俗文化，感受充满活力的市井文化，这与张岱出游具有的对市井文化情有独钟的特征相呼应。

四、出游所携器具准备充分

张岱是一个乐于享受之人，出游也不会降低自己的生活质量。在晚明时期，许多文人士大夫，他们在出游之前会给亲朋好友发邀请函，有的邀请函中还会将出游需要带的物品列出。从张岱发给亲朋好友的邀请函《游山小启》中，可见张岱出游时会带的一些物品："凡游以一人司会，备小船、坐毡、茶点、盏箸、香炉、薪米之属，每人携一簋一壶二小菜。游无定所，出无常期，客无限数。过六人则分坐二舟，有大量则自携多酿。约×日游×舟次×右启。某老先生有道。司会某具。"[①] 在信中张岱详细地列出了出游所带物品的清单，其中食物类有茶点、一簋一壶二小菜等；生活用品包括坐毡、盏箸、香炉等。从这份清单上可以看出，所列物品有些并非出游出需品，诸如茶酒之类的更是奢侈消费品。除此之外，在《陶庵梦忆·卷七·闰中秋》中也写道："崇祯七年闰中秋，仿虎邱故事，会各友于蕺山亭。每友携斗酒、五簋、十蔬果、红毡一床，席地鳞次坐。"[②] 每人携带一斗酒，五簋食物，十种蔬果，一床红毡，一个接一个席地而坐。从中可见，张岱出门游玩对吃穿用度十分注意，尤其是如茶、酒之类的助兴饮品，更是出游必备物品。除此之外，像毡这样的坐具也是必备的，可以提升旅途中坐卧的舒适感。

除了这些必备物品之外，张岱还会因为出游季节气候的不同而带不同

① 张岱. 琅嬛文集·游山小启［M］，长沙：岳麓书社，2016：73.

② 张岱著，卫绍生译评. 陶庵梦忆［M］. 长春：吉林文史出版社，2001：160.

的器具。以冬季为例，“大雪三日，湖中人鸟声俱绝。是日更定矣，余拿一小舟，拥毳衣炉火，独往湖心亭看雪。……到亭上，有两人铺毡对坐，一童子烧酒炉正沸。”[①] 可见，在冬季出游，保暖的衣物及炉火成为必带物品。

五、行与住都讲究舒适性

在外游玩，除了吃穿用度之外，交通与住宿也是十分重要的，在交通工具的选择上，通常会根据旅游地点的不同而选择不同的交通工具。在明朝晚期，张岱出游所选交通工具主要包括马车、船只、轿子等，张岱作为一名士家子弟，从小生活环境都十分舒适，因此，就算出游在外，也十分重视住与行的舒适性。张岱出游地点主要集中在江南地区，江南水乡，水路较多，因此游船成为张岱使用最频繁的交通工具，但虽都为乘船，但船的名称与形式却各有不同，有灯船、画舫、楼船、小艇等。诸如船只之类的交通工具，无须自备，一般在游玩地点都可以租用，但遇到旺季，则也是“有持数万钱无所得舟”[②]。在登山游玩时，交通工具则是以人力担负的肩舆为主。在明朝晚上，诸如泰山、黄山等旅游风景区，肩舆作为登山的交通工具是十分常见的，就当下许多景点也有肩舆。例如，张岱在登泰山时所坐的便是肩舆，而轿夫则是从当地临时雇佣的。从以上介绍可见，在明朝晚期，旅游交通工具已显商业化，游客无须自备交通工具，在不同的景点都可以租赁到合适的交通工具，能极大地提升游客出行的便利性与舒适度。

---

① 张岱著，卫绍生译评. 陶庵梦忆［M］. 长春：吉林文史出版社，2001：69.

② 张岱著，谷春侠、张立敏注析. 陶庵梦忆 西湖梦寻［M］. 郑州：中州古籍出版社，2012：38.

在休闲旅游的过程中，除了交通问题之外，住宿同样是一个重要问题。特别是多日游，晚上下榻之处是否舒适直接影响旅游体验。翻阅晚明时期的游记可以看出，大部分旅游景点，都有如客栈之类的供游客食宿的地方。通过张岱所写的诸篇游记散文可以发现，张岱在住宿的选择上是多种多样的。张家无论是在绍兴城内还是在城外，都有私家园林，假如在绍兴城周边游玩，张岱会选择下榻于自家的私家园林。就算到杭州游玩，也有私家园林——寄园可供住宿。除此之外，张家世交颇多，再加之张岱本人十分好交友，好友颇多，所以出游还会选择投宿好友家，例如，张岱在杭州求学期间，就曾和好友共同借住在灵隐韬光山下的岣嵝山房；与好友朱楚生相约杭州观赏红叶时，则是借住好友汪汝谦的私人住宅——不系园。

除了下榻自家园林及借住朋友家之外，出门游玩免不了会住酒楼、客栈。在晚明时期，出游盛行，许多热闹的旅游景点，精明的商人会选择在沿河的地方修建一些酒楼、客栈，让游客在休息时也能观赏美景，但是这种地理位置较好的场所，价格自然也不便宜。例如，张岱在《秦淮河房》中所描述的："秦淮河河房，便寓，便交际，便淫冶。房值甚贵而寓之者无虚日。"[①] 秦淮河边的客房，方便住宿、交游、寻色猎艳。房价虽然很昂贵，但却每日客满。再看张岱鲜有的几次远游当中，由于旅途较长，又无相熟的好友家可以借宿，客栈也成为住宿的最佳选择。例如，张岱在游历泰山时，住的是泰安山的客栈，据张岱的描述，他所选择的这一客栈，住的、吃的、玩的、跑腿的，各种服务一应俱全，由此可见其商业化发展程度已非常高。除以上所介绍的住宿方式之外，张岱作为性情中人，在游兴正酣时，也会露宿夜外，尽情地欣赏静谧的月夜山水。

---

① 张岱著，卫绍生译评. 陶庵梦忆［M］. 长春：吉林文史出版社，2001：73.

除此之外，在明朝晚期，许多寺庙、道观也是招待旅游文人及士大夫住宿的地方。例如，张岱在前往兖州省亲的途中，就曾路过镇江，并且投宿于金山寺；在出游普陀时，投宿于普陀的镇海寺；在其逃难期间，也曾避难于越王峥寺中，且住了三个月之久。但总的来说，在行与住上，张岱都讲究舒适性，以提高其旅行体验。

六、好结伴出游且带随从出游

张岱一生好游，好交友，更好邀友一同出游。张岱的《游山小启》则是一篇典型的旅游邀请函，张岱出游邀请的游伴，许多都是知己好友及男性亲属，张岱文章中随处可见与好友结伴游玩的记录。例如，万历四十一年，与好友周戬伯、陆癯庵一同去兰亭旧址参加修禊活动；崇祯七年，与枫社的多位好友在蕺亭山，访苏州虎丘；戊寅年（1638 年），在南京同吕吉士一同游燕子矶，同年，闵老子、王月生送别其至燕子矶，在石壁下饮酒饯行；等等。与知己好友结伴游历，通常是提升旅行体验的重要方式之一。除与知己好友结伴出游之外，张岱还会与男性亲属出游，例如，崇祯十年，张岱前往瓜洲探望叔父张联芳时，就与其叔父张联芳一起游览了瓜洲于园；又比如崇祯九年，张岱和钟昆兄弟介子、平子结伴去寓山探望好友祁彪佳。

从张岱的散文中还可发现，张岱时常会携带女妓或者戏子伴随出行。例如，在崇祯七年，张岱同调腔女艺人朱楚生同住杭州不系园赏红园，并一起游览西湖美景；在牛首山打猎时，则有当时秦淮名妓王月生、董白等人陪同；等等。选择妓女、戏子随行出游，具有调节出游氛围，增加游玩乐趣的作用。并且，无论是翻阅张岱的游记散文还是阅读同时期作家的文章，皆可发现，当时携伎同游俨然成为文人圈的一种时尚。

除了以上共同游玩的好友，以及为了调节气氛的妓女、戏子之外，张岱出门游玩时，还会带上家仆，从《游山小启》中所列的旅游物品可见物品颇多，这些物品张岱是绝不会自己背负的，因此，需要随行奴仆帮其背负旅游所需物品以及服侍其日常起居。除此之外，随行奴仆有时还要兼具“保镖”的职责，例如，《炉峰月》中所写：“月白路明，相与杖策而下，行未数武，半山嗥哮，乃余苍头同山僧七八人，持火燎、鞴刀、木棍，疑余辈遇虎失路，缘山叫喊耳。余接声应，奔而上，扶掖下之。”[①] 总之，作为一名纨绔子弟，张岱鲜有单独出游，一般都会结伴出游，共同游山玩水、饮茶品酒、吟诗作对。

综上分析可见，张岱游历的地点以江南地区为主，较少远游；喜欢邀上三五好友一同游玩，且喜欢选择传统节日出游以感受节日气氛，平时则喜欢错开旅游高峰期以获得更好的游玩体验；出游携带的物品吃穿用度一应俱全，十分注重在旅途过程中的舒适体验；等等。张岱休闲旅游活动的这些特点，也深刻地影响着他休闲旅游文学的创作。

---

① 张岱著，卫绍生译评．陶庵梦忆［M］．长春：吉林文史出版社，2001：102.

第四章　张岱文学作品中反映的休闲旅游精神研究

第一节　张岱文学作品中反映的闲适观

明末清初，明代著名思想家、哲学家王阳明的“阳明心学”以及当时快速发展的商品经济对当时文人精神气质影响颇深，文人的思想产生了一系列变化，他们崇尚将心置于一种开放的状态当中，推崇的是遵从自己的内心去寻“理”，崇尚心的自由。在知行的关系上，要做到“知行合一”。在此影响之下，文人墨客开始逐步摆脱传统思想的桎梏，追求自由的、高度艺术化的生活方式，文人的写作方向开始聚焦于市井生活、定位于自然山水。与此同时，随着商品经济的发展带动的城市的发展，不但催生了享受奢靡、纵欲的文化及生活，而且也让文人从物质环境的外在压力中释放出来，脱离了传统的“原道宗经”的禁锢。文人墨客的天性得到释放，他们的心灵开始消融于日常意识当中。

明朝晚期的这股世俗化发展的热潮促进了当时文人思想的转变，他们开始寻求“本真”人格，并向“身闲”的世俗生活转变。但是在以主张文学创作要能直接抒发作者内心感受，表达文人真情实感的“性灵说”以及冯梦龙“情教说”的双重影响下，“雅趣”成为晚明时期文人的一个重要的心理归宿，他们开始以一种审美的视角来看待世俗生活，从而形成了一种闲趣之风。具体表现为以下两方面：一方面，许多文人开始放弃八股取义之路，而是开始进行通俗文学创作，并且通过卖字画、经商赚取钱财，提高生活质量；另一方面，对普通百姓日常生活、自然山水的记叙、抒写成为当时文人创作的主要素材。总而言之，重“本真”、谈闲趣、蓄声妓、品茶饮酒、建园养花、游山玩水、参禅悟道等成为这一时期文人墨客的追求风尚。

在这些文人当中，张岱可谓是这种“闲适”生活的践行者，是这种“闲适”生活的佼佼者。张岱的闲适观不但具有其所处朝代休闲美学的共性，而且具有自己独特的个性。品读张岱的《陶庵梦忆》《西湖梦寻》等文章中可以发现，他主张的是“闲赏”，旨在于寄情于生活，但是从他早期的作品中又不难发现，他仍向往着体制内的政治生活，渴望自己满腔的爱国抱负可以施展，可以说，他标举着一种闲云野鹤般的生活，追求着一种闲适的生活状态，以此来纾解自己内心由于政治抱负得不到实现的郁结，也在文章中突出表现自己的一种高洁的政治品格。例如，在《陶庵梦忆·卷七·西湖七月半》中将看赏月之人分为五类，认为前四类都只有附庸风雅之人，而自己同自己的好友才是真正的赏月雅士；在《陶庵梦忆·湖心亭看雪》中的描写：“是日更定矣，余拏一小舟，拥毳衣炉火，独往湖心亭看雪。雾凇沆砀，天与云、与山、与水，上下一白。湖上影子，惟长堤一痕、湖心亭一点、与余舟一芥、舟中人两三粒而已。”[①] 也颇有一种孤芳自赏的意味。张岱在其文章中总会以一种“雅”的姿态自居，来显示自己高洁的品质。

下文中笔者便从清赏之闲、精英审美、当世的孤独来分析张岱的闲适观。

① 张岱著，谷春侠、张立敏注析. 陶庵梦忆 西湖梦寻［M］. 郑州：中州古籍出版社，2012：164.

一、清赏之闲

台湾学者毛文芳在《晚明闲赏美学》一书中这样写道："晚明时期的文人，喜好以能唤起美感情趣的事物与心态来装点休闲无扰的日常生活起居成游山玩水、寻花品泉、採石试茗；或焚香对月、洗砚弄墨、鼓琴蓄鹤；或摩挲古玩、摆设书斋、布置园林、无论品鉴书画鼎彝、山水茆亭；或是欣慕美人的情态，乃至对懒、狂、癖、痴、拙、傲各种偏执人格的激赏，均被晚明文人纳入美感情趣的物类范畴中，以成就其闲赏审美的生活。"[①] 笔者也十分赞同这一概括，同时这也是张岱生活的真实写照。张岱在《自为墓志铭》中列举出了自己喜爱的一些事物，"少为纨绔子弟，极爱繁华，好精舍，好美婢，好娈童，好鲜衣，好美食，好骏马，好华灯，好烟火，好梨园，好鼓吹，好古董，好花鸟，兼以茶淫橘虐，书蠹诗魔。"[②] 由此可见，张岱出身名门，自称为纨绔子弟，其爱好十分广泛，但是张岱的"爱"并非一般的喜欢、爱好，他是熟知且精通。可以说，张岱是一个大玩家，对于喜爱之事都会努力去学习、了解、深究，并且结交不同领域的朋友。当然，张岱这些兴趣爱好的培养与发展与其生活环境是密切相关的。一方面，张岱生于书香门第，家里文化氛围浓厚，这样的家庭氛围培养了张岱的文化底蕴与审美品位；同时受当时出游之风的影响，张岱广泛交游，足迹遍布江浙各地，并远及山东，他所出游的地点多是当时经济最发达、文化最昌盛、市井文化最浓郁的地区，通过交游，张岱结识了不同阶层的人，既有文人雅士、又有各行各业的民间艺人。另一方面，由于家境殷实，张岱能钻研自己的兴趣爱好而无后顾之忧。天资聪颖的张

① 毛文芳. 晚明闲赏美学［M］. 台北：台湾学生书局，2000：1.

② 张岱. 琅嬛文集·卷五·自为墓志铭［M］. 长沙：岳麓书社，2016：159.

岱加上广泛的交游、交友，再加之自身的刻苦钻研，才使他能博采众长，形成独具特色的，集灵气与情性于一体的写作风格。由此可见，在当时的历史环境下，张岱过的正如高镰在《燕闲清赏笺》中所写的："心无驰猎之劳，身无牵臂之役，避俗逃名，顺时安处"的雅闲清赏生活。

二、精英审美

张岱生于明朝晚期，在当时人文主义思潮的洗礼启觉下，使其文学创作具有一股性灵之气。张岱的写作风格是集"公安派""竟陵派"之大成。他的文章自然尚真、真情实感，充满了市井风情，字里行间透露着一种闲雅从容、风流洒脱的气质。

以其散文集《陶庵梦忆》为例，全书共分为七卷，每卷十五篇文章左右，文章特点是短小活泼、清新自然，许多都是对市井生活当中的一些俗人俗事的描写，但是却能将这些俗人俗事写得剔透，字里行间透出灵动的诗情。"长塘丰草，走马放鹰；高阜平冈，斗鸡蹴鞠；茂林清樾，劈阮弹筝。浪子相扑，童稚纸鸢，老僧因果，瞽者说书，立者林林，蹲者蛰蛰。"[①] 四字排来的描写，短小活泼、朗朗上口，为人们呈现出了一幅风情画卷，在画中不同的人有不同的神态动作，而张岱却喜欢观察不同人的不同神态动作，一会看别人斗鸡踢球，一会看别人弹琴唱歌，时不时逗逗放风筝的孩童，再听听老僧说书讲道，可见，张岱是真的有闲心与闲时去观察及参与到人们的活动当中去。接着又写："日暮霞生，车马纷沓。宦门淑秀，车幕尽开，婢媵倦归，山花斜插。臻臻簇簇，夺门而入。余所见者，惟西湖春、秦淮夏、虎邱秋，差足比拟。然彼皆团簇一块，如画家横

---

① 张岱著，谷春侠、张立敏注析. 陶庵梦忆 西湖梦寻［M］. 郑州：中州古籍出版社，2012：132.

披；此独鱼贯雁比，舒长且三十里焉，则画家之手卷矣。”[①] 这一次，张岱所观察的不再是平民，而是更高阶层的宦门淑秀，他甚至看到了她们头上戴着新采来的鲜花，最后张岱总结出，他所见过的热闹，唯有西湖的春天、秦淮的夏天、虎邱的秋天可以与扬州的清明相比。整篇文章看起来都是对景物、人物的描写，但是“南宋张择端作《清明上河图》，追摹汴京景物，有西方美人之思，而余目盰盰，能无梦想！”[②] 最后一句点精之笔进行了情感上的升华，表达了自己思念故国之情，不同于大众的观景审美，他的审美更带一种领悟式的审视。

除此之外，在对普通市井人物的描写中，张岱还夹杂着深层的情感，《彭天锡串戏》《柳敬亭说书》《王月生》等文章，都是对一些民间艺人的描写，在当时所处的社会环境中，他们身份卑微；但在张岱眼中，他们却散发出独特的风采。他们虽说身份卑微，却自有傲骨、自尊自爱；他们都精于某一种技艺，但是却不愿以此来获取俗世的诸多利益；他们独具个性、崇尚自由，活得真情洒脱。在张岱的文章中，毫不吝啬对这些人的赞美之词。由此可见，张岱的闲适观是闲适洒脱的，同时在对景观人物的观察中，又带有一种领悟式的审视，不同于普通人的大众审美，而是与之相对的一种深层次的精英审美。

三、当世的孤独

通过前文对张岱生平的了解可知，张岱的一生可以甲申明亡作为界限，

---

① 张岱著，谷春侠、张立敏注析. 陶庵梦忆 西湖梦寻［M］. 郑州：中州古籍出版社，2012：132.

② 张岱著，谷春侠、张立敏注析. 陶庵梦忆 西湖梦寻［M］. 郑州：中州古籍出版社，2012：132.

将人生分为前后两个时期。在明朝覆灭之前，他是一名当之无愧的纨绔子弟，过着豪华奢侈的生活。明朝覆灭之后，清军入关，他受牵连，沦为衣食无继的逃难人士，往后余生都过得十分清贫。“年至五十，国破家亡，避迹山居。所存者，破床碎几，折鼎病琴，与残书数帙，缺砚一方而已。布衣蔬食，常至断炊。回首二十年前，真如隔世。”[①] “真如隔世”四字道尽了辛酸与无奈，前五十年所过的闲适奢侈的生活如过眼云烟般，一去不复返，取而代之的是贫苦、孤独。在明亡后的年岁中，张岱在自知“复明”无望之后，选择与世隔绝、著书修史，以这种方式来排解心中苦闷，这既是一种孤独的体验，也凸显了一种遗民人格的尊严。张岱最终选择归斑斓于平淡，成为一名隐士。他深刻感受了人生的起伏无常，人生如梦的无奈与苦涩，但是在这种无奈与苦涩当中，却透露着他冷静、豁达的心境，即使从豪门世家沦为贫民寒户，仍然保持浪漫旷达之心。对自己喜爱的事情，他会努力去做到极致；对于生活，他在享受的同时还重视品鉴与创造，在物质生活得到满足的前提下丰富自身的精神世界，而不是沉迷于奢侈的物质生活中，他用心去感受生活、用心去感受山水，实现了诗意的栖居。

第二节　张岱文学作品中的思想构成研究

张岱文学作品中蕴含了作者的文学思想、美学思想、旅游思想，这些思想能反映作者的休闲旅游精神，在此，笔者便分别就张岱文学作品中的文学思想、美学思想及旅游思想分别进行论述，研究这些思想中反映的休闲旅游精神。

---

① 张岱. 琅嬛文集・卷五・自为墓志铭［M］. 长沙：岳麓书社，2016：159.

一、张岱文学作品中的文学思想

（一）个性鲜明，展现真我

张岱一直以来都崇尚写文章要具有个性化特点，要能通过文章表达自己的真情实感，正所谓必须“自出手眼”“不落依傍”。他在文学创作上强调“突出个性，展现真我”，强调作品应是作者自身人格、品质的体现与外化。这一思想的形成一方面是受徐渭、袁宏道等晚明作家的影响；另一方面则是张岱自身创作多年经验的感悟与总结。

张岱被称为徐渭的后身，同时也是公安派与竟陵派的集大成者。在《琅嬛文集·卷一·琅嬛诗集序》中写道：“余少喜文长，遂学文长诗。因中郎喜文长，而并学喜文长之中郎诗，文长、中郎以前无学也。后喜钟、谭诗，复欲学钟、谭诗，而鹿鹿无暇，伯敬、友夏虽好之而未及学也。”[①] 张岱尤其钟情于徐渭，徐渭与张家渊源颇深，张岱从小便学习徐渭的诗，并受其影响。出于对徐渭诗的喜爱，张岱开始接触公安派的诗，受到公安派所提倡的“独抒首创、不拘格套”这一创作理论的影响，这一创作理论主要体现在张岱的小品文中。张岱的小品文主要以山水游记类为主，虽说山水游记小品文不属公安派首创，但是能在当时的社会环境下大放异彩，与公安派众多作家的积极创作与推广存在一定关联，张岱的山水小品文无论是在行文风格上，还是在语言运用、写作手法等方面，都与公安派作家的创作相似。此外，就思想观念与生活追求两方面来看，张岱早期作品中突出的思想尤其与公安派作家“寻求自适、追求奢靡”的思想相吻合。例如，公安派的著名代表人物袁宏道强调文学创作要突出生活情趣，在其文章中完全不讳言名利，且崇

---

① 张岱. 琅嬛文集·卷一·琅嬛诗集序［M］. 长沙：岳麓书社，2016：39.

尚五种“真乐”生活。袁宏道的思想是有眼便想看美好的景色、有耳便想听动人的声音、有鼻便想闻到香气、有舌便想尝各种美味。“有名即有利，有利即有种种可意声色香味以悦诸根。无名则贱，贱则无利，无利则穷饿以死，逞悦耳目口鼻乎哉![①]”这一思想在张岱的文章中也多有体现，例如，张岱阐述了自己的各种文艺嗜好及他的人生“七不可解”，“贵贱混乱、贫富错乱、文武错乱、尊卑混乱、强弱背离、缓急失当、智愚不分”这七个方面的不解便是受到公安派处世情趣的影响而形成的。

张岱喜欢徐渭，承传了公安派与竟陵派的思想，在文学创作中也有他们的影子，但张岱的文学创作绝不是单纯地模仿，而是有选择性地学习。张岱学习徐渭的写作手法，却不是完全地照搬照抄；学习公安派的俗而摒弃了浅薄；学习竟陵派的典雅而摒弃了艰涩。可以说，他是学习了他们的优点而摒弃了他们的不足，进而独辟蹊径，自成一派，具有自己的特色。

张岱在写给张毅儒的书犊中，就直言不讳地说自己在写作上模仿了徐渭，并且深受公安派、竟陵派思想的影响，但他也强调自己的作品具有自己的特色，他反对那种单纯模仿而失去自己特色的做法，并且告诫张毅儒不可“胸无定识，目无定见，口无定评”，切不可随波逐流，要有自己的看法与主见，鼓励张毅儒找回自我、做回自己，能做到“自出手眼”，要遵从自己的内心，切不可为了迎合大众而丧失本真。在文学创作中要有自己的思想，要能突出自己的特色，那样才能出彩，才不至于被淹没。

（二）以实为虚，实虚结合

张岱始终强调的是要在继承中做到“取其精华，去其糟粕”，要有自己的主张，要在学习的基础上有所升华。张岱虽承传了公安派与竟陵派的

---

① 袁宗道．白苏斋类集：上海：上海杂志公司，1935：269.

思想，但是他也指出了这两派的弊端，他指出："故用学问者多失之板实，用俚语者多失之轻佻。"[①] 为了不让自己陷入"失之轻佻"的写作误区，张岱除了强调突出个性，表现真我之外，另一审美追求就是强调要"以坚实为空灵"。张岱的这一主张首现于其画论《跋可上人大米画》中，张岱指出："天下坚实者空灵之祖，故木坚则焰透，铁实则声宏。可一师最喜宋画，每以板实见长，而间作米家，又复空灵荒率，则是其以坚实为空灵也。与彼率意顽空者，又隔一纸。"[②] 其中宋画指的是以唐朝李思训作为代表的北地画派，这一派别强调写实，在绘画过程中，强调刻画细节要做到一丝不苟的临摹。"米家"指的则是北宋时期的著名画家米芾与米友仁所创立的山水画派，米家画派的特点是突破传统的以线条写实的绘画方式，强调以虚写实，突出的是绘画的意境美。在文章中，张岱指出可一师喜欢宋画，并且作画过程中以板实见长，他用强调写实的宋画作为基础，同时又吸收了米家空灵掩映的绘画方式，"以坚实为空灵"，因此能更为出彩。

"坚实"与"空灵"，其中就是"实"与"虚"这两个对立统一的概念。"实"与"虚"在美学领域是两个对立统一的表现形式。张岱指出可一师的画作为"以坚实为空灵"，能彰显自己的特色，同时他也将这一主张运用于文学创作当中，以"坚实"来弥补"空灵"所表现出来的空泛弊端，以"空灵"来弥补"坚实"所表现出来的板重之涩。张岱的"坚实"，指的是他的一些生活经历，以及生活在明末清初这一特殊时期具有的爱国主义精神及民族忧患意识；张岱的"空灵"，是在"坚实"基础上的升华，是一种虚实结合的醇美意境。"供奉之梦天姥也，如神女名姝，梦所未见，其梦也幻；余之梦西湖也，如家园眷属，梦所故有，其梦也真。"[③] 梦是虚

---

① 张岱. 琅嬛文集·卷一·柱铭抄自序［M］. 长沙：岳麓书社，2016：37.

② 张岱. 琅嬛文集·卷五·跋可上人大米画［M］. 长沙：岳麓书社，2016：170.

③ 张岱. 琅嬛文集·卷一·西湖梦寻序［M］. 长沙：岳麓书社，2016：38.

的，但是他却在梦中求实，通过自己的梦境来再现西湖的“昨日繁华”，由此引出自身对故国的思念。

（三）真情实感，一往情深

张岱主张人必须要有真性情，他在《祁止祥癖》中写道：“人无癖不可与交，以其无深情也；人无疵不可与交，以其无真气也。”[①] 强调的是交友必须要交真性情之人，缺乏“真气”之人不可交。同时在他的诗文当中也经常会出现“一往深情”这词，例如“一往深情可奈何，解人不得多流视。”“一往深情，余无多让。”等。张岱十分注重“真气”与“深情”，这一主张源自他精神上的真自由，他从小接受的教育强调的是不可随波逐流，要有自己的思想，向往自由自在的生活，就算看到“鱼牢幽闭”，都想将鱼儿放归大海，还其自由。同时，张岱强调要尊重自然界自身的发展规律，重视自然界的完整性，认为就算是一些表面看起来对世界无益的东西，既然存在就有其合理性，就像人的骨骼与血肉是无法分隔一样，自然界的万物也是一种相互依存、和谐共生的关系。张岱的这种“物性自遂”及“万物统一”的自然审美思想造就了他钟情于自然、钟情于江南山水的思想境界。张岱在科考之路受挫之后，很快便领悟八股制文的弊端，然后绝意仕途，寄情于山水。他生活在秀美的山水园林之中，游遍了江南地区的名山秀水，心与景会、神与物游，可以说他是领略着大自然的秀美与灵气一路成长的。他常常会邀上好友泛舟观景、露营赏月，并沉醉于此，怡然自得。

张岱热爱自然山水，不是单纯地沉醉于自然山水的外在美，而是钟情于这些自然山水中所透露出来“真气”，因为热爱，所以对于破坏自然美景的行为深恶痛绝，“飞来峰，棱层剔透，嵌空玲珑，是米颠袖中一块奇

---

① 张岱. 陶庵梦忆 西湖梦寻·祁止祥癖［M］. 长沙：岳麓书社，2016：52.

石。”[①] 但是，杨髡却以墨涂之，张岱十分痛恨杨髡的这种破坏行为，就突发奇想，将奇石拟人化，望奇石能自己长出长腿飞奔，从而逃出被涂抹的厄运，这时候的石头已非普通的石头，而是自己的一位真性情的挚友。

张岱的“真气”与“深情”除了表现在对自然山水的喜爱之外，也突出表现在他对人真性情、真情感的赞赏及追求。例如，在《陶庵梦忆·陈章侯》中，张岱与好友陈章侯一起泛舟饮酒赏月，遇一女子搭船，陈章侯见女子风姿绰约，便曰：“女郎侠如张一妹，能同虬髯客饮否?”[②] 女子欣然就饮。并且女子下船之后，还欲追慕佳人，对于这种轻佻的行为，张岱却表有赞许的意味，因为他认为好色乃人之本性，而陈章侯这种行为正是本性的流露，是一种真性情，不矫揉造作。张岱在交友的过程中，甚至以是否具有“真气”，是否“深情”作为标准，结交了许多有性情、有癖好的朋友。例如，林通爱梅，隐居于西湖孤山，以梅为妻、以鹤为子；米蒂爱奇石，见太湖有奇石便下拜口呼“石兄”；金乳生钟爱花草，一生精力都用于照料花草。这一个个具有癖好的人物，在张岱的笔下熠熠生辉，也正是凭借他们身上所散发出来的这股“真气”。他们对自己的癖好都毫不掩饰，有个性、有理想，且十分执着，不受世俗的干扰。张岱本人也属这种个性，他追求无拘无束的生活，他的散文许多都是有感而发、随意挥洒，总是能淋漓尽致地表达自己的内心所感，不轿揉造作，不弄虚作假。

（四）雅俗共兼，通俗易懂

张岱出身于书香门第，接受了良好的教育，同时也培养了广泛的兴趣爱好，再加之自身具有较高的艺术天赋，因此，琴棋书画都有涉猎，金石

---

① 张岱. 陶庵梦忆 西湖梦寻·飞来峰［M］. 长沙：岳麓书社，2016：139.
② 张岱. 陶庵梦忆 西湖梦寻·陈章侯［M］. 长沙：岳麓书社，2016：40.

古玩也略懂一二，拥有各种文人雅士的清好，这便构成了他独具艺术化的生活内容。但是张岱却不会因为追求风雅而避俗，从其散文创作所关注的对象进行分析，他不只关注上流文人雅士的清好，更多的是关注社会风俗及百姓生活，涉及面十分广泛，饮食、娱乐、出游、聚会、集市、庙会等，都有涉及，同时所写人物也是囊括了社会的各个阶层，工匠画家、伶人妓女、说书艺人，他都与之交友，因此，从张岱的文章中可以看出，他在精致之余也会流露出浓郁的世俗生活气息，雅中透着俗，俗中融着雅。

在《陶庵梦忆》中有许多描述闲雅趣味且具生活化的文章，例如，《陶庵梦忆·卷三》中有《兰雪茶》与《闵老子茶》，论精制茗茶泡法、论品茶之道；《陶庵梦忆·卷二》中的《绍兴琴派》记录了学琴的乐趣；《濮仲谦雕刻》记录了雕刻家技艺手法的精绝，“其竹器，一帚、一刷，竹寸耳，勾勒数刀，价以两计。然其所以自喜者，又必用竹之盘根错节，以不事刀斧为奇，则是经其手略刮磨之，而遂得重价，真不可解也。”[①]。

他的散文又喜欢营造出独具诗意的意境，《湖心亭看雪》中，用“雾凇沆砀，天与云、与山、与水，上下一白。”[②] 这样如诗如画的语言为读者描绘出一幅仙境般的景象。他运用诗歌化的语言来写景色之美，工整韵致且典雅清新，如《天境园》在张岱的笔下就宛如一首优美动听的田园诗歌。“高槐深竹，樾暗千层，坐对兰荡，一泓漾之，水木明瑟，鱼鸟藻荇，类若乘空。”[③] 用工整韵致的文字为读者呈现出一幅生意盎然的景象。

张岱的散文除了独具鲜明雅致的特点之外，还有许多对世俗生活、人间

---

① 张岱著，谷春侠、张立敏注析. 陶庵梦忆 西湖梦寻·濮仲谦雕刻［M］. 郑州：中州古籍出版社，2012：47－48.

② 张岱著，谷春侠、张立敏注析. 陶庵梦忆 西湖梦寻·湖心亭看雪［M］. 郑州：中州古籍出版社，2012：91.

③ 张岱著，谷春侠、张立敏注析. 陶庵梦忆 西湖梦寻·天境园［M］. 郑州：中州古籍出版社，2012：86.

百态的描写，读其文章，宛如在欣赏一幅幅写实的风俗画，景象跃入眼帘。方言巷语、嬉爱怒骂等景象，张岱略加点染使之成文。《鲁藩烟火》《西湖香市》《虎丘中秋夜》等众多富含活力的民间节日、民间习俗及百姓在这些节庆日中的生活百态，在其笔下都能鲜明生动，他甚至会去描写一些民间陋俗，例如在《扬州瘦马》中就细致真实地描述了扬州纳妾的陋俗，表达了自己对媒人唯利是图的讽刺，表达了自己对如牛马般被贩卖的少女的同情。此外，张岱还十分关注生活在社会底层的百姓，特别是对一些有一技之长的民间艺人及传承了民间文化的有志之士，他毫不吝啬赞美之词，种种这般，使张岱的散文凸显出一种浅俗戏谑的特点，言不避俗，通俗易懂。

张岱没有把“雅”和“俗”看成对立的两个概念，而是认为“雅”和“俗”是一种辩证统一的关系，在他的文章中，没有绝对的雅，也没有绝对的俗，雅中含俗、欲中有雅，写作语言也是文白相兼。他善于将“雅”和“俗”高度统一于散文当中，并且能在文章中进行自然转化，从而形成了他独具特色的雅俗共融的艺术造诣，这也是其小品文的特色之一。

二、张岱文学作品中的美学思想

（一）崇尚“空灵晶映”之美

张岱的作品中，许多对景物的描写都体现了一种空灵晶映的美。晚明时期，在经济、交通、社会发展、艺术化风气等多重作用之下，山水园林文学极为盛行。张岱作为一名好游者，一名颇具文学造诣的文人，他以袁宏道、刘侗等人作为自己的榜样，在吸取前辈游记文优点的基础上，根据自身实际游历经验，写出了大量以山水园林为审美对象的散文。在《陶庵梦忆》中，有三分之一的文章都是对山水园林、亭台楼阁之类景观的描写。张岱将山水园林作为审美对象，可谓做到了“独抒性灵，不拘格套”，张岱好友祁彪佳赞道：“余友张陶庵笔具化工，其所记游，有郦道元之博奥，有刘侗人之生辣，有袁中郎之倩丽，有王季重之诙谐，无所不有其一种空灵晶映之气。”[①] 张岱文学作品中的空灵晶映之美主要表现在自然山水与园林别院两方面。首先，需营造空灵晶映的氛围，一方面，所描写的山水园林须淡远，须在空间描写上有一种通透感，给人一种视觉上的开阔；另一方面，所描写的山水园林须静谧、幽静、深远，将嘈杂与喧闹抛去，身心沉醉在山水园林的景色中，以体现一种听觉上的静谧，心理上的宁静。正是通过这样的方式，张岱用他手中的妙笔为我们描绘了一个“空灵晶映”的桃源美景。接下来，笔者便就山水与园林两大方面来分析张岱休闲旅游文学作品中所体现的“空灵晶映”的美学思想。

1. 山水

张岱钟情于山水，特别喜欢以自然山水淡远之境去融汇一种空灵之美，有文曰：“竹石间意，在以淡远取之。”[②] 在《跋蓝田叔米家山》中写道：“画米家山者，止取其烟云灭没，故笔意纵横，几同泼墨。”[③] 因为作画之人是以空灵淡远为美，因此才可以挥洒自如，不刻意，一气呵成，没有凝滞的痕迹。《跋蓝田叔枯木竹石》：“黄大痴九十而貌如童颜，米有仁八十而神明不衰，谓其以画中烟云供养也。”[④]《西施山书舍记》：“凡天下名山古迹，影响者什三，附会者什七，后之品题者亦只宜以淡远取之。”[⑤]

---

① 张岱著，谷春侠、张立敏注析. 陶庵梦忆 西湖梦寻・祁豸佳序 [M]. 郑州：中州古籍出版社，2012：210.

② 张岱著，谷春侠、张立敏注析. 陶庵梦忆 西湖梦寻・祁豸佳序 [M]. 郑州：中州古籍出版社，2012：210.

③ 张岱. 琅嬛文集・卷五・跋蓝田叔米家山 [M]. 长沙：岳麓书社，2016：166.

④ 张岱. 琅嬛文集・卷五・跋蓝田叔枯木竹石 [M]. 长沙：岳麓书社，2016：169.

⑤ 张岱. 琅嬛文集・卷二・西施山书舍记 [M]. 长沙：岳麓书社，2016：66.

这般的空灵淡远是需要在时间上无限延长、在空间上无限扩大、在距离上无限拉远而营造出来的。人在观画品文时，犹如置身于空灵淡远的山水之间，自然会心胸开阔，身心舒畅，从而进入一种空灵之境。所以，张岱在以休闲为目的而进行的旅游活动当中，在观山水、写山水时，鲜有对山水的具体描写，而是取其空灵淡远之影。一句“一望烟光里，苍茫不可寻”[①]则是在空间上无限扩大，而营造的一种宏阔感。一句“故知山去远，草木发光怪”[②] 则是在距离上无限拉远而营造出的一种空灵之感。“群山屏绕，湖水镜涵……遥接海色，茫茫无际”[③] 是既在空间上进行了扩大、在距离上也进行了延伸而营造出的一种空灵之美。“五峰森列，驾轶云霞，俯视南北两峰，若锥朋立。长江带绕，西湖镜开，江上帆樯，小若鸥凫，出没烟波，真奇观也。”[④] 则是在空间上无限拉大，来形成一种空灵淡远之境。

由以上分析可见，张岱钟情于以自然山水的淡远之境去融汇空灵之美。而通过接下来的分析，则可窥见张岱对那种静谧的，由听觉效果而形成的空灵之美的情有独钟。例如，对于游杭州西湖，张岱就有不一样的看法。唐代的白居易写下：“孤山寺北贾亭西，水面初平云脚低。几处早莺争暖树，谁家新燕啄春泥。乱花渐欲迷人眼，浅草才能没马蹄。最爱湖东行不足，绿杨阴里白沙堤。”将刚披上春天外衣的西湖，描绘得生意盎然。宋代的杨万里写下了“毕竟西湖六月中，风光不与四时同。接天莲叶无穷碧，映日荷花别样红。”推崇的是六月观西湖水、赏西湖荷花，甚是一番美景。世人普遍认同在春夏季节游西湖，春夏季节是西湖游客最多的时期。但是张岱所提倡的

---

① 张岱著，夏咸淳校点. 张岱诗文集 [M]. 上海：上海古籍出版社，1991：74.

② 张岱著，夏咸淳校点. 张岱诗文集 [M]. 上海：上海古籍出版社，1991：38.

③ 张岱著，谷春侠、张立敏注析. 陶庵梦忆 西湖梦寻 [M]. 郑州：中州古籍出版社，2012：265.

④ 张岱著，谷春侠、张立敏注析. 陶庵梦忆 西湖梦寻・五云山 [M]. 郑州：中州古籍出版社，2012：357.

却是在秋冬之际游西湖，秋冬之际，游客没有那么多，少了游人嘈杂的声音，西湖山水便因寂静会更显空灵，游客可以更加随心所欲地自由欣赏西湖的美，能够看到、感受到最真实的西湖本色，而不被人打扰。张岱喜欢在夜深人静时观赏山水名胜，例如，在《西湖七月半》中，他对不同观赏人群进行描写，但是对于有地位的官僚、大家闺秀、市井好事之徒等，带有讽刺的意味，唯独称赞的是清雅之士，并且将自己归于清雅之士，他们都是在夜分时刻，等游人逐渐散去之后，“邀月同坐，或匿影树下，或逃嚣里湖”①，观赏夜间所富有艺术气息的西湖美景，赏月观水，他们才是随心洒脱观赏山水之人，只有他们才可以真正体会到西湖的静谧空灵之美。唯有如此，才可“酣睡于十里荷花之中，香气拍人，清梦甚惬。”②

除喜夜间人少时游西湖之外，张岱还喜冬游西湖，冬天万物凋零、冰天雪地，游人稀少，另有一番风味。张岱的《湖心亭看雪》描写的正是西湖的冬景，描绘出了一幅空灵静谧的冬夜山水美景，读之会让人有心之所向、流连忘返之意味。此文也被后人誉为是描写西湖“最漂亮的文章”，全文不足二百字，却融叙事、写景、抒情为一体，最为人惊叹的是张岱对量词的锤炼，将“一白”“一痕”“一点”“一芥”“两三粒”进行组合，构造出了一种辽阔境界，甚至将那种万籁无声的寂静气氛，全部烘托了出来，仿佛美景就在眼前。如此美景，一直都在，唯独张岱带着休闲旅游的精神，摒弃世俗的情怀，用心去感受、领略这种宁静清绝之美。

当代国际著名画家刘墉先生便在读了此文之后，深感此文简单、意象鲜明，余味无穷，心中有种冲动不得不画，而画出《湖心亭看雪》（如

---

① 张岱著，谷春侠、张立敏注析．陶庵梦忆 西湖梦寻・西湖七月半［M］．郑州：中州古籍出版社，2012：164.

② 张岱著，谷春侠、张立敏注析．陶庵梦忆 西湖梦寻・西湖七月半［M］．郑州：中州古籍出版社，2012：164.

图4－1）。或许每个人在读此文章之后，心中都有一幅自己的《湖心亭看雪》，但笔者认为，唯有用心去感受、体味，以一种闲适的心情去读，才能品味出作者的闲适观、审美观，感受到这种空灵晶映之美。

图4－1　刘墉画作《湖心亭看雪》

2. 园林

张岱除钟情于自然山水之外，还喜爱江南园林。在明代晚期，园林小品创作盛行，许多晚明园林小品文的作者，他们在刻画园林时，往往都注重的是对园林主人的介绍、注重的是对观赏者独特审美情趣以及审美心情的描写，而没有刻意描写园林的外在景观。他们往往是通过对园林的描写来抒发自己的情感，以此获得一种情感上的慰藉，使自我个性在此得到绽放、使真性情得到抒发，张岱的园林小品也是这般。张岱在写园林亭台时，并不是简单地介绍这些亭台楼阁，而是注重表达亭台楼阁建筑的匠心独运。因此，张岱在创作园林小品时，通常都是长于联想、融古通今，通过借景抒情的写作手法，让被空间所局限的园林能突破这种空间上的束缚，侧重于对其文化底蕴的描写，这也表现了张岱独特的审美意识。张岱祖上几辈都热衷于修筑园林，因此，家族所拥有的园林有数十座，他从小生长在这些园林当中，再加之好游的天性，游览了江南地区的众多著名园林，因此，写下了众多与园林相关的文章，如《筠芝亭》《砎园》《不二斋》《天境园》等。

张岱笔下所写的园林，从布局上来看，通常是虚实结合、虚实相互渗透，景与物疏而不密、错落有致。张岱尤其擅长通过对园中亭台楼阁、假山花木等的组合搭配来烘托出一种空灵淡远的意境。有关造园，他强调的是："础柱相让，脱离丈许，松石间意，以淡远取之，则妙不可言矣。"①注重的是取园林的淡远之意，可谓妙哉。

张岱在《陶庵梦忆·巘花阁》中这般描写了园林在构建上对空灵淡远的要求："巘花阁在筠芝亭松峡下，层崖古木，高出林皋，秋有红叶。坡下支壑回涡，石拇棱棱，与水相距。阁不槛、不牖，地不楼、不台，意正

① 张岱著，谷春侠、张立敏注析. 陶庵梦忆 西湖梦寻·芙蓉石［M］. 郑州：中州古籍出版社，2012：373.

不尽也。五雪叔归自广陵，一肚皮园亭，于此小试。台之、亭之、廊之、栈道之，照面楼之侧，又堂之、阁之、梅花缠折旋之，未免伤板、伤实、伤排挤，意反局蹐，若石窟书砚。隔水看山、看阁、看石麓、看松峡上松，庐山面目反于山外得之。”① 此园林的布局，原本是稀疏开阔，四散的古木山石与水流相互映衬，极具空灵淡远的意味。但自五雪叔从广陵回来之后，便在园中新修了亭台、长廊、栈道，又重上了花草树木，破坏了这种空灵谈远之美，使得园林显得拥挤、死板。

“北眺西冷，湖中胜概，尽作盆池小景。南北两峰如研山在案；明圣二湖如水盂在几。窗棂门棒凡见湖者，皆为一幅图画。小则斗方，长则单条，阔则横披，纵则手卷，移步换影。”② 此文描写的火德庙旁道士庐构建的精妙之处在于充分利用了湖中之景、南北之山以及明圣二湖之水，作者以一种借景的表现手法展现了火德庙旁道士庐的空灵晶映之美。毋庸置疑，能写出这种空灵淡远的景色，自然与作者的心境密切相关，正所谓“所想即所见”，张岱作为审美主体，唯有他的内心能保持淡然，才能在景物中窥见这种空灵淡远的美。在张岱的诸多文章中都可见这种空灵的心境，如《陶庵梦忆·砎园》中的描写，“砎园，水盘据之，而得水之用，又安顿之若无水者。寿花堂，界以堤，以小眉山，以天问台，以竹径，则曲而长，则水之。内宅，隔以霞爽轩，以酣漱，以长廊，以小曲桥，以东篱，则深而邃，则水之。临池，截以鲈香亭、梅花禅，则静而远，则水之。”③ 文中以曲而长、深而邃、静而远的描写，尽显景色的空灵淡远。又

① 张岱著，谷春侠、张立敏注析. 陶庵梦忆 西湖梦寻·巘花阁［M］. 郑州：中州古籍出版社，2012：188－189.

② 张岱著，谷春侠、张立敏注析. 陶庵梦忆 西湖梦寻·火德庙［M］. 郑州：中州古籍出版社，2012：372.

③ 张岱著，谷春侠、张立敏注析. 陶庵梦忆 西湖梦寻·砎园［M］. 郑州：中州古籍出版社，2012：37.

如,《梅花书屋》《不二斋》《玉莲亭》等文中也都表现了这样一种空灵晶映的园林之美,由此足以窥见作者悠闲淡泊的心态。唯有内心真正做到了淡远空灵,才能真正闲游于景,融情于景,以此来表现自己的休闲审美思想。

张岱还特别擅长在园林的“曲径通幽”中去感受静谧之境中的空灵之美。例如在对于园的描写当中,作者着重表现的是园中石头的精心设计,有石坡、石峰、石壑,又各有花木与之相呼应,以呈现出一种独具匠心的虚实、曲折且幽深的美。当人置身于此幽深寂静的环境当中,仿佛能与世间的嘈杂之声相隔绝,使其心情舒畅、心旷神怡,以忘我闲适之心与自然合二为一。捧上一本《陶庵梦忆 西湖梦寻》细细品来,里面有许多与园林寺庙有关的文章,且每篇文章都有其独到之处,尽显作者内心的闲适淡远心境,体现作者在园林描写上所表现的空灵晶映的审美思想。

在张岱的心中,每一座园林的气质都是独特的,正如对筠芝亭的描写:“多一楼,亭中多一楼之碍;多一墙,亭中多一墙之碍。太仆公造此亭成,亭之外更不增一椽一瓦,亭之内亦不设一槛一扉,此其意有在也。”[①] 一楼一墙、一椽一瓦都恰到好处,有其独特的韵味。张岱抱有一颗淡泊远志之心流连于这些远山淡水之中,为后人留下了诸多优美的园林篇章,创造了一抹休闲空灵之美,读者也唯有带有一颗闲适的心才能感受到这些园林所具有的独到之美。

(二)表露内心的悲慨之美

综合以上对张岱文学思想以及美学思想的描写可见,无论是在文学思想上注重“个性鲜明,展现真我”“以实为虚,虚实结合”“真情实感,一

① 张岱著,谷春侠、张立敏注析.陶庵梦忆 西湖梦寻·筠芝亭[M].郑州:中州古籍出版社,2012:36.

往情深”，还是前面所写的崇尚“空灵晶映”之美，都有点过于美好、虚幻。正如他自己所说，他所写一切多属“痴人说梦”，无论是《西湖梦寻》还是《陶庵梦忆》，无论是“梦寻”还是“梦忆”，都表现了作者所叙所写，都是“梦中说梦”，人生如梦一场。写作的目的在于“留之后世，以作西湖之影。”[①] 为后人留下一些东西，将自己心中的西湖美景留下来使之不被后人所遗忘，也留下自己的一些思想。但是，细细品读张岱的《西湖梦寻》与《陶庵梦忆》能清晰发现，所写文章如同一幅幅现代影视当中的梦幻画面，“梦所未见，其梦也幻”“梦所故有，其梦也真”，所写意象朦胧模糊，如梦如幻，作者沉浸于这些景色当中，如痴如醉，但是在这些梦幻景象当中，却又笼罩着一层苍凉深幽之感，这种心理状态自然与其人生经历密切相关。

张岱生于钟鸣鼎食之家，锦衣玉食，不食人间烟火；但经历了改朝换代，国破家亡，心灵经历了前所未有的动荡。在后期颠沛流离、挑粪种菜的日子里，这种国破家亡的刺痛如影随形、如烙印般印在张岱的胸口，因此，他只能去回忆昔日的美好；去在梦中与他的西湖相会，因此，再将这两部散文集取“梦”字做标题。张岱经历了朝代更迭，作为一位一心想救国复明的爱国人士，当知救国无望之后，只能通过手中的笔，通过文字来诉说自己对旧朝的怀念。在《陶庵梦忆·琅嬛福地》中写到自己墓碑上的铭文：“碑曰：‘呜呼有明陶庵张长公之圹。’”[②] 表示张岱至死都要以明朝遗老自居，始终不承认清王朝，这也是他作为一名爱国之士最后的倔强。但是，怎样都无法改变明朝已经覆灭的事实，他唯有用这种“痴人说梦”的方式来将昔日的美景诉诸笔端。因此，无论张岱所描写的是一种怎样的

---

① 张岱. 琅嬛文集·卷一·西湖梦寻序［M]. 长沙：岳麓书社，2016：39.

② 张岱著，谷春侠、张立敏注析. 陶庵梦忆 西湖梦寻·琅嬛福地［M]. 郑州：中州古籍出版社，2012：200.

美景，也都是昔日的光景，美景不在、繁华不在，唯有去回忆、去梦寻，增添了些许哀伤。对其文章细心品读，这种哀伤随处可见，作者也只有通过著书立传的方式，才能排解自己心中的忧郁。

张岱在《石匮书·文苑列传》中写道："然奇祸坎，贫病夭折，造化者故抑之以昌其文，此古人所毁慨于王、杨、卢、骆也。"[①] "诗文一道，非经折挫，其宝色不酣。"[②] 他认为，祸事、挫折与贫病能激励人，也能造就文人大家。这种观点是其自身所历之事的深切感受，也是他对司马迁"发愤著书"这一观点的延续。

张岱游历各地的时候，在观赏各地美景的同时，各地的民生疾苦以及官僚腐败也深深地印入作者的脑海之中，也正是有这些游历的经历，使其在文学创作中对平凡人的平凡生活，对市井百姓的生活疾苦深有感触。例如，张岱在《陶庵梦忆·西湖香市》中的记载："崇祯庚辰三月，昭庆寺火。是岁及辛巳壬午荐饥，民强半饿死。壬午道梗，山东香客断绝，无有至者，市遂废。辛巳夏，余在西湖，但见城中饿殍舁出，扛挽相属。时杭州刘太守梦谦，汴梁人，乡里抽丰者，多寓西湖，日以民词馈送。有轻薄子改古诗诮之曰：'山不青山楼不楼，西湖歌舞一时休。暖风吹得死人臭，还把杭州送汴州。'可作西湖实录。"[③] 文章首先描述了昭庆寺香火鼎盛时期人声鼎沸的景象，但是在文章末尾，突然笔锋一转，一句昭庆寺火，写出在战争过后，杭州城中饿殍满地，日夜不断送葬的惨景，以此来反映战争对平民百姓带来的巨大不幸。在对这种惨状的描写当中，表现出了作者内心那股激扬不平之气、表现出一种悲慨之美。

---

① 张岱. 石匮书·文苑列传 [M]. 上海：上海古籍出版社，1995：106.

② 张岱. 石匮书·文苑列传 [M]. 上海：上海古籍出版社，1995：106.

③ 张岱著，谷春侠、张立敏注析. 陶庵梦忆 西湖梦寻·西湖香市 [M]. 郑州：中州古籍出版社，2012：162.

张岱在景物的今昔对比之中，通常都会表露出一种悲慨之感，正所谓昔日有多美好，现实就有多凄凉。例如在《琅嬛文集·越山五佚记·吼山》的前半部分，作者着重描写的是记忆中的、曾经游玩过的陶氏书屋，是一番秀美幽深的景观，在字里行字也透露着作者对陶氏书屋的喜爱，但是后半部分，笔锋急转，写到三十年后，张岱在历经社会动荡之后再游吼山，正如江山易主，眼前的吼山也已易主。曾经的名门望族，如今宅第已经归属其族人，万亩田产不复存在，昨日的豪门繁华宛如昙花一现，前后两部分对比强烈，也是作者在结合自身经历之后的有感而发。

又比如在《琅嬛文集·卷二·快园记》中前半部分的描写："园在龙山后麓，山既尾掉，是背弗痴，水复肠回，是腹勿闷。屋如手卷，段段选胜，开门见山，开牖见水。前有园地，皆沃壤高畦，多植果木。公旦在日，笋橘梅杏，梨楂菘菔，闭门成市。池广十亩，豢鱼鱼肥。有桑百株，桃李数十树。"[①] 曾经的快园山水相得益彰，果木繁茂，入眼即是青山绿水，田阔鱼肥，好不热闹。但后半部分，一晃回归眼前景色"及今陵谷变迁，先生蜕去未久，子孙零落，为余所僦居者二十四年，于此败屋残垣，稍为补葺。从前景物，十去八九，平泉木石，亦止可仅存其意也已矣。"[②] 与前文进行了强烈的对比，往昔景物，已十去八九，曾经果木繁盛、鱼肥成群、闭门成市的盛景已如过往云烟，唯能从平泉木石中找出昔日的一些光景。如此强烈的景物对比描写，也是作者对家国兴亡的感叹，对人事须臾的恨生的悲慨。

张岱好游，早年游遍各地，也品尽各地美食，"远则岁致之，近则月

---

① 张岱. 琅嬛文集·卷二·快园记［M］. 长沙：岳麓书社，2016：68.

② 张岱. 琅嬛文集·卷二·快园记［M］. 长沙：岳麓书社，2016：69.

致之、日致之。耽耽逐逐，日为口腹谋，罪孽固重。”[①] 在《陶庵梦忆·方物》中，作者列举了自己所尝美食，近处的美食甚至每天都会寻来品尝，但如今光景“四方兵焚，寸寸割裂，钱塘衣带水，犹不敢轻渡。”[②] 战乱的格局，自己的身份也不比从前，世间美味已不可得也。此外，写于明亡之后的《西湖梦寻序》，更是通篇都萦绕着一种悲慨的气息：“前甲午、丁酉，两至西湖，如涌金门商氏之楼外楼、祁氏之偶居、钱氏、余氏之别墅，及余家之寄园，一带湖庄，仅存瓦砾。则是余梦中所有者，反为西湖所无。及至断桥一望，凡昔日之歌楼舞榭，弱柳夭桃，如洪水淹没，百不存一矣。余及急急走避，谓余为西湖而来，今所见若此，反不若保吾梦中之西湖为得计也。……夙习未除，故态难脱，而今而后，余但向蝶庵岑寂，蘧榻纡徐，惟吾梦是保，一派西湖景色，犹端然未动也。儿曹诘问，偶为言之，总是梦中说梦，非魇即呓也。……余犹山中人归自海上，盛称海错之美，乡人竞来共舐其眼。嗟嗟！金齑瑶柱，过舌即空，则舐眼亦何救其馋哉！”[③] 记忆中西湖边的湖畔别院，现已只剩下一堆瓦砾；西湖的歌楼舞榭，弱柳夭桃早已不见踪影，看到此番惨败的景象，作者急急走避，不忍看到眼前的景象而坏了自己心中的那一方美景。通篇文章都透露着一种惋惜、悲慨之情，自己为寻找自己心中的西湖而来，而至此之时，却唯有匆匆走避，不如退回梦中，在梦中与记忆中美丽的西湖相遇，可悲、可叹。

在《石匮书·科目志总论》中，张岱对明朝的科举做了深刻的反思，

---

① 张岱著，谷春侠、张立敏注析. 陶庵梦忆 西湖梦寻·方物［M］. 郑州：中州古籍出版社，2012：112.

② 张岱著，谷春侠、张立敏注析. 陶庵梦忆 西湖梦寻·方物［M］. 郑州：中州古籍出版社，2012：112.

③ 张岱. 琅嬛文集·卷一·西湖梦寻序［M］. 长沙：岳麓书社，2016：38－39.

“有人于此，一习八股，则心不得不细，气不得不卑，眼界不得不小，意味不得不酸，形状不得不寒，肚肠不得不腐。”他深刻地感受到八股文会损害人的个性，危害极大，但是在明朝又有几个读书人不习八股之文呢？整个明王朝都是以八股取士作为一项选取人才的方式，可见，这些习八股的文人士大夫，他们的个性几乎都是扭曲的，文人士大夫思想的扭曲、个性的丧失，也正是明王朝灭亡的原因之一，实是悲哀。

张岱在《琅嬛文集·卷一·越绝诗小序》中写道：“忠臣义士多见于国破家亡之际，如敲石出火，一闪即灭，人主不急起收之，则火种绝矣。”[①] 从某种层上来讲，张岱发愤著书，就是希望要国破家亡之后为后人留下些许可以回忆的东西，让后人能记住明王朝的辉煌盛景，不让火种绝矣。因此，在张岱的笔下所写的历史人物，大部分都是失败的英雄，例如，楚霸王项羽、精忠报国的岳飞，甚至是“风萧萧兮易水寒，壮士一去不复返”的侠士荆轲，所写多为这种慷慨悲歌的壮士。张岱推崇民族英雄岳飞“精忠报国”的爱国精神，在《西湖梦寻·岳坟柱铭》中写道：“呼天悲铁像，此冤未雪，常闻石马哭昭陵；拓地饮黄龙，厥志当酬，尚见泥兵湿蒋庙。”[②] 张岱深感岳将军的救国志向未伸，沉冤未雪，感古怀今，张岱将希望寄予当世，望能有爱国人士振臂一呼，集合四方壮士，推翻当下清王朝的统治，以恢复明王朝的政权。

综上分析可见，在张岱书写的文章当中，尽显悲慨之美。其悲慨之美主要是通过以下三种方式进行表达。第一，既通过昔日美景与今日残垣的对比进行凸现；第二，通过昨日美食今已不可觅的悲哀进行表达；第三，通过对失败英雄的描写来言志，以此来抒发自己内心的亡国之痛以及家国

① 张岱. 琅嬛文集·卷一·越绝诗小序［M］. 长沙：岳麓书社，2016：17.

② 张岱著，谷春侠、张立敏注析. 陶庵梦忆 西湖梦寻·岳王坟［M］. 郑州：中州古籍出版社，2012：249.

之悲。

(三) 休闲生活的自然审美

在张岱的文学作品当中，随处可见日常生活当中的一些以休闲娱乐为目的的生活方式。因此，可通过张岱文学作品所描绘出来的一些日常生活图景，去认识、观察明朝末期的日常生活景象，诸如，节庆活动、听书品茗、踏青赏花等，都是张岱十分喜欢的休闲生活方式。

1. 节庆出游

明末时期，随着市场经济的发展，促进了旅游业的发展，出游成为明末时期的一种重要休闲方式。在当时，集体性出游许多是伴随着民间节庆活动而发展的，在《陶庵梦忆》中就有多篇文章记录了节庆出游的繁华景象。例如在《虎丘中秋夜》中写道："虎丘八月半，土著流寓、士夫眷属、女乐声伎、曲中名妓戏婆、民间少妇好女、崽子娈童及游冶恶少、清客帮闲、傒僮走空之辈，无不鳞集。"[①] 在《扬州清明》中写道："扬州清明日，城中男女毕出，家家展墓。……是日，四方流离及徽商西贾、曲中名妓，一切好事之徒，无不咸集。长塘丰草，走马放鹰；高阜平冈，斗鸡蹴鞠；茂林清樾，劈阮弹筝。浪子相扑，童稚纸鸢，老僧因果，瞽者说书，立者林林，蹲者蛰蛰。"[②] 又比如在《葑门荷宕》中写道："天启壬戌六月二十四日，偶至苏州，见士女倾城而出，毕集于葑门外之荷花宕。楼船画舫至鱼艖小艇，雇觅一空。远方游客，有持数万钱无所得舟，蚁旋岸上者。余移舟往观，一无所见。宕中以大船为经，小船为纬，游冶子弟，轻舟鼓

---

① 张岱著，谷春侠、张立敏注析. 陶庵梦忆 西湖梦寻・虎丘中秋夜［M］. 郑州：中州古籍出版社，2012：129.

② 张岱著，谷春侠、张立敏注析. 陶庵梦忆 西湖梦寻・扬州清明［M］. 郑州：中州古籍出版社，2012：132.

吹，往来如梭。”[①] 通过这些文章可见，无论是中秋夜、清明节，抑或是观荷节，都是人头鳞集，往来如梭。

但是和普通大众节庆日出游目的不同的是，张岱这般文人雅士，追求的是一种能愉悦身心的自然之游。张岱从小接受了良好的审美教育，再加之天资聪颖，使其拥有较高的审美修养以及高雅的审美格调，他热衷于在山水自然环境中感受天地之气，放松身心，并从中品味出游的闲适以及怡情。就如在《西湖七月半》的赏月之旅中，作者追求自然高雅的审美情趣跃然纸上，通过与其他几类人的对比，突显出作者作为文人雅人所追求的闲适与怡情。

当然，作者在描写节庆时日的文章中，也毫不吝啬对普通民众的描写，向世人描绘出了一幅幅普通百姓的生活场景，由此可见，在明末时期，休闲旅游活动并非是上层阶级的文人雅士、达官贵人的专属活动，以休闲旅游方式来愉悦身心、增长见识已成为一种普通的社会现象。张岱通过描述人们在休闲旅游活动中所获得的闲适与放松，也向后世的我们展示了当时在江南社会风俗的影响下，人们的日常生活方式中所包含的生态趣味以及自然审美意蕴。

2. 游山玩水

都市文人张岱虽说经常游玩于市井之中，但他也有一颗游山玩水之心，喜欢在大自然中寻求一种超脱俗世的闲适，因此，他几乎踏遍江南山水，并且留下了众多美文，通过这些文章，能让我们感受到大自然所特有的美。

如《栖霞》：“戊寅冬，余携竹兜一、苍头一，游栖霞，三宿之。山上

---

① 张岱著，谷春侠、张立敏注析. 陶庵梦忆 西湖梦寻·葑门荷宕［M］. 郑州：中州古籍出版社，2012：38.

下左右鳞次而栉比之，岩石颇佳……日晡，上摄山顶观霞，非复霞理，余坐石上痴对。复走庵后，看长江帆影，老鹳河、黄天荡，条条出麓下，悄然有山河辽廓之感。”①

如《不系园》：“甲戌十月，携楚生住不系园看红叶。至定香桥，客不期而至者八人。”②

如《游山小启》：“幸生胜地，鞋靸间饶有山川；喜作闲人，酒席间只谈风月。野航恰受，不逾两三；便榼随行，各携一二。僧上凫下，觞止茗生。谈笑杂以诙谐，陶写赖此丝竹。兴来即出，可趁樵风；日暮辄归，不因剡雪。愿邀同志，用续前游。凡游以一人司会，备小船、坐毡、茶点、盏箸、香炉、薪米之属。每人携一簋一壶二小菜。游无定所，出无常期，客无限数。过六人则分坐二舟，有大量则自携多酿。”③

张岱自幼过着奢华清闲的生活，他这般闲适、这般怡然自得的心境，和山水美景相互映衬，实属在日常生活中不可多见的生活情趣。尤其是张岱的那份淡然与洒脱，更显珍贵。一句“喜作闲人，酒席间只谈风月”道出了他的休闲旅游精神，游玩定要尽兴，只谈风月，莫论国事。

3. 赏花

张岱除了喜欢游山玩水之外，还喜爱花草，在《陶庵梦忆》中便有多篇有关花草的文章，卷一中的《天台牡丹》《金乳生草花》，卷六中的《一尺雪》《菊海》，都是描写花草的佳作，作者在品花鉴草的过程中感受自然，为其休闲旅游生活增添了另一番诗情画意。

例如，《天台牡丹》中的描写，“花时数十朵，鹅子、黄鹂、松花、蒸

---

① 张岱著，谷春侠、张立敏注析. 陶庵梦忆 西湖梦寻·栖霞 [M]. 郑州：中州古籍出版社，2012：90.

② 张岱著，谷春侠、张立敏注析. 陶庵梦忆 西湖梦寻·栖霞 [M]. 郑州：中州古籍出版社，2012：94.

③ 张岱. 琅嬛文集·卷二·游山小启 [M]. 长沙：岳麓书社，2016：73.

粟，葶楼穰吐，淋漓簇沓。”[①] 短短二十一个字的描写，寥寥几笔，不枝不蔓，却又质实饱满，可谓传神，同时张岱的名士性情也跃然纸上。最后一句“有侵花至漂发者，立致奇祟。土人戒勿犯，故花得蔽芾而寿。”[②] 将花与妖神相结合，百姓借此娱乐，美丽的牡丹却能因此而免去折枝的厄运，具有一定的趣味性。整篇文章，短小精炼，体现了张岱文学作品所特有的闲适清新的文字风格，同时也是作者在晚年时期对昔日美景的悠然回忆。

又比如在《金乳生草花》中，介绍了一位嗜花草如命之人——金乳生是怎样爱花护花，怎样用心去构造他的花园。在金乳生的花草园中“草木百余本，错杂莳之，浓淡疏密，俱有情致。春以罂粟、虞美人为主，而山兰、素馨、决明佐之。春老以芍药为主，而西番莲、土萱、紫兰、山矾佐之。夏以洛阳花、建兰为主，而蜀葵、乌斯菊、望江南、茉莉、杜若、珍珠兰佐之。秋以菊为主，而剪秋纱、秋葵、僧鞋菊、万寿芙蓉、老少年、秋海棠、雁来红、矮鸡冠佐之。冬以水仙为主，而长春佐之。其木本如紫白丁香、绿萼玉碟蜡梅、西府滇茶、日丹白梨花，种之墙头屋角，以遮烈日。”[③] 在这一段描写中，张岱不厌其烦地罗列了园中所种花草，四季分明，种类繁多，旨在向读者表现出金乳生对花草的喜爱，同时也间接反映出张岱对花草的熟悉，如此多品种的花草，张岱都能一一说出。金乳生一生莳花草，身份地位十分低微，但是张岱却对其十分欣赏与赞扬，仅仅从养花的技术上对其进行描绘，感动于金乳生对花草的一片痴心。这样一种对底层民众的赞扬与关怀，不同于传统文人只注重于描写上层人物的框

---

① 张岱著，谷春侠、张立敏注析. 陶庵梦忆 西湖梦寻·天台牡丹［M］. 郑州：中州古籍出版社，2012：31.

② 张岱著，谷春侠、张立敏注析. 陶庵梦忆 西湖梦寻·天台牡丹［M］. 郑州：中州古籍出版社，2012：31.

③ 张岱著，谷春侠、张立敏注析. 陶庵梦忆 西湖梦寻·金乳生草花［M］. 郑州：中州古籍出版社，2012：32.

架，他立足于普通百姓身边的小人物，并以此为切入点，去歌颂、去赞扬他们身上所具有的闪光点，赞扬他们身上所具有的真性情，从中突出了张岱自身所具有的追求真实的生活审美情趣。

再比如在《菊海》中，作者回忆了自己曾经到兖州缙绅家的王府赏菊的情形，“花大如瓷瓯，无不球，无不甲，无不金银荷花瓣，色鲜艳异凡本，而翠叶层层，无一早脱者。此是天道，是土力，是人工，缺一不可焉。兖州缙绅家风气袭王府，赏菊之日，其桌、其炕、其灯、其炉、其盘、其盒、其盆盎、其肴器、其杯盘大觥、其壶、其帏、其褥、其酒、其面食、其衣服花样，无不菊者。”[①] 张岱出身名门，爱游历，可称得上是见过世面之人，但是当看到这样的情景也颇为震惊，因此，一连十五个“其”字开头的短语，一气呵成，描写了一幅花开满府的景象，府中上下、内外，各器具中都开满了菊花，给人一种画面感，且如嗅菊香。

如果说在《菊海》中，是对缙绅之家种菊、赏菊之气派场面的描写。而在《一尺雪》中则是对普通百姓种花热情的描写，“兖州种芍药者如种麦，以邻以亩。花时宴客，棚于路、彩于门、衣于壁、障于屏、缀于帘、簪于席、茵于阶者，毕用之，日费数千勿惜。”[②] 作者连用七个“于”字的短语，描写了一尺雪盛开时街边的景象，在路上有花棚，门边有花溢彩流芳，墙壁上爬满了花，屏风上以花做装饰，帘子上以花做点缀，席子戴上了花，就连台阶上都有花做铺垫。就这样布置下来，每天都会消耗大量的花，但人们也不会顾惜。就连张岱在兖州的些许时日中，友人也每天剪来上百朵芍药送予他。

---

① 张岱著，谷春侠、张立敏注析. 陶庵梦忆 西湖梦寻·菊海［M］. 郑州：中州古籍出版社，2012：157.

② 张岱著，谷春侠、张立敏注析. 陶庵梦忆 西湖梦寻·一尺雪［M］. 郑州：中州古籍出版社，2012：156—157.

由此可见，在明末时期，随着经济的发展，人们的物质生活水平得到了提高，开始追求更高层次的精神文化的审美追求，无论是乡绅世家还是普通百姓，都开始追求生活上的雅致，开始追求精神层面上的享受，张岱作为一个都市文人，自然也不例外。在他的文学作品中，为读者描绘了一幅幅灵动华丽、充满生活气息、现世欢乐的晚明市民文化生活场景，宛如一幅幅浮世绘，给后世的读者呈现出一个充满自然韵味、生活气息、诗情画面的生存空间。

通过这样一篇篇优美的文章，张岱意图为我们描写他曾经美好生活的点点滴滴。无论是“忆”还是“梦”，都是张岱在回忆过往美好生活之后加上自己审美思想之后的再加工。无论是自然风光还是社会生活百态，张岱通过“忆”、通过“梦”这样的自然审美路径，都以一种更加美好、丰富、梦幻地方式呈现在世人面前。

4. 品茶

饮茶是古代文人所推崇的一种极具美感的休闲活动，相比于饮酒，饮茶显得更具文化气息，同时也更具审美内涵。从功能上进行分析，茶具有待客以及自饮两种作用。茶文化是我国著名的饮食文化，是中国传统文化的重要组成部分，同时也极具休闲意蕴，能反映中华民族悠久的文明礼仪。

饮茶活动是极具审美性与休闲性的，首先，采茶、制茶的过程就颇具美感；其次，煮茶的过程又是充满诗情画意的；最后，品茶更是一门学问，一种精神享受。接下来，笔者便从品茗鉴茶、亲身制茶、茶魂与茶器三方面来分析茶文化中的美学意蕴。

（1）品茗鉴茶

张岱是爱茶之人，在他的众多文章中都表露过对茶的喜爱，那么，张岱喜爱的是哪些茶呢？接下来，我们便细细品鉴张岱文学作品中有关茶的描写，来走进张岱为世人描绘的茶世界。在《陶庵梦忆》中，有关于罗岕茶与兰雪茶的记录，其中，罗岕茶曾被誉为中国历史第一名茶，极负盛名，在明清时期更是名噪一时。

对于品茗鉴茶，张岱称得上是行家里手。据记载，对于茶叶，他只需闻一闻、尝一尝，便能准确地说出茶的品种，并详细记载在《陶庵梦忆·闵老子茶》[①] 中，因为周墨农曾对张岱说起过，在南京有位闵汶水，是名茶道高手，于是，崇祯十年（1638）九月，张岱抵达南京，专程拜访这位茶道高手闵汶水，等待半日，张岱终于见到闵汶水，汶水老人见张岱如此执着，颇有诚意，同时也是爱茶之人，便支起炉子亲自煮茶。当张岱询问他："此茶何产？"汶水老人想考一考张岱，便说："阆苑茶也。"不料张岱只是轻尝了一口茶水便说，"莫绐余！是阆苑制法，而味不似。"这时候，汶水老人笑着说，那你知道此为何茶吗？张岱再次轻酌一口，便说，"何其似罗岕甚也？"直接猜出了茶的品种。紧接着，张岱又问，煮茶所用之水是什么水，汶水老人再次卖起了关子，说是惠泉水，但张岱很快对此发出了疑问道："莫绐余！惠泉走千里，水劳而圭角不动，何也？"至此，汶水老人便不再隐瞒，对张岱说出了其中的奥秘。过了一会儿，汶水老人又拿出一壶茶让张岱品尝，张岱品尝之后说："香扑烈，味甚浑厚，此春茶耶？向瀹者的是秋采。"汶水老人听完大笑，说："予年七十，精赏鉴者，无客比"。于是两名爱茶之人结为忘年之交。

后世，许多对这一文章研究的学者都称张岱与汶水老人的此次品茗的过程可称为"斗茶"，但笔者认为称之为"鉴茶"更为贴切，"斗茶"指的是双方各自用同样的方法制茶，是鉴定茶味的一种方法，而在这篇文章中，是汶水老人一路对张岱进行试探、考验，最后张岱从容应对，让汶水

---

① 张岱著，谷春侠、张立敏注析. 陶庵梦忆 西湖梦寻·闵老子茶［M］. 郑州：中州古籍出版社，2012：81.

老人颇感惊喜，与之饮茶聊天，最后才有了知己般的惺惺相惜。

（2）亲身制茶

张岱不仅精于品茗鉴茶，还曾参与过制茶，在《陶庵梦忆·兰雪茶》[①]中就记录了张岱依照松萝焙法制作了日铸茶，后更名为“兰雪茶”，此事影响了越地的茶风，让“兰雪茶”一哄如市。张岱最初想要制茶的原因是因为王龟龄曰：“龙山瑞草，日铸雪芽。”而张岱的三峨叔知道松萝焙法，于是张岱就想拿瑞草来试试，瑞草“香扑冽”。张岱感觉瑞草虽好，但是由于每年的产量都特别少，供不应求。然而日铸的产量却很高，足以满足茶客的需求。并且瑞草和雪芽都属绍兴名茶，欧阳修也曾说过：“两浙之茶，日铸第一。”所以，张岱认为用松萝焙法制作日铸茶更为合适，“遂募歙人入日铸。扚法、掐法、挪法、撒法、扇法、炒法、焙法、藏法，一如松萝。”

茶叶制成之后，用其他的泉水煮，都没有散发出香气，于是张岱尝试用禊泉水煮，投放了一小罐茶味，香气却太过浓郁，因为在煮茶的学问中，香气与味道太过浓郁，都非上品好茶，于是，“杂入茉莉，再三较量，用敞口瓷瓯淡放之，候其冷”，等茶凉了之后，再将滚烫的水倒入冲茶，最后，张岱又取清妃白将其倒入白色的茶具之中，就这样，张岱才制出了自己满意的上品之茶，同时，张岱在这篇文章中对茶的描写也迫具美感，“取清妃白，倾向素瓷，真如百茎素兰同雪涛并泻也。雪芽得其色矣，未得其气，余戏呼之‘兰雪’。”

通过以上描写可见，张岱爱茶，且不止于品茶，还参与茶的制作，了解茶魂、茶器。

（3）茶魂与茶器

莫言曾言“水乃酒之魂”，水之于茶也是如此。古代爱茶之人都十分

---

① 张岱著，谷春侠、张立敏注析．陶庵梦忆 西湖梦寻·兰雪茶［M］．郑州：中州古籍出版社，2012：76－77．

注重煮茶水的选择，好水才能煮出好茶。茶圣陆羽曾在《茶经》中写道："其水用山水上，江水中，井水下，其山水，拣乳泉石地慢流者上。"[①] 陆羽所说的"山水"指的便是泉水，泉水以其清轻甘冽的特点被认为是煮茶之上品。张岱作为一个"茶痴"，自然也十分讲究品茗之水，在他的《陶庵梦忆》当中，有多遍文章对泉水进行了介绍，其中在他所介绍的泉水中，最负盛名的当属惠山泉与禊泉。

其中惠山泉是当时著名的泉水，其水质虽好，却容易在运输的过程中影响水质。所以当汶水老人说他用的是惠山泉水煮茶时，张岱发出了疑问，随后汶水老人便详细与张岱介绍了如何在运输途中保持水质不变，"其取惠水，必淘井，静夜候新泉至，旋汲之。山石磊磊藉瓮底，舟非风则勿行，放水之生磊。即寻常惠水犹逊一头地，况他水耶!"[②] 但是张岱并不满足于这些知名的泉水，他钟情于寻觅那些鲜为人知的好泉，禊泉便是张岱发现的好泉之一。在《陶庵梦忆·禊泉》中，张岱描写了自己发现禊泉的过程，万历四十二年的夏天，张岱途经斑竹庵，取水解渴，惊讶于此泉水"如秋月霜空，噀天为白；又如轻岚出岫，缭松迷石，淡淡欲散。"[③] 然后，张岱发现井口刻有字，便赶紧扫清杂物，发现"禊泉"二字，看字迹，张岱猜测是书圣王羲之所题，只是不明白为何如此好泉却无人知晓。张岱便试着用禊泉之水烹茶饮用，从此便爱上此泉。在文章中张岱还写道官僚欲独占禊泉水却致禊泉名声大振，不无得意和炫耀之意。张岱还自创了一套鉴别禊泉水的方法，颇为独特，"取水入口，第桥舌舐腭，过颊即

---

① 陆羽. 茶经［M］. 北京：中华中局，2015：65.

② 张岱著，谷春侠、张立敏注析. 陶庵梦忆 西湖梦寻·闵老子茶［M］. 郑州：中州古籍出版社，2012：81.

③ 张岱著，谷春侠、张立敏注析. 陶庵梦忆 西湖梦寻·禊泉［M］. 郑州：中州古籍出版社，2012：74.

空，若无水可咽者，是为禊泉”[①]。张岱对禊泉的评价很高，他认为禊泉的水质甚至好过会稽陶溪、萧山北干等当时名泉，可与惠山泉比肩，但是惠山泉水难以运输、保存至此，所以从这点来看，还是禊泉更具优势。张岱还认为禊泉是烹煮兰雪茶的首选之水，“他泉瀹之，香气不出，煮禊泉，投以小罐，则香太浓”[②]。当然，张岱之所以能对这么多泉水进行比较评价，说明他都品尝过这些泉水，由此可见他对寻觅好水的执着追求，也表现了张岱水质品鉴能力的出色。

好茶、好水的完美结合，自然不能少了好的茶具，张岱作为一名“茶痴”，当然也十分讲究茶具的选择与使用。我国茶文化源远流长、博大精深，不同时代的人对茶具的选用都具有不同的喜好，发展至明末时期，人们注重的是“返璞典雅，追求本真”的思想，因此，更钟情于使用白盏以更好地衬托出茶的本色。明朝时期在茶具的选择上，都偏爱陶瓷材质的小茶杯，因此，当时的瓷窑大部分生产的都是白色的、器形贵小的茶具，现在景德镇产的白瓷茶器就是一个典型。

在茶器的发展上，明代还有一大重要贡献，那便是推动了宜兴紫砂茶壶的兴盛。紫砂茶壶在明朝之所以会深受人们的喜爱，不仅是因为它的造型古朴、颜色自然雅致，更因为用其泡茶具有其他材质的茶器所不具备的优点：第一，紫砂茶壶耐高温，不会因为温度的急剧升高而炸裂；第二，这种材质的茶壶传热慢，用起来不烫手；第三，用紫砂茶壶煮茶，可以更好地保持茶的原味，不易变质，并且也没有异味。

品读《陶庵梦忆·闵老子茶》可发现，张岱在文中对茶具有很细致地

---

① 张岱著，谷春侠、张立敏注析．陶庵梦忆 西湖梦寻·禊泉［M］．郑州：中州古籍出版社，2012：74．

② 张岱著，谷春侠、张立敏注析．陶庵梦忆 西湖梦寻·兰雪茶［M］．郑州：中州古籍出版社，2012：76．

描写，这也反映出当时的爱茶之人对茶具选择的讲究。例如，他写道，在汶水老人的茶室中，见到了荆溪壶、成宣窑等十多种瓷瓯，且都属茶器中的精品。张岱在此文中提到的荆溪壶，指的便是宜兴紫砂壶，而成宣窑是一种瓷器，其质地细腻轻薄，釉色白中带有略微的青色。在品尝汶水老人所盛之茶时，也是先观察茶色，发现茶色与茶具的颜色浑然一体。这一描写足以见得，作为茶道高手的汶水老人，在煮茶、盛茶的过程中十分注重茶具的选择，煮何种茶、用何种茶具，是十分有门道的。此外，汶水老人家中的诸多茶具，不光只有实用价值，同时好的茶器也是一种艺术品，具有观赏价值。明朝时期的文人雅士，都注重在质朴典雅中追求一种艺术的美感，就如中国的水墨山水画一般。近些年，随着茶文化的发展，茶器也成为收藏界的新宠，因为好的茶器本身就是一件艺术品，散发着独特的美感。

三、张岱文学作品中的闲游观点

（一）旅游审美鉴赏

张岱认为，游客作为旅游主体，鉴赏某一景观是否具有美感与游览价值应有自己的看法与评判标准，不可随波逐流。张岱旅游审美思想的核心在于景物需相互配合、相得益彰，方能展现和谐自然之美。张岱所写的《湖心亭看雪》被认为是写西湖最美的文章，文章的绝妙之处便在于营造出了一种天、云、山、水，上下一白的大气和谐景色，用词简单却意境深远，给人联想的空间。他另辟蹊径，不同于大家所认为的六月西湖最美，而是独爱子夜时分西湖的静谧，在他的心中，对景物的审美有一套自己的评判标准。

张岱认为景观需巧妙搭配组合，方显美感，例如在《陶庵梦忆·龙山雪》中的描写："万山载雪，明月薄之，月不能光，雪皆呆白。"[①] 首先以"万山载雪"，写出了雪覆盖面之广、写出了积雪之厚；然后"月不能光"，描写了雪之白，山、雪交相辉映，构成了强烈的反光效果，通过此种白描的手法，使文字简练朴素，清新淡雅，道出了雪后奇景和游人的雅趣。

张岱也十分重视旅游时间的选择，就以观赏花卉来进行分析，张岱主张的是应顺时节，要选对地点，在不同的时节观赏不同的花卉，否则便难以尽兴、尽美。例如在《一尺雪》《菊海》中表明之所以能看到如此漂亮的花，正是因为正值时节观赏。例如，在《一尺雪》中的描写："'一尺雪'为芍药异种，余于兖州见之。花瓣纯白，无须萼，无檀心，无星星红紫，洁如羊脂，细如鹤翮，结楼吐舌，粉艳雪腴。上下四旁方三尺，干小而弱，力不能支，蕊大如芙蓉，辄缚一小架扶之。大江以南，有其名无其种，有其种无其土，盖非兖勿易见之也。"[②] "一尺雪"为芍药异种，张岱以前只闻其名，从未见过，而此番一见，观察得尤为细致，从花瓣、花萼、花心、花色、花蕊、花架都进行了细致地描述。对于如此美妙的花种，张岱深知唯有在莞州地区顺应时节、土壤才能开得这般娇艳，就算移植别处也难以看到此番景致。

（二）寄情山水的闲赏之情

张岱出游有别于其他文人墨客的随波逐流，他更多的是随心而游。

明末时期，张岱多结伴出游，或为赏景、或为交友、或为自己的文学

---

① 张岱著，谷春侠、张立敏注析．陶庵梦忆 西湖梦寻·龙山雪［M］．郑州：中州古籍出版社，2012：170－171.

② 张岱著，谷春侠、张立敏注析．陶庵梦忆 西湖梦寻·一尺雪［M］．郑州：中州古籍出版社，2012：156.

创作积累素材，其本质目的都是获得心理上的一种闲适。就以闲游西湖来看，从《西湖梦寻》这一作品集可以看出，张岱对西湖的了解十分透彻，每一个角落、每一座亭台楼阁，张岱几乎都踏足过，并且都进行了深入了解，有自己的一番见解，试问，如果仅仅是一名普通的游客，随波逐流地来西湖观赏游玩，怎能对西湖有如此深入地了解，只因张岱是一个真正的闲人，出于对西湖的热爱，所以他便有闲情逸致，用也是真正心闲游其中，了解每一处美景、了解美景背后的故事，并以此来提高自己的审美修养，广结有癖之人。

清初时期，国破家亡，张岱深受影响，生活上，从衣食无忧到衣食无继，心理上从闲适自在到心情郁结，这一阶段的张岱选择出游，便旨在寄情于山水，以此来摆脱世俗的烦恼。就以《湖心亭看雪》一文为例来看，大雪之后，一时兴起，张岱带舟子夜里泛舟来到湖心亭，欲独抱冰雪，独自欣赏这幽静深远、洁白广阔的雪景图。没有计划、没有邀请好友，只是寄予闲情，将自己置于这安静的美景之中，也表现了张岱不与世俗同流合污、不随波逐流的品质，表现了张岱远离世俗、孤芳自赏的情怀。他推崇内心自在，渴望在山水中获得一丝闲适，以此来忘却现实的苦闷。

由此可见，无论是身处哪一时期，张岱都是以一种寻求闲适的心情寄情于山水，渴望能融情于山水，与自然山水合二为一。

（三）重视旅游资源保护的进步观

张岱痴爱旅游，他不仅将休闲旅游当作排解心中郁闷的一种方式，更重要的是，他将山水比作自己的好友，在休闲旅游活动中，将山水景观拟人化，与之互动。因此，对于破坏旅游景观的行为，张岱是深恶痛绝的，例如，在《琅嬛文集·岱志》中有这样的描述："出登封门，沿山皆乞丐，持竹筐乞钱，不顾人头面。入山愈多，至朝阳洞少杀。其乞法扮法叫法，是吴道子一幅《地狱变相》，奇奇怪怪，真不可思议也。山中两可恨者，乞丐其一；而又有进香姓氏，各立小碑，或刻之崖石，如‘万代瞻仰’‘万古流芳’等字，处处可厌。乞丐者，求利于泰山者也；进香者，求名于泰山者也。泰山清净土，无处不受此二项人作践，则知天下名利人之作践世界也与此正等。”[①] 他认为有两种人是可恨的，一种是乞丐，另一种就是一些进香者，他们为了自己的利与名，或“各立小碑”，或“刻之崖石”，破坏了这种自然美景，破坏了自然景色的这股“真气”，所以是可恶的。

现如今，社会旅游活动大规模展开，越来越多的旅游资源被开发出来，但是在开发的过程当中，却没有保持景观的本真面貌，而是为了追求商业价值进行改造，在人文景观上涂鸦，本应人文气息浓厚的地区充满了商业气息，贩卖声、游客嬉笑场，此起彼伏，游客观景也如走马观花，忘却了旅游的真正目的。早在明代的张岱就已经有了对旅游资源的保护意识，这也对今人在旅游活动中规范自身的行为具有一定的借鉴示范作用。

① 张岱. 琅嬛文集·卷二·岱志［M］. 长沙：岳麓书社，2016：42.

第五章　张岱文学作品的艺术分析与渊源

第一节　张岱文学作品的艺术特征分析

在明朝末期的文坛界，自公安派首倡“独抒性灵，不拘格套”之后，涌现了大量休闲旅游文学作品，而在这些作家当中，张岱的文学作品是最出类拔萃的，他集公安派、竟陵派之所长，摒除了门户之见，做到了“化峭僻之途为康庄”，发展了自己小品文的独特风格。张岱的小品文，将写景、状物、叙事、抒情融为一体，不仅绘声绘色地描写了江浙一江的山水景致、亭台园林，而且也深入刻画了社会百态，同时，在摹山范水中，又寄托了作者的乡土之思及遗民之恨，在文学艺术上成就颇高。张岱的文学知己王雨谦曾这样评价过张岱的艺术成就，他言“盖其为文不主一家，而别以成其家，故既能醇乎其醇，亦复出奇尽变。所谓文中之乌获，而后来之斗杓也。”[①] 北京大学中文系教授陈平原先生也对张岱的散文给出了极高的评价，他指出“明文第一，非张岱莫属。”这都高度地评价了张岱散文的艺术成就。

书写于明朝灭亡之后的《陶庵梦忆》与《西湖梦寻》（以下简称“二

---

① 张岱. 琅嬛文集·卷六·王雨谦序［M]. 长沙：岳麓书社，2016：234.

梦”），是张岱小品散文中最具代表性的作品，也是最能反映他休闲旅游精神的代表作，此“二梦”既是卷帙浩繁的小品文中的精品，又是我国明清文学的奇葩。因此，本书便以“二梦”为例，对张岱文学作品的艺术特征进行分析。

一、融情于景，如诗如画

张岱出身名门，兴趣广泛，爱郊游、好交友，同时又受到了良好的教育，具有较高的文学造诣，他足迹所至、眼中所见，到最后都形诸笔墨，为后人留下了宝贵的文学财富。细读“二梦”可见，题材十分广泛，反映了张岱悠闲清静的生活，又突出他良好的艺术修养，他能独具慧眼，寻幽探微，无论是对自然人文景观，还是对社会百态、风土人情，都有细致入微地观察，在文章中还融入了自己的真情实感，从而使“二梦”中诸多散文都十分生动逼真，且情感真诚、细腻。既有描绘湖光山色、园林寺庙、亭台楼阁、文物古迹的，又有描写观灯赏月、品茶赏雪的，还有写听书观戏、放灯迎神的，等等，通过这些文章，张岱将一些客观存在的物象与自己的见闻感受融为一体，并通过其特有的清丽简洁、细腻传神的写作手法或轻描淡写、或浓墨渲染，融情于景。阅读这些精巧制作，仿佛吟诵着一首首抒情诗篇，深感清新隽永，韵致翩跹；又仿佛观赏着一幅幅生动的精美画作，素洁淡雅，仿如置身其中。作者在生动的景物描写中，总能恰到好处地融入自己的见解与观点，将自己的情感融入其中，因此，蕴含丰富的人生经验与一定的人生哲理。

在“二梦”当中，许多篇章都是对景物的描写，张岱十分善于用他那山水行家的慧眼去捕捉这些景致的特征，然后通过自己的笔触对这些景致进行恰到好处地描写，创作出了一篇篇让后人看后仿如置身其中，拍案叫绝的名篇。且看作者对天镜园的描写："天镜园浴凫堂，高槐深竹，樾暗千层，坐对兰荡，一泓漾之，水木明瑟，鱼鸟藻荇，类若乘空。余读书其中，扑面临头，受用一绿，幽窗开卷，字俱碧鲜。"① 作者最擅长以这种四字句进行景物描写，一气呵成、朗朗上口，着墨不多，短短几十个字，就将天境园的清雅、幽静，山光山色、树木鱼鸟，将自己的情感和盘托出，让读者萌生一种欲置身其中，感受这"扑面临头"的天镜园春色的想法。细细品读，能让人有一种清雅秀丽，悦目怡神之感，但是作者没有就此收笔，而是在这景色描写之后，用一种更加轻巧活泼的语言去描绘了一幅春末时分破塘笋的欢快劳动景象，"园丁划着小舟拾回大笋，笋的形状如象牙，白如雪，嫩如花藕，甜如蔗糖。煮食后，我觉得妙不可言，只有幸运。"② 浓郁的生活气息扑面而来。

与天境园一样，《闰中秋》同样是对清新淡雅景色的描写，却给人另一种感觉，且看他对月色的描写："月光泼地如水，人在月中，濯濯如新出浴。夜半，白云冉冉起脚下，前山俱失，香炉、鹅鼻、天柱诸峰，仅露髻尖而已，米家山雪景仿佛见之。"③ 此文以一种空灵的姿态、晶莹剔透的写作风格，重点描写了泼地如水的月光，白云冉冉升起遮蔽众山，仅露出髻尖的山峰及月中之人，从而营造出一种清幽梦幻、奇丽缥缈的如梦仙境。这一段描写十分生动，极具画面感，让人有一种置身云中，梦游仙境之感，引发人的无限遐想。

这一类写景的文章，描写的是一些生活中常见的场景，突出了公安派

---

① 张岱著，谷春侠、张立敏注析. 陶庵梦忆 西湖梦寻·天镜园［M］. 郑州：中州古籍出版社，2012：86.

② 张岱著，谷春侠、张立敏注析. 陶庵梦忆 西湖梦寻·天镜园［M］. 郑州：中州古籍出版社，2012：86.

③ 张岱著，谷春侠、张立敏注析. 陶庵梦忆 西湖梦寻·闰中秋［M］. 郑州：中州古籍出版社，2012：174－175.

所具有的清隽爽朗的特点，融情于景、明快畅达，字句间都饱含作者的思想情感，字里行间透出浓浓的生活气息，具有勃勃生机。然而还有一部分写景的文章，描写了一些特殊的景色，作者有种孤芳自赏的感觉，对这一类景色的描写，则带有竟陵派所具有的“幽深孤峭”的特点。以最具代表的《湖心亭看雪》为例，作者别出机杼地为世人描绘出自己在寒冷孤寂的雪夜，与舟子二人共游西湖的所见所想。此文之所以能在后世被推崇，在于张岱构思的精妙，用简洁的语言为世人描绘出了一幅背景开阔、意境幽邃的风景画，并且作者将自己也融入画中，成为画中之景。特别是文中“痕”“点”“芥”“粒”等量词的使用，从远至近这样一种视觉来逼真地烘托出大雪纷飞时西湖给人带来的人影孤舟一片浑括的景致，在寂静中又似乎有声、有动，既给人描绘出一幅动人的西湖雪夜图，又表达了作者渴望独赏雪夜西湖的追求，表现了作者清高孤傲、潇洒脱俗的独特性情。

二、平淡中见新奇

张岱的散文，虽然精妙，但却多是描写百姓的日常生活，妙就妙在他能在寻常琐事中找到切入点，然后进行刻画，让人感觉平常事中也十分有趣，值得品味。佛学中的禅宗理念——“平常心是道”在张岱的散文中随处可见。北京大学中文系教授陈平原先生从作家的历史意识及文化趣味两个方面进行分析，他指出，张岱与明亡之后追思故国的作家在写作题材、写作风格上都不尽相同，陈教授指出，他“追忆的不是文人雅事，更不是军国大业，而是都市日常生活。而谈论日常生活，尤其是乡风市声、人情世态、民俗节庆、说唱杂耍等，见多识广的张岱远比一般读书人在行。”[①]

---

① 陈平原. 从文人之文到学者之文［M］. 北京：生活读书新知三联书店，2004：102.

他认为，张岱将西湖写活了，西湖不大，却在张岱的笔下，显得格外鲜活。在陈平原教授的眼中，张岱之所以能将西湖写得如此鲜活，别有洞天，在于张岱是以一个观察者的身份去细心地观察生活中常见的一些小事，从细微的小事中升华情感，这也是张岱散文所特有的平淡中见新奇的艺术特点。接下来，笔者便以《西湖七月半》进行分析，来探讨张岱是如何将平淡的赏月之夜写得富有艺术感染力的。

“西湖七月半，一无可看，止可看看七月半之人。”① 第一句话就敲定了张岱接下来会以一个观察者的身份来看这七月半之人，三个看字，明示了作者“看客”的身份。

首先，从写作视角上进行分析，张岱有别于一般的文人。从标题来看，《西湖七月半》当属一篇描写景物的文章，西湖一直以来都是文人热衷描写的对象。但从古至今，文人对西湖的描写，多是对其景致美好的描写，例如，白居易的《钱塘湖春行》描绘了一幅春日里西湖万物复苏的景象，呈现出一幅清新明丽、生机勃勃的早春西湖景色；杨万里的《晓出净慈寺送林子方》写的是夏日的西湖，描写了夏日西湖荷花在太阳的映照下的娇艳欲滴，但却是以喜衬悲，通过对西湖美景的描写来表达自己对好友的留恋之情；苏轼的《饮湖上初晴后雨》，作者以一种拟人的手法，将西湖比作西施，认为西湖无论在哪种状态下都具有动人的韵味；等等。还有许多描写西湖的经典佳作，但几乎都是对西湖美丽景色的描写，通过景物描写来表达自己的思想情感。但《西湖七月半》的叙述者却与他们都不一样，他所关注的并非西湖七月半的景色，也并非通过西湖的自然景致描写来表达自己的情感，而是去观察七月半出来赏月逛街之人，去观察不同阶层人的不同姿态，分析他们的心态，显得别有一番趣味。张岱关注的是西

---

① 张岱著，谷春侠、张立敏注析．陶庵梦忆 西湖梦寻·西湖七月半［M］．郑州：中州古籍出版社，2012：164.

湖七月半的人物及风俗，分析的是从这些表面所传达的信息之后的世态人心，视野更加高远，已经超脱了自然景色。

其次，这一叙述者在角色身份上也有别于当日的众多游客。“你在桥上看风景，看风景的人在楼上看你；明月装饰了你的窗子，你装饰了别人的梦”。[①] 这首小诗，短短三十四个字，之所以能成为卞之琳诗作中流传度最广的，在于它蕴含的人生哲理：第一，事物之间具有相对性，在你眼中，别人是你的风景；在别人眼中，你又成为他们的风景；第二，事情之间是相互依存的，明月的意境依赖于你守望窗，某人的梦因缘于你；第三，自我中心的谬误性，我们每一个人都在这个复杂的关系网络当中。在这篇小诗中，风景欣赏者是一种看与被看的关系。在《西湖七月半》中，张岱与众多游客也构成了这样一种关系。在第一段当中，叙述者将当夜游览西湖之人进行了分类。分成“名为看月而实不见月者”“身在月下而实不见月者”“亦在月下，亦看月，而欲人看其看月者”“月亦看，看月者亦看，不看月者亦看，而实无一看者”“看月而不见其看月之态，亦不作意看月者”五类，这五类人皆是以赏西湖七月半之美景而来，但在张岱眼中，这些游人都不知不觉地成为张岱赏玩的对象，成为他的风景。

通篇文章，作者都是以一个叙述者的视角进行描写，同时也将自己与其他人区分开来，明示自己在兴趣和审美对象上都与其他人不同。在此，作为一个观察者、叙述者，他立于一种全知全能的视角之下，从这些游人的穿着打扮、言行举止的外在表象中窥见他们内心的期待与意欲。他们或看月，或不看月。“不看月者”，第一类是富家子弟，他们坐在有装饰的游船上，衣着华贵，左右相随，排场十分大。在叙述者眼中，这类人看月只不过是为了彰显自己的阔气，为了贪图热闹，有些许哗众取宠、炫耀之

① 钱理群. 中国现当代文学名著导读［M］. 北京：北京大学出版社，2002：528.

意。第二类是与富家子弟相对的名门闺秀，她们“左右盼望，身在月下而实不看月者”，叙述者捕捉到了这一类人“左右盼望”的姿态，明示这类名门闺秀来看月，只不过是为了吸引他人注意。这两类是不看月者，另外三类则是看月者，但作为看月者，在叙述者眼中又各有特色。第三类是名妓闲僧，不可说他们不看月，但他们的看月行为又有刻意而为之的成分，显得做作虚假。张岱敏锐的目光宛如一把解剖刀，一层层地剖开他们的心理欲望。第四类是都市百姓，他们生活不富裕，与前三类香车宝马相随的不同，他们步行而来，但是他们却有自己的情致，有一种想与上层人士一样游戏人间的欲望，他们酒醉饭饱、唱无腔曲，走马观花般什么都看，但又什么都没有看到。第五类是淡泊雅致之人，他们远离市井的喧嚣，逃到里湖，寻求清静，不想引起他人注意。但是他们也没有逃出张岱的目光，可见张岱对周围环境、人观察的细致，也突出其视野的宽广。在叙述者眼中，这五类人虽都以看月而来，但各自的情感活动与心理需求都大不相同，从名门子弟、达官贵人的炫耀，到名妓闲僧的作态、都市百姓的消遣，再到文人雅士的素雅，尽收眼底。张岱作为一个叙述者，给我们展示的只不过是西湖七月半的普通场景，但他却能在普通生活中、在平淡中发现新奇，以另样的视角去解读，这也是其散文的主要艺术特点之一。

通过《西湖七月半》这篇文章可见，叙述者的眼光独到、思维敏捷、语言简洁到位。他开门见山，直奔正题，指出“西湖七月半，一无可看，只可看看七月半之人。”并对五类看月之人进行深入剖析。《陶庵梦忆》是作者在国破家亡之后追忆往昔而作，在经历了人生大变故后，张岱却能以一种平常心态去回忆过往的繁华，这是一种意境的升华，因此，在作者看来，他与其他五类游人皆不相同，普通游客所关注的市井繁华已不能吸引作者的注意，他更深层次地分析世态人心，也是他对人生的感悟，是他思想成熟的表现。

张岱的正式出场是在游人散去、夜深人静之时。显而易见，他与前文所介绍的五类人皆不相同，是属于另类“吾辈”，可称为第六类。在经历一番变故之后，他能看淡得失，并且对世态人心有更为深刻、真切的感受，能超脱世俗欲望，做到亲近自然，真正感受大自然的美，感受西湖七月半月夜的美妙。文章的第三段以“吾辈始舣舟近岸”开头，这是文章叙事视角的一个转折，作者将全都叙事切换为限制叙事，“此时月如镜新磨，山复整妆，湖复靧面”，张岱用一个“新”字，两个“复”字，看似突出描写月色，但实则是对人的侧面描写。前面赏月观景之人虽多，但是他们却各怀心事，辜负了月色、山景、湖光，唯有在游人散去，喧嚣隐退之后，西湖才能突出其明丽妩媚之感。其实，月色、山景、湖光作为自然景观，它始终都在，且无变化，不一样的是人的感受与心境。张岱在对前五类人的描写中，一连用了二十四个看字，文章前后也重复用了六次“看之”，用得十分精妙，没有让人有重复累赘之感，反而给人一种谐谑调侃、轻嘲微讽之感。但是从句式的变化中我们可以看到，叙述者虽对前五类看月之人有些许轻嘲微讽之感，但是却没有进行否定与批判。直至最后，“向之浅斟低唱者出，匿影树下者亦出。吾辈往通声气，拉与同坐”。尽管说，张岱不赞同他人的生活态度，与其他人在审美情趣上存在偏差，但是他对别人也无轻视之意，没有拒他人于千里之外。自古以来，文人雅士多清高孤傲，但张岱却没有这一特点，他是文人士大夫中，少有的“接地气”之人，他较为通达洒脱，既不愤世嫉俗，亦不冷傲孤僻，而是拥有一种平常心态。他交友广泛，即使与之志趣有异，仍可交往相处。并且，在叙述者的眼中，平常生活中所见到的不同身份地位、不同审美趣味的人，都一一亮相，普通百姓的文化趣味与贵族公子小姐的文化趣味的界限消除了，所有人都共融于一种社会习俗文化当中，自得其乐。高雅的文人有自己寻求雅趣的方式，普通百姓也能在此自得其乐，至“吾辈纵舟，酣睡于十里荷花之中，香气拍人，清梦其惬。”最后营造出来的这一场景与意境十分优美幽静，但是叙述者没有就此进行过多地叙述，而是以此句结尾，因为在他看来，在回忆曾经的美好时应该恰到好处，不张扬、不夸耀、不做作，这是平常心态的表现之一。同时，不过多地叙述，也是为了给读者留有更大的想象空间。这种叙述者的平常心态在张岱的许多文章中都能见到，例如，热衷于对平常人物进行描写刻画，说书先生、工匠、花匠、戏子等市井众生，身份都极为普通，但他却能抓住人物的闪光点，着墨刻画，使他们显得极具个性且奇特。

恰巧是因为拥有这种平常心态，所以才能让经历人生大起大落后的张岱在落魄之时仍能感受到人世的美好，能去追忆往昔，且积极乐观地对待生活。通过这些在平淡中见新奇的文章，我们不但能了解张岱文章的艺术特征，而且可就此了解有异于明清易代时期文人追忆往昔的另一种叙事方式：通过追忆往昔的平常生活、通过刻画记忆中的一个平常人物来寄托自己的故国之思，他没有从政治服务功利的方向描写，而是在平常生活中去描写生活的本真，从自己大半生的人生体验出发抒写自己内心的感悟，写出平常人的平常事，总能触动读者的内心，引发感悟与思考。

三、看似华丽却苍凉

假如说，张岱没有留下如《陶庵梦忆》《西湖梦寻》等小品文，后人仅看其墓志铭上的文字，“少为纨绔子弟，极爱繁华。……好古董，好花鸟，兼以茶淫橘虐，书蠹诗魔。”定会觉得张岱是一个玩物丧志的纨绔子弟。但是只因他留下了那些如灿烂星空般的文字，所以后人才会以文学家、史学家的身份对其定义，并且“纨绔子弟”在他身上也不尽是贬义。

张家作为书香门第、文艺之家，家中藏书万卷，再加之其叔父张联芳好收藏，为张岱提供了丰富的精神食粮，这使得张岱会在吃喝玩乐之余潜心读书，发展自己的艺术爱好、丰富自己的精神世界、提高自己的文化修养，使张岱成为一个既会读书又会玩的人，这一切也书写了他前半生的奢华。但在其后半生，经历了国破家亡这一重大变故，华丽的前半生与苍凉的下半生形成鲜明的对比，因此，在其追思往昔的文章中透露出一种看似华丽却苍凉的感觉。

且以《二十四桥风月》来看，张岱的那种“由闹转静，由热转冷”的写作手法，正透露出这种看似华丽却苍凉之感。

“广陵二十四桥风月，邗沟尚存其意。渡钞关，横亘半里许，为巷者九条。巷故九，凡周旋折旋于巷之左右前后者，什百之。巷口狭而肠曲，寸寸节节，有精房密户，名妓、歪妓杂处之。名妓匿不见人，非向导莫得入。歪妓多可五六百人，每日傍晚，膏沐熏烧，出巷口，倚徙盘礴于茶馆酒肆之前，谓之‘站关’。茶馆酒肆岸上纱灯百盏，诸妓掩映闪灭于其间，疤戾者帘，雄趾者阈。灯前月下，人无正色，所谓‘一白能遮百丑’者，粉之力也。游子过客，往来如梭，摩睛相觑，有当意者，逼前牵之去；而是妓忽出身分，肃客先行，自缓步尾之。至巷口，有侦伺者，向巷门呼曰：‘某姐有客了!’内应声如雷。火燎即出，一俱去，剩者不过二三十人。”①

文章在开篇着墨介绍了广陵二十四桥的繁华之景，可谓是夜不闭户、人声鼎沸。妓女纷纷站街揽客，隐去名妓，仅歪妓就达五六百人，每当有客人上门，则会隆重通报，妓女与客人相携而去，场面十分热闹。

但是笔者在介绍了这番热闹场景之后，笔锋急转，叙述者不但看到了二十四桥风月夜的繁华，也看到了二十四桥风月夜中繁华掩盖下的凄凉，

① 张岱著，谷春侠、张立敏注析. 陶庵梦忆 西湖梦寻·二十四桥风月［M］. 郑州：中州古籍出版社，2012：105—106.

看到了众多风尘女子强颜欢笑背后的辛酸苦楚。

“二十四桥明月夜，玉人何处教吹箫”，在唐代著名诗人杜牧眼中的二十四桥，是古色古香，诗情画意的，也因此令众多文人雅士心慕神往。但是张岱所见的二十四桥明月夜，难道就没有玉人吹箫了吗，为何张岱所见的只有人声鼎沸的街头巷尾，烟花女子穿梭其中。原因在于张岱十分重视对世态人情及众生万象的观察与描写，善于透过现象看本质，《二十四桥风月》看似是描写二十四桥的繁华，但实质却是描绘了一幅就在百姓身边，但却又十分隐晦的真实画面，真实地再现了这些下等妓女所经历的凄惨辛酸的生活，表达了自己对这些妓女的同情及怜悯。

张岱善于对人物进行刻画，能准确地抓住人物的性格特点，然后寥寥几笔，勾勒而出。在《二十四桥风月》中，张岱眼光犀利，宛如一位构思独特的画家，将人们生活中的一个小侧面、小角落，真实且细腻地呈现于读者眼前。画笔一落，便将我们引入了二十四桥风月场，对二十四桥做出一番描写。指出了二十四桥的邗沟为著名的风月之地，渡钞关，横亘半里许，有九条巷子，这九条巷子的四周又有上百个出口，巷内有“精房密户”，而“精房密户”中杂居着众多妓女，名妓住得较隐秘，需有人引导方能一见，而歪妓数量众多，盛时达到五六百人，一至傍晚，她们便“膏沐熏烧，出巷口，倚徙盘礴于茶馆酒肆之前，谓之‘站关’”，晚上茶馆酒肆客人众多，十分繁华热闹，但是这些风尘女子却不得不在这繁华中出卖自己的尊重、自由来讨生活。

描写至此还没有结束，张岱看到了下等妓女的辛酸，“沉沉二漏，灯烛将烬，茶馆黑魆无人声。茶博士不好请出，惟作呵欠，而诸妓醵钱向茶博士买烛寸许，以待迟客。或发娇声，唱《擘破玉》等小词，或自相谑浪嘻笑，故作热闹，以乱时候；然笑言哑哑声中，渐带凄楚。夜分不得不去，悄然暗摸如鬼。见老鸨，受饿、受笞俱不可知矣。”[①] 她们相貌不出众，招揽不到客人，夜深了，原本喧闹的茶馆变得漆黑寂静，而茶博士不便请客人离开，只能连着打哈欠示意。紧接着张岱在描写上突出一个细节，“诸妓醵钱向茶博士买烛寸许，以待迟客”，张岱在用词、用字上都是极具深意的，在此一个“醵”字，可谓将这些下等妓女的窘迫艰难表露无遗，“寸许”二字又将她们捉襟见肘的困顿处境展现出来，作者用词凝练与深刻，只言片语便能传神入化。就此，她们还需强颜欢笑，以歌声笑语的热闹来掩饰自己内心的苦楚，这些可怜的妓女，为了生存，即使想出卖自己的肉体都不能如愿，最后只能如鬼魅般在暗夜里悄然离开，作者猜想，在她们离去之后，等待他们的不知道是挨打还是挨饿。但妓女的苦楚与辛酸，何止是挨打、挨饿这么简单呢，无止境的辛酸生活、毫无自由与尊严可言，才是他们要面临的残酷现实。在这一段描写上，张岱作为一个叙述者，可谓是层层深入，刻画得十分细致，使后人读之佛如这一场景置于眼前。

在《二十四桥风月》中，作者将绚烂至极的热闹与众人散去之后凄清幽冷的悲戚进行强烈对比，能震撼人的心灵，作为一个纨绔子弟，张岱能看到这些风尘女子强颜欢笑背后掩盖的辛酸苦楚，能看到市井繁华背后所隐藏的凄凉，并为之感叹，这在当时狎妓成风的社会背景下是十分可贵的。

在文章的结尾部分，卓如大谈任意挑选妓女的快意之时，连用两个“噱”字，而“余亦大噱”，但作者的笑与卓如的笑用意是大不相同的，卓如之笑是带着快意的畅笑，而张岱之笑则蕴含着对妓女的同情，蕴含着一丝感慨时世的苦笑。《二十四桥风月》作为作者在经历了国破家亡后对往

---

① 张岱著，谷春侠、张立敏注析．陶庵梦忆 西湖梦寻·二十四桥风月［M］．郑州：中州古籍出版社，2012：106．

昔生活的回忆，这苦笑，也夹杂着些许自己内心深处掩藏的对乡园不复旧山河的故国之痛，体现出一丝繁华逝去后的怅然，同时又有一丝风雅不在，无可奈何的失落之感。

除《二十四桥风月》之外，在“二梦”当中，还有许多文章凸显了这一看似华丽却苍凉的特点。例如，《西湖七月半》首先刻画了众人同游西湖的热闹场景，然后在夜深之后，众游客纷纷散去，留“吾辈”静观月色，整个气氛由闹转静，在经过层层渲染之后，压轴而出，同样透露出一丝繁华过后的苍凉。

四、大俗中见大雅

张岱是一个骨子里就透着贵气的雅士，但是雅不避俗，大俗才能大雅，因此，在张岱的文学作品中，也透露着雅俗共赏，通俗易懂的艺术特点。

在张岱文学作品当中，大俗中有大雅这一艺术特征体现最明显之处便在于他在语言上的运用，传统古文在语言运用上要求十分严格，有诸多的“清规戒律”，在用词上要求雅正，诸如口语、俗语这种是难登大雅之堂的。但是张岱在写作中却没有受到这一限制，他在语言运用上十分自由，随心、随内容而选择语言的使用，或文言、或白话、或文白相间等。在其所著文章中，许多都广泛地使用文言俗语，或者直接口语进行描写，充满了生活、市井气息，具有通俗化的特征。

例如，在《扬州瘦马》中，就用通俗易懂的语言，描写了江南买卖幼女的陋习：“至瘦马家，坐定，进茶，牙婆扶瘦马出，曰：‘姑娘拜客。’下拜。曰：‘姑娘往上走。’走。曰：‘姑娘转身。’转身向明立，面出。曰：‘姑娘借手睄睄。’尽褫其袂，手出、臂出、肤亦出。曰：‘姑娘睄相公。’转眼偷觑，眼出。曰：‘姑娘几岁?’曰几岁，声出。曰：‘姑娘再走走。’以手拉其裙，趾出。然看趾有法，凡出门裙幅先响者，必大；高系其裙，人未出而趾先出者，必小。曰：‘姑娘请回。’一人进，一人又出。”[①] 整个描写简单易懂，简单的几句对话描写，表现出了被卖“瘦马”亦步亦趋的姿态，能让读者感受到这一买卖幼女过程中人性的淡薄，人口买卖与牲口买卖无异。

又比如，在《宁了》中，有一段写鸟学人语的描写，“大父母喜豢珍禽：舞鹤三对、白鹇一对，孔雀二对，吐绶鸡一只，白鹦鹉、鹩哥、绿鹦鹉十数架。一异鸟名‘宁了’，身小如鸽，黑翎如八哥，能作人语，绝不含糊。大母呼媵婢，辄应声曰：‘某丫头，太太叫!’有客至，叫曰：‘太太，客来了，看茶!’有一新娘子善睡，黎明辄呼曰：‘新娘子，天明了，起来吧！太太叫，快起来!’不起，辄骂曰：‘新娘子，臭淫妇，浪蹄子!’新娘子恨甚，置毒药杀之。”[②] 作者全部用白话进行描述，语句简短逼真，可谓是“俗”到极致，假如依据古人对写作的标准来看，此文属不入流之传，但作者却通过这些语言描写了此鸟的灵性，突出了“宁了”在语言上的巧慧。

在语言的运用上，张岱的小品文还吸收了小说的写作手法，这也是其作品中大俗中有大雅的一个表现。小说与戏剧，这两种文体向来都被人们视作通俗文学，难登大雅之堂，严格遵循写作“清规戒律”的士大夫不屑于这种文体。但是，在明代，随着商品经济的快速发展，社会思潮随之产生了变化，人们对小说这一文体的看法也产生了变化，明末时期的小说得

① 张岱著，谷春侠、张立敏注析. 陶庵梦忆 西湖梦寻・二十四桥风月［M］. 郑州：中州古籍出版社，2012：137.

② 张岱著，谷春侠、张立敏注析. 陶庵梦忆 西湖梦寻・宁了［M］. 郑州：中州古籍出版社，2012：109.

到了较好的发展。在万历年间，“兰陵笑笑生”所著的《金瓶梅》，成为中国古代文学史上第一部由文人独立创作的长篇小说，这部长篇小说皆从市井百态、世俗风情上撷取素材，所描写的主要是一些市井小人物与一些世俗风情之事，这一著作开启了文人直接从现实社会生活中获取素材的先河。在此之前，虽说也出现了许多长篇小说，诸如《三国演义》《水浒传》《西游记》等，但在取材方面，都是选择历史故事及神魔传说，《金瓶梅》无论是在内容选择上，还是语言运用上，都与传统小说大不相同，它将笔端触及社会生活，描写市井小人物、刻画世态人情，以普通百姓的普通生活作为描写对象。

张岱顺应了时代的一这变化，借鉴了以《金瓶梅》为代表的世情小说的艺术特点，使自己的文学作品独具特色。张岱以描写山水与市井文化的文学作品，无论是在语言运用上、在文体选择上都显得更加的“随意”，不拘束于那么多“条条框框”，张岱可以“随意”地选择自己感兴趣、喜爱的人与物进行描写，无论这人是否能“登堂入室”，无论此事是否能入“大雅之堂”，张岱都随心而写，因此，在他的文章中，能看到妓女、说书人、花匠等社会底层人物，能看到斗鸡、看戏等被认为难登大雅之堂之事。也正因为在内容选择上的“随意”，张岱可以“随意”选择自己喜欢的语言，不管是口语、谐语，还是俗语，只要作者觉得合适，全部都拿来用，不拘束于传统散文的桎梏。恰是因为这些突破，使张岱的散文、小品文更显生活气息，更加诙谐幽默、生动有个性，但是却不乏深意，虽语言运用通俗化，但同样能引发人们深思，能揭露社会百态，大俗中有大雅。

五、独具“冰雪之气”，更显“空灵晶映”之意境

有人说“冰雪凝成张岱文。”张岱将自己的诗文也命名为《一卷冰雪

文》，他一生钟爱冰雪，且崇尚冰雪，他认为“盖人生无不籍此冰雪之气以生”[①]，在他看来，大概没有谁的一生可以不借助冰雪气质而成长。他还认为“凡人遇旦昼则风日，而夜气则冰雪也；遇烦躁则风日，而清净则冰雪也；遇市朝则风日，而山林则冰雪也。冰雪之在人如鱼之于水，龙之于石，日夜沐浴其中，特鱼与龙不之觉耳。”[②] 他认为，“冰雪”之气无处不在，是月色、是夜气、是幽静的山谷、是挺拔的松柏、是凌寒独自开的蜡梅、是四季常青的竹子，在作者眼中，冰雪已不是简单的冰与雪，而升华成一种意象，是冰清玉洁、是傲骨凌然、是百折不屈，是一种理想的境界。不过，冰雪之文并非张岱首创，早在唐朝，孟郊就有诗云：“一卷冰雪文，避俗常自携。”但是，于张岱而言，“冰雪”已融入生命，成为他一贯追求的人生境界，成为他休闲出游的人生追求，成为他文学作品中的精神气质。

张岱的以描写自然山水景物为主的作品中，总会营造一种“空灵晶映”的意境美，同时，他还注重捕捉一些他自己所喜爱的具有“冰雪之气”的景物，以烘托“冰雪之气”的意象，这些景物普遍具有清幽冷峻的气质，例如张岱所钟爱的冰雪与月夜，以及十分喜爱的梅、兰、竹、菊、松等景物。张岱十分喜欢“冰雪”一词，在为其钟爱之物命名时，也喜欢带是“冰雪”的字样，例如，他将自己发明的茶命名为“兰雪茶”，称自己喜爱的一匹骡马为“一尺雪”，等等。除此之外，在描写环境、物象，自己所欣赏的人物，在用比喻的手法对其进行形容时也喜欢带上“冰雪”的字眼。

例如：

他形容笋是“形如象牙，白如雪”[③]，将笋比作如雪一般白净剔透；

---

① 张岱. 琅嬛文集・卷一・一卷冰雪文序［M］. 长沙：岳麓书社，2016：2.

② 张岱. 琅嬛文集・卷一・一卷冰雪文序［M］. 长沙：岳麓书社，2016：2.

③ 张岱著，谷春侠、张立敏注析. 陶庵梦忆 西湖梦寻・天境园［M］. 郑州：中州古籍出版社，2012：86.

形容柿子是“六月歊暑，柿大如瓜，生脆如咀冰嚼雪”[①]，酷暑之日，吃上一口脆柿子，如咀嚼冰雪一般清凉痛快；

形容芍药是“洁如羊脂，细如鹤翮，结楼吐舌，粉艳雪腴”[②]；

形容月光是“疏疏如残雪”[③]；

形容月下芦花如“一片芦花，明月映之，白如积雪”[④]；

形容王月生是“寒淡如孤梅冷月，含冰傲霜”；

等等。

以冰雪为比喻在张岱所写的文学作品中，出现过很多次，在其描写之下，有些事物已经有了冰雪的固定之喻，例如，“兰雪”（茶）、“雪芽”（茶）、“一尺雪”（芍药）、“雪精”（白骡）等，这些寒冰带雪的辞藻使张岱的散文营造出一种“晶莹剔透”之感，使其散文自然而然地散发出“冰雪”的灵气。

接下来，本书便主要就这些景物来分析张岱善于且热衷营造的“冰雪之气”的意象。

（一）冰雪

虽说在张岱的文学作品中，有关冰雪题材的并不多，仅有《湖心亭看雪》与《龙山雪》两篇，但虽少却精，特别是《湖心亭看雪》，堪称极品，

---

① 张岱著，谷春侠、张立敏注析．陶庵梦忆 西湖梦寻·鹿苑寺方柿［M］．郑州：中州古籍出版社，2012：163.

② 张岱著，谷春侠、张立敏注析．陶庵梦忆 西湖梦寻·一尺雪［M］．郑州：中州古籍出版社，2012：156.

③ 张岱著，谷春侠、张立敏注析．陶庵梦忆 西湖梦寻·金山夜戏［M］．郑州：中州古籍出版社，2012：35.

④ 张岱著，谷春侠、张立敏注析．陶庵梦忆 西湖梦寻·西溪［M］．郑州：中州古籍出版社，2012：346.

将这种冰雪意象所独有的“空灵晶映”之美烘托得十分完美。由于在前文的描写中，已多次以《湖心亭看雪》为例进行分析，因此，在此，便不再对此文进行过多地研究，而是就《龙山雪》为例，分析作者对冰雪这一景物的“冰雪之气”意象的营造。

“天启六年十二月，大雪深三尺许。晚霁，余登龙山，坐上城隍庙山门，李岕生、高眉生、王畹生、马小卿、潘小妃侍。万山载雪，明月薄之，月不能光，雪皆呆白。坐久清冽，苍头送酒至，余勉强举大觥敌寒，酒气冉冉，积雪欱之，竟不得醉。马小卿唱曲，李岕生吹洞箫和之，声为寒威所慑，咽涩不得出。三鼓归寝。马小卿、潘小妃相抱从百步街旋滚而下，直至山趾，浴雪而立。余坐一小羊头车，拖冰凌而归。”①

此文篇幅不长，写的是作者回忆自己在雪后初霁的夜晚与好友一同登上龙山赏雪的经历，众山的雪光同月色相映，月光在雪光强烈的映衬下，更显稀薄，没有了往日的光亮；雪光呢？则因在月光的照射下，显得有些“呆白”。在如此寒冷的雪夜登山赏月，显得有点寒威慑人，便与友人一同饮酒御寒，以声曲取兴。但酒气被积雪吞噬，竟不醉人；声音被寒气震慑，竟“咽涩不得出”。但作者仍然选择与这份冰雪之气同处，直至三更才与友人一同归寝，友人相拥滚下山，而自己则乘着羊头小车，一路拖着冰凌，兴尽而归。虽说文章很短，但也正因此才能彰显作者在用词及烘托意境方面的绝秒。短短 182 个字，让这样一幅“空灵晶映”的月下赏月图仿佛映入眼帘，能感受到作者心灵与雪夜的相互交融。

当然，此文是作者在经历国破家亡后回忆过往而作，这一意境的烘托，还能表达作者遗世孤立的高洁品质，突出作者的一种不随波逐流的人生追求。表达了作者高雅脱俗、高洁冷峻、超凡脱俗的情怀，表现了雪夜

---

① 张岱著，谷春侠、张立敏注析. 陶庵梦忆 西湖梦寻・龙山雪 [M]. 郑州：中州古籍出版社，2012：170.

的寒冷与苍凉，也表现了作者对前路的迷茫、对故国家园的怀念之情。

（二）月色

张岱对于月色，可称得上是“一往情深”，他好夜游，对月夜的描写十分精妙。许多佳句都让人拍案叫绝。

例如：

“林下漏月光，疏疏如残雪。”①

“此时月如镜新磨，山复整妆，湖面𩈎面。”②

“其地有秋雪庵，一片芦花，明月映之，白如积雪，大是奇景。”③

“月光泼地如水，人在月中，濯濯如新出浴。夜半，白云冉冉起脚下，前山俱失，香炉、鹅鼻、天柱诸峰，仅露髻尖而已，米家山雪景仿佛见之。”④

等等。

在张岱的文学作品中，多处有对月光的描写，他不仅写月色的苍白，写皎洁的月光如流水般流淌在夜色当中，并且还善于通过对月下之物的描写来映衬月色之美。通过拟人的手法，描写月下的山和湖，在月光的照射下，如同洗过脸、整过妆，以此来突出月色的纯净、皎洁；通过描写月下芦花白如积雪，来突出月色的明亮；通过描写山峰在月光的照耀下，显得朦胧轻柔，来突出月光的柔和、梦幻。

---

① 张岱著，谷春侠、张立敏注析．陶庵梦忆 西湖梦寻·金山夜戏［M］．郑州：中州古籍出版社，2012：35.

② 张岱著，谷春侠、张立敏注析．陶庵梦忆 西湖梦寻·西湖七月半［M］．郑州：中州古籍出版社，2012：164.

③ 张岱著，谷春侠、张立敏注析．陶庵梦忆 西湖梦寻·西溪［M］．郑州：中州古籍出版社，2012：346.

④ 张岱著，谷春侠、张立敏注析．陶庵梦忆 西湖梦寻·闰中秋［M］．郑州：中州古籍出版社，2012：174.

（三）梅、兰、竹、菊、松等

梅、兰、竹、菊，被誉为花中四君子，梅花，凌寒独自开，有坚强、高雅、不屈的寓意；兰花，色淡香清，且多生于幽僻之处，不招摇，常被文人称为花中的“谦谦君子”，因此，有淡薄、高雅及贤德等寓意；竹子，四季常青，坚韧不拔、有气节，具有不屈不挠的寓意。“咬定青山不放松，立根原在破岩中，千磨万击还坚劲，任尔东西南北风。”郑燮的一首《竹石》可谓是对竹子这一品质的深度刻画；菊花，不但清丽淡雅、花香袭人，而且它还艳于百花凋谢之后，不与群芳争艳，因而具有“恬然自处，傲然不屈”的寓意；松树，代表着坚强不屈，象征着坚贞不屈，《论语》赞其曰：“岁寒然后知松柏之后凋也。”松与竹、梅一起，素有“岁寒三友”之称，在古代文学作品之中，也多有文人通过对松柏的描写来表达自己坚贞不屈的意志品质。

这些品质都是张岱看中且追求的，他认为，这些植物都是自然界当中带有“冰雪之气”的意象。也正因此，在其文章中，有大量对这些意象的描写。

例如：

他写“梅骨古劲”的梅花书屋“西溪梅骨古劲，滇茶数茎，妩媚其旁。其旁梅根种西番莲，缠绕如缨络。”[1]

他写“苍松傲睨”的岣嵝山房“门外苍松傲睨，蓊以杂木，冷绿万顷，人面俱失。”

他写被花映衬的四季不同的不二斋“夏日，建兰、茉莉，芗泽浸人，沁入衣裾。重阳前后，移菊北窗下，菊盆五层，高下列之，颜色空明，天

---

① 张岱著，谷春侠、张立敏注析．陶庵梦忆 西湖梦寻·梅花书屋［M］．郑州：中州古籍出版社，2012：61－62．

光晶映，如沉秋水。冬则梧叶落，蜡梅开，暖日晒窗，红炉毾㲪。以昆山石种水仙，列阶趾。春时，四壁下皆山兰，槛前芍药半亩，多有异本。”①

他写“高槐深竹，樾暗千层”的天境园“天镜园浴凫堂，高槐深竹，樾暗千层，坐对兰荡，一泓漾之，水木明瑟，鱼鸟藻荇，类若乘空。余读书其中，扑面临头，受用一绿，幽窗开卷，字俱碧鲜。”②

他写愿魂归于此的琅嬛福地“急湍徊溪，水落如雪，松石奇古，杂以名花”③。

等等。

在“二梦”中，此类意象描写比比皆是，这也正是作者自身高洁、不屈品质的体现，同时，这些意象的融合，加之作者优美的语言，能让读者感觉仿佛置身其中，“冰雪之气”扑面而来。

在《西湖总记·明圣二湖》中，张岱概括了他对这些意象的观点，他指出：“雪巘古梅，何逊烟堤高柳；夜月空明，何逊朝花绰约；雨色涳蒙，何逊晴光滟潋。深情领略，是在解人。”④ 张岱是一个具有“冰雪之气”之人，在他的文学作品当中，也热衷于去描写冰雪、月夜，以及一些具有“冰雪之气”的意象，通过这些特定的意象以构筑出一个“空灵晶映”的意境。

① 张岱著，谷春侠、张立敏注析. 陶庵梦忆 西湖梦寻·不二斋［M］. 郑州：中州古籍出版社，2012：63.

② 张岱著，谷春侠、张立敏注析. 陶庵梦忆 西湖梦寻·天镜园［M］. 郑州：中州古籍出版社，2012：86.

③ 张岱著，谷春侠、张立敏注析. 陶庵梦忆 西湖梦寻·琅嬛福地［M］. 郑州：中州古籍出版社，2012：199.

④ 张岱著，谷春侠、张立敏注析. 陶庵梦忆 西湖梦寻·明圣二湖［M］. 郑州：中州古籍出版社，2012：221.

六、亦真亦幻，痴人说梦

由于具有“不仕二朝”的气节，在明亡之后，张岱选择“苦隐”自励，期待“中兴”却一次次地经受打击，最后不得不接受“无可待”的现实。当故国慢慢变成历史符号时，时间也会慢慢地抹去遗民的生存意义，对“中兴”的期待是他们最后的倔强、最后的支撑，这一“支撑”一旦倒塌，对于遗民来说，无疑是一种残酷的精神打击。时间，被认为是遗民的天敌，他们不管在生前怎样保持气节，做出哪些拯救故国的努力，在明朝最后一批遗民生命终结之后，明遗民也就在历史上永远消失了。遗民的身份无法世袭，遗民的事业也终究后继无人，在后世看来，也只有他们的爱国气节会被人们敬仰，但终究也是一种“过去式”的存在。

没有了后继之从，也再无光复先朝的希望，他们的“等待”终旧要落空，这也是遗民最悲痛之处，这时候，他们处于一种为故国所“遗”，为当世所“遗”，为后世所“遗”的尴尬境地。他们往往只能在孤独中回忆曾经的美好生活，既可悲又可敬。当这种期待落空，一次次地打击着张岱的满腔热血，浇灭了他最后的寄托时，他便选择以“痴人说梦”“自嘲”的方式来麻痹自己，甚至已经分不清何处是梦、何处是现实，使其文章突出了“亦真亦幻，痴人说梦”的艺术特点。

正如他在《西湖梦寻序》中所述那般，“今余僦居他氏已二十三载，梦中犹在故居。旧役小傒，今已白头，梦中仍是总角。夙习未除，故态难脱。而今而后，余但向蝶庵岑寂，蘧榻于徐，惟吾旧梦是保，一派西湖景色，犹端然未动也。儿曹诘问，偶为言之，总是梦中说梦，非魇即呓也。”[①] 张岱开始日日夜夜沉浸于西湖旧景的回忆当中，已分不清现实与梦境，人生也恍恍如梦中，并且渴望能一直徜徉在梦中美丽的精神家园当中，而无力于面对现实的残酷。

至晚年，张岱改号“蝶庵”也正是出自此意，《庄子·齐物论》中有云：“昔者庄周梦为蝴蝶，栩栩然蝴蝶也，自谓适志与，不知周也，俄然觉，则蘧蘧然周也。不知周之梦为蝴蝶与？蝴蝶之梦为周与？”[②] 庄子作为道家学派的代表人物，所追求的是一种绝对自由的人生观，寻求自在逍遥。庄周梦蝶，亦真亦幻，人生如梦，梦如人生，表达了庄子“齐物”的思想主张。而张岱取其一端进行引申，便自名为“蝶庵”。晚年的张岱，已经不复昔日风光，只不过是一个穷困潦倒的遗民老人，因此，他渴望从往昔的美好回忆中汲取温暖，以此来慰藉自己失落的内心，也正因此，张岱开始痴人说梦，后人看其文学作品中自然也能感觉到这种亦真亦幻、痴人说梦的艺术特征。

第二节　张岱文学作品艺术特征形成渊源

一、张岱文学作品艺术特征形成渊源之阳明心学的影响

张岱休闲思想的形成，深受阳明心学的影响，王阳明，是明朝后期著名的思想家、文学家、军事家，逝世于嘉靖七年（公元 1528 年），而张岱生于万历二十五年（公元 1597 年），是明末著名的文学家、史学家。阳明心学在明末时期深受众多学者的推崇，也正因此，张岱虽说与王阳明不是

---

① 张岱. 琅嬛文集·卷一·西湖梦寻序［M］. 长沙：岳麓书社，2016：38.

② 陈鼓应. 庄子今注今译·齐物论［M］. 北京：中华书局，1996：92.

生于同一年代，但由于受家庭、越地阳明心学人物的影响，受影响迫深，有自己的一番自我感悟与实践，并且将其思想融入自己的文学作品当中，影响了自己文学艺术特征的形成。

（一）明末时期，深受家庭、越地阳明心学人物的影响

张岱为浙江山阴人，浙江山阴是明末时期阳明心学人物活动的主要地区，最受张岱尊敬与崇拜的曾祖父张元忭更是阳明心学浙中王门中的重要人物，并且与其曾祖父张元忭、曾父张汝霖交往密切的人当中，许多都是重要的心学人物，生长于这样一个家庭环境之下的张岱，自然潜移默化地受到阳明心学的影响。

一方面，张岱的家学渊源使其深受阳明心学的影响。张岱的曾祖父张元忭受业于王阳明的大弟子王畿，张元忭称作是王阳明先生的二传弟子，传承了阳明心学，并且在对后辈的教导中留下了这一思想。在张岱的《四书遇序》中，有一段这样的话，“六经四子，自有注脚，而十去其五六矣；自有诠解，而去其八九矣。故先辈有言，六经有解不如无解，完完全全几句好白文，却被训站讲章说得零星破碎，岂不重可惜哉！”[①] 这段话所表达的思想与心学思想是极为相似的，心学人物批判理学，并且这一批判体现在各个方面，十分摒弃死守汉宋儒的解经之法。在这段话说所说的“先辈”一词，也明示了张岱的家学要求，足以体现出张岱自身对理学的叛逆。

另一方面，张岱深受明末时期心学人物的影响。张岱十分推崇浙江王门的核心人物——王畿，也受到了与其曾祖父同时期的著名心学人物李贽、袁宏道、罗汝芳等人的影响。明末清初，王门异端李贽等人的思想遭

① 张岱著，夏咸淳辑校．张岱诗文集 简体版［M］．上海：上海古籍出版社，2018：173．

到了世人的猛烈攻击，而张岱则在这股攻击的声音中跳出来为李贽等人正声，他在《石匮书》中写道：“李温陵发言似箭，下笔如刀，人畏之甚，不胜其不甚，亦唯其服之甚，故不得不畏之甚也。‘异端’一疏，瘐死诏狱，温陵不死于人，死于口；不死于法，死于笔。温陵自死耳，人岂能之哉！”[①] 这段话既有对李贽遭遇的同情，也表达了自己的钦佩之情。他直言，李贽之死是源于他“发言似箭，下笔如刀”，并且击中了伪道家及伪理学的痛处，直言他们的丑态，他们无力还击，然后将其迫害致死。

袁宏道也十分推崇阳明心学，他指出：“阳明，近溪真脉络也。”并且提出了“理在情内”“率性而行”等多项主张，受其影响，张岱也提出了“物性自遂”的文学思想，指出要还物以自由，讲究自由随性，不受人与环境的影响与束缚。他指出“但恨鱼牢幽闲，涨腻不流”“深恨放生池，无端造鱼狱”，他要求“纵壑开樊，听其游泳”“放之山林”，要求恢复动物的天性与自由。当然，对于去除束缚、恢复自由不仅是针对动物而言的，同时也涉及人类，他推崇“人本论”的思想，指出要尊重并且发展人的个性、欲望、爱好，在此思想观念的影响下，张岱成长为一名兴趣广泛、个性鲜明、真实率性，不受封建等级观念、腐朽思想束缚的自由之人。张岱十分推崇袁宏道的散文，他在《琅嬛文集》中写道：“古人记山水手，太上郦道元，其次柳子厚，近时则袁中郎。读注中遒劲苍老，以郦为骨；深远淡泊，以柳为肤；灵动俊快，以袁为修眉灿目。”[②] 在袁宏道思想的影响下，张岱的文学作品也有深远淡泊、灵动俊快的艺术特色。

除以上所列举的心学人物之外，张岱还深受罗汝芳、陶望龄、徐渭、王思任等心学人物的影响，其祖父张汝霖就曾经带着张岱去拜访过这些心学人物，因此，可以说张岱成长的环境充满了心学思想，那么在张岱的休

① 张岱．石匮论赞·李贽焦竑列传［M］．北京：故宫出版社，2014：176.

② 张岱．琅嬛文集·卷五·跋寓山注［M］．长沙：岳麓书社，2016：168.

闲旅游文学作品中窥出阳明心学的踪迹也便不足为奇了。

（二）清初时期，在阳明思想影响下生活态度的转变

在清军入关之后，张岱过了一段游离失所的逃难生活，最后租住快园。租住快园的这段时光，他积极生活，挑粪种菜、养蚕养鱼，并教导子孙后辈积极劳动。如此大的生活落差，如此沉重的生活负担，并没有将其压垮，反而让他变得更加顽强。已经年近古稀，却仍然坚持劳动，并且还致力于著书立传，这种积极乐观、坚韧的生活态度，也是在深受“致良知”“心即理”等心学思想的影响下所形成的。无论经历什么样的人生变故，都遵从自己的内心，求得内心之理，然后去行动、去体悟。因此，尽管生活如此艰难，他还坚持出游，坚持参加地方公益事业。

在经历了国破家亡的人生巨变、在突破了一些生活上的磨难之后，张岱也对世俗名利、对奢侈的生活态度进行了深刻的反思。他指出“欲海无边，尘心难扫；汗颜顷刻，顽钝终身。填七尺于羶淫，耗须眉于营算。宅畔有宅，田外有田。好利亦复竞名，身荣又祈子富。尝试回头一看，觉得身外俱闲；世短意长，不知埋没了多少血肉男子。孟子‘失其本心’一叹，真能使行路、乞人一齐痛哭。”[①] 也因此能抛除杂念，潜心著书，以一种平和的心态去看待事物，对于身边的一切事物都能做到淡然处之。

（三）阳明心学影响下的张岱哲学倾向

阳明心学也影响了张岱的哲学倾向。张岱所著的《四书遇》，可谓是一部以“阳明心学”来诠释“四书”的著作，其中的一些思想反映了作者对阳明心学的继承与发展。“阳明心学”的思想主要观点有“心即理”“知

① 张岱. 张岱全集 四书遇 [M]. 杭州：浙江古籍出版社，2017：488.

行合一”“致良知”，在《四书遇》当中，这三大理论思想都得到了继承。在这些理论思想的影响下，张岱在文学创作中，始终坚持以心为本体，强调自我、突出自我，并在继承的基础上经过自己的感悟提出了“童心学”“性灵说”等思想。

首先，张岱主张“求真”，他希望自己在做事、做人上，都要遵从自己的内心，要有自己的特点、具有自己的本色，这也是对浙江王门的核心人物——王畿所指出的“真”思想的继承。这种“真”包含了对世间万物的无限追求。其次，张岱主张要真实地表达自己的内心情感，主张“真情实感”地大胆表达，但他又对“情”进行了一定的改造，一方面他承认“情欲”的合理性，另一方面，他又要求将“情欲”把控在合理的范围内，反对无节制地情感、情欲的外放。这些因受阳明心学而发展的哲学倾向在其以休闲旅游文学作品创作中得到了较好的体现。

总之，张岱的一生受阳明心学的影响是方方面面的，并且随其年龄、心境及生活环境的影响，他对阳明心学的接受也会不一样。在明朝还未亡之前，他主要受家庭及越地阳明风气的影响，主张“物性自遂”，追求个性的解放、追求自由与平等，在生活上，表现为爱好广泛、突破等级限制寻求知己的友道思想。但是在明朝覆灭之后，张岱的生活发生了翻天覆地的变化，他对阳明心学的继承与发展便表现为重在格物、致良知的修养及忠贞行为操守的履践上。因此，在张岱的文学作品中，皆有这种不同风格思想的体现，或看似华丽却苍凉、或大俗中有大雅、或看似平淡却孕育着新奇。

二、张岱文学艺术特征形成渊源之城市文化的蓬勃发展

明代中后期，商品经济得到了前所未有的发展，无论是国内还是国际

贸易市场都不断扩大，工业化规模加大，人口急剧增长，城市得到了较快、较好的发展。据记载，至万历二十八年，人口已达一亿五千万。在此基础上，社会经济得到了快速发展，城市化步伐加快，当时城市人口约占全国总人口的四分之一，自万历后期，人口超过十万的城市已多达106个，人口超过四十万的城市有40个，人口达到百万的城市有8个。[①] 明朝末期，城市普遍繁华发展，原有城市的规范不断扩大，城市的功能开始由“城”向“市”转变，从防御性的政治、军事中心向以商品交换、贸易往来为功能的商业、生活中心转变。并且城市发展最为繁荣的当属张岱生活的江浙地区，张岱游历于这些城市，写市井人物、写城市文化、写市井民俗等，也因此，后人都称其为都市文人，由此可见，明末时期城市文化的蓬勃发展对张岱文学艺术特征的形成影响十分巨大。

明末时期，城市的面貌已经是典型的近代经济型城市的模样了。人声鼎沸，交通发达，商品丰富，百业兴旺。尤其在节庆百姓出游之日，更是繁华。例如，张岱偶至苏州所见景象“见士女倾城而出，毕集于葑门外之荷花宕。楼船画舫至鱼（舟蠡）小艇，雇觅一空。远方游客，有持数万钱无所得舟，蚁旋岸上者。余移舟远观，一无所见。宕中以大船为经，小船为纬，游冶子弟，轻舟鼓吹，往来如梭。”[②] 又比如张岱对西湖香市的描写：“然进香之人，市于三天竺，市于岳王坟，市于湖心亭，市于陆宣公祠，无不市，而独凑集于昭庆寺。昭庆寺两廊故无日不市者，三代八朝之古董，蛮夷闽貊之珍异，皆集焉。至香市，则殿中边甬道上下、池左右、山门内外，有屋则摊，无屋则厂，厂外又棚，棚外又摊，节节寸寸。凡胭

① 张春树，骆雪伦．明清时代之社会经济巨变与新文化［M］．上海：上海古籍出版社，2008：213.

② 张岱著，谷春侠、张立敏注析．陶庵梦忆 西湖梦寻·葑门荷宕［M］．郑州：中州古籍出版社，2012：38.

脂簪珥、牙尺剪刀，以至经典木鱼、伢儿嬉具之类，无不集。……如逃如逐，如奔如追，撩扑不开，牵挽不住。数百十万男男女女、老老少少，日簇拥于寺之前后左右者，凡四阅月方罢。”[①] 此外，在《鲁藩烟花》《扬州清明》《二十四桥风月》等文中，张岱也描写出各地的满目繁华，以此便可窥见明末时期城市的富庶，这在中国古代社会中，也是空前绝后的。

伴随城市发展而来的自然是都市人口的激增。中国作为一个拥有上下五千年悠久历史的文明古国，城市历史十分悠久，很早便有城市人与乡下人之分。在周朝时期，有“国人”与“野人”之分，“国人”指城中人、“野人”指乡下人。但是虽说自周朝时期就有城乡之分，但城市人直接登上历史舞台，则是在明朝中期，是随着经济的发展、都市人口数量的增多、个体意识的觉醒，才使市民的社会影响力逐渐增强。构成市民阶层的群体鱼杂混杂，既有达官贵人、文人雅士、商贾店员，又有工匠艺人、游民无赖，还有优伶妓女、说书艺人等，不一而足。以前喜以清高自诩的文人雅士，开始混迹市井之中，游历各大城市，他们不再推崇隐居山林，开始推崇“大隐在朝市，何必避世喧”的思想。他们有的经商、有的卖文、有的卖字画，为了生计奔走于各个城市当中。在这一背景环境下，各个阶层的人共同生活在一个城市环境当中，使得各个阶层之间的交流日益广泛，从而推动了雅俗生活之间的交融、推动了雅俗文学之间的碰撞，这种“雅”与“俗”的交融与碰撞使得明末时期人们的生活更具特色，从而推动了明末城市文化中通俗文艺的发展与壮大。

在商品经济快速发展的背景下，城市得到蓬勃发展，明朝各任君主也都非常重视大众教育的发展，重视化民成俗。自明朝初期开始，朝廷就十分重视办学，发展至明朝中期，呈现出一幅欣欣向荣的办学景象，国内

---

① 张岱著，谷春侠、张立敏注析．陶庵梦忆 西湖梦寻·西湖香市［M］．郑州：中州古籍出版社，2012：161－162．

“无地而不设之学，无人而不纳之教。痒声序音，重规叉要矩，无间于下邑荒徼，山陬海崖。此明代学校之盛，唐宋以来所不及也”①。大众教育的发展自然能提高大众知识文化水平，特别是城市人，通文墨者众多。张岱《夜航船序》中就有对越地的教育风气繁盛的描写“后生小子无不读书，及至二十无成，然后习以手艺。故凡百工贱业，其理性纲鉴，皆全部烂熟。偶问及一事，则人名、官爵、年号、地方，枚举之，未尝少错，学问之富，真是两脚书橱。”② 甚至连女性都识文通字，涌现出诸多才女，在男尊女卑的封建社会，在“女子无才便是德”的愚昧思想下，女子也能接受大众教育，的确是明朝教育发展的突出贡献。在《陶庵梦忆》中，就刻画了多位多才多艺的女性形象。

随着文化修养的不断提高，市民对文化消费的需求也不断增强。文化修养的提升使人们开始追求更高层次的精神世界，当物欲层面的享受已无法增补其内心空虚之时，他们就会去寻求精神产品以调剂生活。在此背景下，明朝文人逐渐转变对被认为“难登大雅之堂”的通俗文艺的看法。李贽曾言：“孰谓传奇不可兴、不可以观、不可以群、不可以怨乎?”③ “公交派”代表人物袁宏道在《花阵绮言·题词》中认为小说是：“丽词绮言，种种魂销。暇日抽一卷，佐一觞，其胜三坟五曲，秦碑汉篆，何啻万万。”④

除这些著名文人推崇通俗文艺之外，还有许多颇具文采的书商，他们

① 霍艳芳. 中国图书官修史，转引自《明史》[M]. 武汉：武汉大学出版社，2014：296.

② 张岱著，云告点校. 琅嬛文集·卷一·夜航船序 [M]. 长沙：岳麓书社，2016：28.

③ 李贽. 焚书·续焚书 [M]. 北京：中华书局，1975：195.

④ 大连图书馆参考部著. 明清小说序跋选 [M]. 沈阳：春风文艺出版社，1983：21.

为了适应当时市场的要求，开始创作小说戏曲、笑话杂书等以此来满足市井百姓的需求。在张岱生活的江浙地区，曲艺创作尤其盛行。王国维在《录曲余谈》中说道："至明中叶以后，制传奇者以江浙人居十之七八，而江浙人中，又以江之苏州，浙之绍兴，剧十之七八，此皆风气使然，不足异也。"[①] 这些作品要想被更多的人所熟悉，便需要说书艺人惟妙惟肖的讲述，需要书商的推广。张岱是一个好听戏、听书之人，也正因在此氛围之下，使张岱能接触到不同层次的文化，开阔眼界，使其身心更加宽广。

明末时期通俗文艺的蓬勃发展，不但体现在通俗文学作品的大量涌现，更重要的是，这些通俗文学作品作为一种精神产品，被更多人所接受，其消费方式更是完完全全地融入了当时人们的世俗娱乐活动当中，成为都市生活必不可少的组成部分。除收藏、品读这些作品外，听书看戏也成为当时人们休闲娱乐的重要方式。也正因此，貌丑艺高、性格孤傲的说书艺人柳敬亭才能成为"行情人"，欲想听其说书，需"定价一两。十日前先送书帕下定，常不得空。"[②] 张岱作为爱好广泛的纨绔之弟，从小生活在此环境中，不但爱听书看戏，而且还颇具艺术才能，例如，《金山夜戏》一文便是记录了作者自导自演的一出好戏。

因为晚明时期说书唱戏蔚然成风，有需要就有市场，有市场就有商人投资，因此，许多商人看准商机，开始建筑剧院及露天剧场。据相关文献记载，在明末时期，苏州有剧院三十余家，这些剧院中的演员及工作人员多达三千余名。同时，私家堂会演也十分盛行，许多大户人家都有家班，张岱家也养有家班。不过在张岱所写的文章中，自家家班的描写并不多，

---

① 王国维. 王国维戏曲论文集・录曲余谈［M］. 北京：中国戏剧出版社，1984：226.

② 张岱著，谷春侠、张立敏注析. 陶庵梦忆 西湖梦寻・柳敬亭说书［M］. 郑州：中州古籍出版社，2012：124.

反而介绍了当时的许多具有特色的家班，例如《朱云崃女戏》，讲的就是杭州朱云崃的家班，其中所介绍的朱云崃是一个精通戏剧且善于训练、培养艺人之人，为了培养这些女演员，朱云崃会在教戏之前让她们学习古琴、琵琶等乐器和歌舞，全面提高其伎艺。又比如，明末阮大铖的家班在当时名极一时，张岱评论阮家的戏班："所搬演，本本出色，脚脚出色，出出出色，句句出色，字字出色。"[①] 张岱对阮大铖家班这么佩服，说明这个戏班的确很有功力。在《阮圆海戏》中，张岱指出，因为阮大铖精通戏曲艺术，又是著名的戏曲家，其家班演的大都是自己编的戏，所以每次排演前，阮大铖与演员一字一句地讲解，力求每个人都理解剧中的文辞和思想，从而有利于演员塑造人物形象。所以这个戏班不是仅仅以唱曲取胜，而是非常重视表演艺术。

随着商品经济的发展，人们的物质生活得到了满足，精神世界也愈加丰富，人们不仅讲究吃穿用度，更追求生活品质的提升。于是，园林建筑开始兴起，继而涌现出屠隆、陈继儒、文震亨等园林设计大家，四处整修豪华园林。张岱高祖所建筠芝亭、镜波园，祖父所建阶园等，也是十分精妙的设计，从小生活在这些园林中，潜移默化地影响着张岱文学创作的审美情趣。

市民不仅追求居家的精致豪华，同时也流连于酒肆茶坊、歌楼舞场，甚至是风月场所，尽享甘肥声色之美。在《西湖七月半》中，张岱便有此番描写："楼船箫鼓，峨冠盛筵，灯火优傒，声光相乱……名妓闲僧，浅斟低唱，弱管轻丝，竹肉相发"[②]，非尽兴不归矣。

---

① 张岱著，谷春侠、张立敏注析. 陶庵梦忆 西湖梦寻·阮圆海戏［M］. 郑州：中州古籍出版社，2012：187.

② 张岱著，谷春侠、张立敏注析. 陶庵梦忆 西湖梦寻·西湖七月半［M］. 郑州：中州古籍出版社，2012：164.

商品经济的发展也推动了民俗节庆活动的发展，加深了商业表演与民俗节庆活动的联系。虎丘中秋，“土著流寓、士夫眷属、女乐声伎、曲中名妓戏婆、民间少妇好女、崽子娈童及游冶恶少、清客帮闲、傒僮走空之辈，无不鳞集。……鼓铙渐歇，丝管繁兴，杂以歌唱，皆‘锦帆开，澄湖万顷’同场大曲，蹲踏和锣丝竹肉声，不辨拍煞。”① 西湖香市，从花朝节开始，直至端午节结束，“然进香之人，市于三天竺，市于岳王坟，市于湖心亭，市于陆宣公祠，无不市，而独凑集于昭庆寺。昭庆寺两廊故无日不市者，三代八朝之古董，蛮夷闽貊之珍异，皆集焉。至香市，则殿中边甬道上下、池左右、山门内外，有屋则摊，无屋则厂，厂外又棚，棚外又摊，节节寸寸。凡胭脂簪珥、牙尺剪刀，以至经典木鱼、伢儿嬉具之类，无不集。”② 扬州清明节当日，城中男女老少皆出门踏青，商人、艺伎、好事之徒云集“是日，四方流离及徽商西贾、曲中名妓，一切好事之徒，无不咸集。长塘丰草，走马放鹰；高阜平冈，斗鸡蹴鞠；茂林清樾，劈阮弹筝。浪子相扑，童稚纸鸢，老僧因果，瞽者说书，立者林林，蹲者蛰蛰。”③

作为都市文人的张岱怎会错过这种热闹的节庆之日，所以在其文学作品中，许多文章都是对民俗节庆日的描写。但毕竟张岱是一个艺术修养颇高的文人雅士，因此，即便是对俗人俗事进行描写，也总能升华到雅致的高度，雅俗共融，将大雅融于大在俗当中。

从张岱的文学作品可见，随着经济的发展，晚明时期城市发展迅速，

---

① 张岱著，谷春侠、张立敏注析. 陶庵梦忆 西湖梦寻·虎丘中秋夜 [M]. 郑州：中州古籍出版社，2012：129.

② 张岱著，谷春侠、张立敏注析. 陶庵梦忆 西湖梦寻·西湖香市 [M]. 郑州：中州古籍出版社，2012：161.

③ 张岱著，谷春侠、张立敏注析. 陶庵梦忆 西湖梦寻·扬州清明 [M]. 郑州：中州古籍出版社，2012：132.

“芸芸众生在其中声色犬马，更漏处犹有琵琶声声”。城市散发出来的旺盛生命力、城市包罗万象的接纳能力，为晚明时期雅俗文化的交融提供了极好的土壤。但是它却在繁华中透着一丝苍凉、在喧闹中隐藏着些许寂静，在看似生机勃勃的表象下又让人感觉前路迷茫，让人怅然。使都市文人张岱的文学作品有着一丝看似繁华却苍凉、大俗中有大雅等艺术特征。

三、张岱文学艺术特征形成渊源之个人素质与社会环境等因素的影响

任何人性格、气质、思想的形成都与其自身秉性、家庭环境、社会风气等条件息息相关，张岱文学艺术特征的形成同样受其个人素质、社会环境等因素的影响。在此，笔者便主要从张岱文学作品中“冰雪之气”的形成为例，来分析张岱的个人素质与所处社会环境对其作品艺术特征的影响。

一方面，张岱的思想作风及思维方式是其冰雪气质形成的基础。张岱家世显赫，家族氛围极具文化底蕴及艺术气息。其祖父及父叔辈，与同时代的王思任、陈继儒等思想界、文坛界的名流都交往甚密，张岱从小跟随他们自然会接触到这些名流之士。并且，张岱的祖父与父亲是十分开明之人，祖父教后辈读书可“不读朱注”[①]，其父亲“喜诙谐，对子侄不废谑笑”[②]。这样开明、轻松的家庭氛围，培养了张岱好游玩、好自由，不羁的性格。也正因为有此家庭背景与氛围，他才能在青年时期就看清时事，放

① 张岱著，云告点校．琅嬛文集·卷一·四书遇序［M］．长沙：岳麓书社，2016：8．

② 张岱著，云告点校．琅嬛文集·卷四·家传［M］．长沙：岳麓书社，2016：129．

弃八股取义，开始连流山水、发展自己的爱好、立志修史著述，做一个不受约束的自由之人。

张岱天资聪颖，且富有才情，对明末时期的各大思想流派的主要思想都有自己的一番感悟与见解，特别是深受当时文人士大夫的谈禅风气的影响，称自己是“好参禅，则有祁文载、具和尚为禅学知己。”[①] 在家庭与社会的双重影响下，张岱独立思考、不囿成见的思想作风，张岱追求个性解放、注重自身体验感悟的思维方式一步步建立起来，在论及自身治学方法时，张岱指出：“正几看经书，未尝敢以各家注疏横据胸中。正襟危坐，朗诵白文数十余过，其意义忽然有省。间有不能强解者，无意无义，贮之胸中；或一年，或二年，或读他书，或听人议论，或见山川云物，鸟兽虫鱼，触目惊心，忽于此书有悟，取而出之。”[②]

他所形成的这种独立思考的品质，注重主体阅历及外物感发的思维方式，是与我国传统艺术思维紧密相连的，与其祖父从小教导的“不读朱注”的方式密不可分的，张岱十分明确地指出：“古人见道旁蛇斗而悟草书，见公孙大娘舞剑器而笔法大进，盖真有以遇之也。”[③] 这一思维主张便源于其主体心灵的虚静与人格的脱俗，而其独有的“冰雪气质”也正是在这一人格品质影响下形成的，是张岱在人生经历、体悟、学习、思考的过程中，不断沉淀出来的。

另一方面，当时的史官文化传统及政治环境是促使张岱“冰雪气质”形成的主要社会因素。张家历来具有修史传统，据明史记载，张岱最尊敬

---

① 张岱著，云告点校．琅嬛文集·卷六·祭周戬伯文［M］．长沙：岳麓书社，2016：210.

② 张岱著，云告点校．琅嬛文集·卷一·四书遇序［M］．长沙：岳麓书社，2016：8.

③ 张岱著，云告点校．琅嬛文集·卷一·四书遇序［M］．长沙：岳麓书社，2016：8.

的曾祖父张元忭“十余岁时以气节自负，闻杨继盛死，为文遥诔之，慷慨泣下。”这样一种爱国、尚贤的传统气节，对张岱道德观、爱国气节形成的影响深远。张岱的青年时代，是明朝内部政治斗争最为激烈的天启年间，这时候看透官场腐败的张岱毅然放弃科考，并立志要修撰纪传体通史《石匮书》。当时的史官文化传统及政治环境，使他崇尚气节，坚持自己的操守。

张岱书写的第一部著述为《古今义烈传》，完成于崇祯元年，很明显，此书主要还是写于天启年间，是一部感慨于天启年间政治斗争的作品。尽管张岱是一个“彻彻底底”的纨绔子弟，前半生过着轻狂奢靡的名士生活，但由于自小受到了良好的家庭教育且自身品格正直，使他并未在轻狂奢靡的生活中迷失自我，在修史的过程当中，仍然能目光敏锐、头脑清醒、思维清晰，能看清腐朽的政治环境与社会的动荡，进行更深层次的思考。

在腐朽的明王朝灭亡之后，特别是在绍兴监国的鲁王政权彻底崩塌，包括王思任、祁彪佳、刘宗周等名士相继被残害之后，作为前朝遗民，张岱不得不开始自己的逃亡生涯，他带着家眷，挑着几担残书避居于西白山中，接下来的几年，可谓是张岱一生中最为艰难的几年，他面临了生与死的考验，要平衡自己内心的落差，要调整自己的心态，继续生活。也正是在这一社会背景与生活环境之下，激起了他生命中最强硬的底线，他没有放弃生命选择殉国，更没有选择依附新朝，而是选择修撰史书，有一个史学家的使命感，这样一种信念支撑着张岱顽强地活下来，并且还要让自己活得有意义。因此，他开始将全部精力投入修史、著书之中。张岱在明亡之后的生活十分艰难，但心中有信念感与责任感，促使他坚强生活，他如普通贫民一样，挑粪舂米，劳动生活，他以平民学者自居，潜心著书，为我们留下了宝贵的文化遗产。在临终前，张岱写下这样一句诗“烧钱钱穷鬼，酹酒蜡文心。”这句诗可以说是其后半生的真实写照。也正是后半生困顿寂寞的岁月，才能将张岱的人格锤炼得如此纯粹，他就如一株含冰傲雪的蜡梅，在僻静幽深的山谷中独自盛开，散发出阵阵幽香，他以自己的生命历程，去积淀自己的“冰雪人格”。

当然，除个人素质与社会因素之外，他多方面的艺术修养也是其“冰雪气质”形成的关键因素。张岱爱好广泛，且乐于钻研，在其所写的《自为墓志铭》中，细数了自己的众多爱好，差不多囊括了明末时期所有的艺术门类，并且他不是简单的喜爱，还苦于深入研究学习，因此在许多领域他还是行家里手，能与领域内的顶尖人物交谈切磋。

广泛的兴趣爱好使张岱能自由出入不同的艺术领域，使之相互渗透，融会贯通，从而形成一种共通的艺术特质。在张岱所熟悉的艺术门类当中，直接影响其冰雪气质形成的主要有三种：

第一种是茶艺。在品茶、鉴茶、制茶等各方面，张岱都是行家里手，与著名的茶道名人汶水老人结为忘年之交，他自制的“兰雪茶”更在当时风靡一时。

第二种是弹琴唱曲，张岱年至二十才开始学琴，学琴的年龄不算早，但是他却有较高的艺术天赋，他在回忆自己的学琴经历时写道：“王本吾指法圆静，微带油腔。余得其法，练熟还生，以涩勒出之，遂称合作。”[①]他能从丝弦的调理中感受抚琴技巧与艺术的关系，他文学思想中的“生鲜之气”便是在弹琴实践中感悟出来的一种艺术境界，这也成为其“冰雪之气”艺术特征的主要内容。明末时期，大户人家蓄养私家戏班十分流行，张岱在其祖辈、父辈的影响下，从小便爱好戏曲艺术，且无论是在剧本编写、音律审定、唱腔鉴赏及舞台设计等方面都造诣颇高，《金山夜戏》的

---

① 张岱著，谷春侠、张立敏注析. 陶庵梦忆 西湖梦寻・绍兴琴派［M］. 郑州：中州古籍出版社，2012：56.

绝妙编排便可见其戏曲功底十分了得。这一艺术爱好也影响着其冰雪气质的形成。

第三种是书画鉴赏。明末时期，董其昌提出的南北宗论、南宗山水，享誉画坛。元明时期，山水画脱离宋朝所推崇的院画风气而呈现出文人意趣，在画论领域里面，有关“生与熟”的争论成为焦点。具体来讲，“生与熟”的争论，实际上就是“士气”与“匠气”的争论，是绘画技术与文化品位的争论。董其昌提倡的是：“画与字各有门庭，字可生，画不可不熟；字须熟后生，画须熟后熟。”（《画禅室随笔・卷二・画法》）表达的是书画艺术的修炼，必须要由生而熟、练熟还生两个阶段，第一个阶段是绘画技术的学习，第二个阶段是艺术品质（士气）的提升。关于“士气”，董其昌指出：“士气作画，当以草隶奇字之法为之，树如屈铁，山如画沙，绝去甜俗蹊径，乃为士气。”他将通过书法之笔作画视为“士气”的重要标志，突出了绘画上文人情趣的体现。张岱和南宗山水的另一代表人物——陈继儒交往密切，且与同时代的画坛名士姚简叔、陈洪绶等人颇具渊源，也因此，受这些人物的影响颇深。由此可见，张岱的艺术思想深受“松江画派”的影响。这一绘画领域中的思想，影响着张岱休闲旅游过程中对景象的观察与想象，使其能透过事物的表象看本质，能深刻地感受事物的“冰雪之气”，然后升华自己的情感。

四、张岱文学艺术特征形成渊源之遗民的遁世心境

张岱为明遗民，何为遗民，郭文仪在结合前人的解释上给出了这样的定义：“所谓遗民，盖指当‘废兴之际’，以‘一时之去就’为标尺，以

'前朝所遗'自任，不仕新朝者。"[①] 在清军入关占领绍兴之后，张岱的人生发生了翻天覆地的变化，别无选择地去接受明王朝已经覆灭、清王朝政权巩固的事实，然而如何在这改朝易代之际处身立世，成为摆在每一位遗民眼前的难题。张岱作为一名深怀爱国情怀的名门之后，是明末清初"不仕新朝"的知识分子代表，他选择遁世的方式，披发入山，著述终身，并且构建了自己的"琅嬛福地"这一神圣空间意象。

从宗教的层面上来看，神圣空间指的是神灵临在的虚幻空间，指的是开天辟地时构建出来的一个纯净、富饶，无疾病、无苦痛的圣地，是有宗教信仰之人所追求的一个乐园。当然，对于无宗教信仰之人来讲，在他们的内心也存在着这样一个意义非凡的神圣空间，在他们感到迷失彷徨时，便会渴望重返这一"神圣空间"，去感受昔日的美好，聊以抚慰心灵、寻求救赎。但是，毕竟这是一个虚幻的空间，要想追寻仙迹，重返圣域已不可得，因此，从这一层面上来看，每个人都可称得上是失落纯真乐园的遗民，访求这一"神圣空间"遂成为生民追求的永恒主题。由此可见，张岱对于"琅嬛神地"这一神圣空间的追求，只不过是自己作为明遗民内心深处无意识地追求。不管是传统遗民的"闯于仙"，或是张岱的"琅嬛福地"，遗民"梦想花园"的构建都有着对易代之痛的规避，承载着他们对现实世界及个人处境的困顿，承载着他们的远游之愿。

一方面，遗民身份是在特定的历史条件下才能形成的，成为遗民的境遇自然也是一种非常态的人生境遇。江山易主，国破家亡，沧桑之感尤为强烈，在这种境遇下能强烈地激起遗民的红尘幻念，感怀身世。张岱的前半生生性疏狂，放荡不羁，生活豪奢，云游四方；而自明朝灭亡之后，过上了流离失所、衣食无继的逃难生活，虽选择不仕清廷，披发入山，专心

① 郭文仪．明清之际遗民梦想花园的构建及意义［D］．北京：中国人民大学，2010.

著述，仍会情不自禁地追忆过往，仿佛想将时间定格在自己欲挽留与追忆的过往空间之中。这样一种时间的空间化，是文人在消逝的时光中去追求永恒的一种方式，将流逝的时间都凝聚于一个对自己来说极具纪念意义的时空当中去描绘、去体悟，这一空间便具有提醒且保留这一段时间的重要纪念意义。文人所构建的这一空间化的时间是追忆过往的，是去追求曾经的既定事实，张岱对昔日的美好进行回忆与雕琢，便成为他回忆前朝美好，将这一美好保存下来的方式。在面对现实的苦痛时，他们便会情不自禁地想到记忆中的原风景，渴望能回到记忆中那和平与宁静的空间。北宋遗民孟元老所著的《东京梦华录》，南宋遗民吴自牧所著的《梦粱录》便都出自此意。张岱所著的《陶庵梦忆》《西湖梦寻》也正是如此。在《西湖梦寻自序》中，张岱写道："而今而后，余但向蝶庵岑寂，蘧榻纡徐，惟吾梦是保，一派西湖景色，犹端然未动也。儿曹诘问，偶为言之，总是梦中说梦，非魇即呓也。"[①] 晚年的张岱对"琅嬛福地"的构筑，也是对神圣空间的一种向往，对于昔日美好的一种追忆。

另一方面，遗民的特殊身份也代表了之前生活的改变，同时又不愿意接受当今朝廷，从一定层面上来看，这其实是一种自我割裂、自我放逐，是对现实社会的不接纳，是对现实社会认同感的缺失。在自知光复前朝的目标无法实现之后，张岱选择"逃避"，避居乡野。但是就算避居乡野仍无法让他摆脱现实社会带来的落差与苦痛时，他便开始追求超越现实的一种神圣空间，唯有让自己沉浸在这一虚幻的时空当中，才能暂且忘却现实的无奈，心灵得到片刻安宁，这一神圣空间，便是张岱所寻觅的"琅嬛福地"。

历朝历代的遗民，仿佛都会情不自禁地去构想一处神圣空间去保留自

① 张岱. 琅嬛文集·卷一·西湖梦寻序 [M]. 长沙：岳麓书社，2016：38.

己的尊严，以慰藉自己的心灵，桃花源、华胥、天台、瀛洲、蓬莱、方丈此海外三山等，都属遗民经常描写的神圣空间，其中以桃源之意象认知度最高，陶渊明自认自己为东晋遗民，作有《归去来兮辞》《桃花源记》《五柳先生传》等名作，表明了自己作为一名遗民不仕世仇、不仕二朝的气节，表明了自己欲“采菊东篱下，悠然见南山”的一种悠然自得的心境，渴望能摆脱尘世的烦扰，寻得一处桃源胜地，恬然闲适地劳作度日。对比来看，五柳先生的生活背景、遭遇心境与陶庵老人是极其相似的。因此，无论是五柳先生无意中闯入的“桃花源”，还是陶庵老人意外寻得的“琅嬛福地”，其实都是作者心中所构想出来的一个虚幻、神圣的空间。也因遗民身份的特殊性，使陶庵老人与五柳先生一样，所写文章都突出一种虚实结合、逆境中透着乐观、看似华丽却苍凉的艺术特征。

第六章　张岱文学作品体现的休闲思想

第一节　《陶庵梦忆》体现的休闲思想

《陶庵梦忆》当属张岱以描写自然山水、市井百态为主的文学作品中最具代表的一部著作，是一部追忆旧游的著作，记录了各地的山水园林美景与民间风俗，记录了许多有才、有癖、有疵之人。张岱运用的是一种自然、简洁的语言风格，率性任直，其文章融雅趣与谐趣于一体，读来朗朗上口，可以说阅读这些文章，能看到明朝末期的社会百态、欣赏吴越地区的山水园林美景。全书共分为八卷，书中文章篇幅短小精炼，长不过数百字，短则几十个字，涉及题材却十分广泛，凡山水景观、园林寺庙、风俗人情、品茶听戏、古董玩具等皆有记载，主要是作者在早年游玩时的所见所闻，写的大多是作者亲身经历的杂事，但是却在这些杂事的记叙中融入了自己的思想情感、闲适观、审美观，对后世学者开展休闲旅游文学研究具有重要意义。具体来讲，可将《陶庵梦忆》中的文章分为三大类——山水小品、风俗小品、人物小品，其中最能体现张岱休闲思想的当属山水小品及风俗小品，接下来，笔者便从山水小品、风俗小品、人物小说三方面来对《陶庵梦忆》中所体现的休闲思想进行介绍分析。

一、山水小品中所体现的休闲思想

古代旅游文学主要指的是山水文学，虽然经过世世代代的发展，旅游文学的范围得到了扩展与延伸，但山水文学也一直是旅游文学中的重要组成部分，在张岱的文学作品中，山水小品也是最具代表性的。在《陶庵梦忆》中就包含了多篇风格独特的山水园林游记，写景与抒情并重，极具特色。山水小品，通常是文人对现实生活产生梳离感之后，对自然的回归及对生活的领悟，张岱所著的山水小品也不例外。通过张岱的山水小品能侧面反映出明末时期的政治、经济、文化等各方面现状，反映作者的一种生活态度。《陶庵梦忆》写于明亡之后，明王朝的覆灭及自己家族的没落使张岱的生活出现了翻天覆地的变化，他从一个衣食无忧的纨绔之弟落魄为衣食无继的难民，因此在他的山水小品中融入了作者对故国旧都的深切怀念、抒发了作者对物是人非的感叹。就如周作人在《〈陶庵梦忆〉序》中所写的那样："张宗子是个都市诗人，他所注意的是人事而非天然，山水不过是他所写的生活的背景。"[①] 张岱笔下的山水，通常是一种富有哲理性的审美解悟对象，当然也有许多是以物自喻。他所书写的休闲旅游生活，是一种审美生活，是其日常生活的艺术化体现。

张岱深受中国传统儒道思想的影响，他既希望入仕，施展自己的抱负，建功立业；又清高孤傲，在当时腐败的朝政之下，渴望能超越功利的束缚，以追求一种超脱、自由、逍遥的精神境界。因此，明亡之后，张岱在经历了一番沉淀之后所书写的山水小品文，更多的是表现出一种渴望独抱冰雪、自然、无为、淡泊的休闲思想。

---

① 张岱著. 国学经典丛书陶庵梦忆［M］. 武汉：长江文艺出版社，2015：231.

（一）独抱冰雪，追求思想的纯洁安宁

在张岱的山水小品中，久负盛名的当属《湖心亭看雪》，在前文中笔者也多次引用了这篇文章，在此细述张岱山水小品中，也想以此篇为例，进行深入探讨，因为这篇文章不光是一篇写西湖雪景的美篇，同时也是张岱以物自喻的书写。作者清刚孤介、坚贞自守的人格也从中凸显出来，是张岱"冰雪人格"的流露，是其渴望独抱冰雪，以求安宁这一休闲思想的深刻体现。

这是张岱众多旅游中的一次，开篇写"崇祯五年十二月，余往西湖。"简单介绍了自己出游的时间与地点，但值得细品的是，张岱在时间介绍上写的是崇祯五年十二月，崇祯是明朝的年号，而此时明朝早已灭亡，可见他对故国的一种任性的思念。紧接着写"大雪三日，湖中人鸟声俱绝"，在经历过三天大雪之后，昔时繁花似锦、人声鼎沸的西湖已是"千山鸟飞绝，万径人踪灭"的冷清、寂静。"是日更定矣，余拏一小舟，拥毳衣炉火，独往湖心亭看雪。""更定"有人解释是晚上八九点钟，也有人说是凌晨四五点钟，但无论是哪种解释，都反映了一个现象，那就是这个时间段无人游览西湖。但是张岱在这个天寒地冻、万籁俱寂的时间段与"舟子"二人泛舟前往湖心亭，也可见其清刚孤介的人格品质。虽然天寒地冻，需"拥毳衣炉火"，但是张岱是一个多么拥有孤怀雅兴的清高之人，在"人鸟声俱绝"的意境下，他要去独抱冰雪，独享这一美景。张岱追求的就是这种绝境，隔绝繁华，阻绝人籁。此时，西湖歌舞已休，俗世繁华早已落幕，西湖剩下的只有寒冷与孤寂。

此时此刻，独自置于西湖，他看到了"雾凇沆砀，天与云、与山、与水，上下一白"。简简十五个字的描写，却被当代人奉为描写西湖雪景最美的语句。细细品来，凝霜的雾气和湖面上的雪花、水气浑然天成，融为

一体，云山苍苍、天水泱泱。一幅清静苍茫、磅礴浩渺的景象仿佛直接跃入眼帘。在这白净的天地间，张岱的小舟继续缓缓前行，船桨划开冰冷的湖面，发出了孤寂的声响，但见“湖上影子，惟长堤一痕、湖心亭一点、与余舟一芥，舟中人两三粒而已”。这一段描写也是绝妙的，一痕、一点、一芥、两三粒，视角逐渐缩小，直至微乎其微，放眼望去，在苍茫的雪景中，隐约露出来的是长堤上的一道痕迹、湖心亭的一点轮廓，若隐若现，似幻似真，然后湖中只有自己的小舟一芥加之舟中人两三粒。他写出了极目望去视线的移动所产生的景致的变化，让人觉得这仿佛是天造地设一般，所有的景都是自然浑成的。当然，张岱总是在写景之中抒发情感，这一段看似只是写景，但却不止于写景，在这冰雪世界中，我们也能感受到作者那种人生天地间茫茫如一粒米的“弱小感”。在鸿蒙天地间，自己也成了风景，却是那最微小的风景。这也是休闲审美思想中，物我相融的具体体现。

终于，张岱登上了湖心亭，原本想独抱冰雪，却发现亭中已有人先其而至。“到亭上，有两人铺毡对坐，一童子烧酒炉正沸。”有人已在煮雪烹酒，铺毡对饮，这份独抱冰雪的清静被打破，本想独往湖心亭看雪，却不料有人捷足先登，迫感意外。“见余，大喜曰：‘湖中焉得更有此人!’”对方见张岱，十分惊喜，惊叹到“想不到湖中还有像您这样的人!”这一惊叹虽然是两位对毡饮酒之人发出的感叹，却实为作者内心的感叹，作者妙在一言不发，却“尽得风流”。二人“拉余同饮”，此处，作者用了一个动词“拉”，而不是“邀”“请”，这表示张岱内心其实不愿与他们二人共赏雪景、煮酒畅饮，但对方盛情难却，只得“余强饮三大白而别”，作者是被“拉”入席的，又是“强饮”三大杯，而非“畅饮”“豪饮”或“痛饮”。最后，出于礼貌，“问其姓氏，是金陵人，客此。”而张岱自己却没有留下只言片语，也表明作者并无与他们二人交友之意，而是匆匆而回。

文末，作者以舟子的话结束，“舟子喃喃曰：‘莫说相公痴，更有痴似相公者！’”可见，舟子对于在湖心亭遇到另外两人迫感意外，原以为这样的天寒地冻之日，应该没有人像张岱这般“痴”迷于这番景色，但却有先其而至之人，因此自言自语道，竟然还有“痴似相公”之人。但是仔细分析可见，张岱的“痴”与金陵人的“痴”相比，有所不同，虽说都是大雪夜来到湖心亭，想一赏这上下一白的美景，但是张岱独自前往，只想独抱冰雪，而金陵人是结伴而来，是想饮酒交心，在舟子眼中，他们是一样的“痴”，但在张岱心中，他们的休闲理念与审美情趣却有所不同。

通过《湖心亭看雪》一文可见，张岱的休闲思想是想寻找一种独处的安静，想独自欣赏最真实、真安静的风景，抛去人事、抛去杂念，是一种交心般的休闲旅游思想。例如，在《西湖七月半》中也有同样的心境，“月色苍凉、东方将白、客方散去。吾辈纵舟，酣睡于十里荷花之中，香气拍人，清梦甚惬。”[①] 方有在人群散去，没有了嘈杂的嬉闹声，才可真正地欣赏到西湖七月半的月色之美。

（二）随兴所致，自然、无为、淡泊的山水园林休闲思想

除对《湖心亭看雪》的细致分析之外，笔者还想聊聊《陶庵梦忆》中其他山水小品所体现的休闲思想。

例如，在《焦山》一文，记叙了作者在瓜洲看望二叔张联芳时的游览经历，本是百无聊赖登上金山寺，却意外见到焦山“纡谲可喜”，四周“山无人杂，静若太古。回首瓜洲烟火城中，真如隔世”[②]，写出了张岱随

---

① 张岱著，谷春侠、张立敏注析. 陶庵梦忆 西湖梦寻·西湖七月半［M］. 郑州：中州古籍出版社，2012：164.

② 张岱著，谷春侠、张立敏注析. 陶庵梦忆 西湖梦寻·焦山［M］. 郑州：中州古籍出版社，2012：59.

兴所至的赏玩乐趣，漫无目的的闲游，却有意外的收获，体现出了一种“自然”“无为”“淡泊”的休闲思想。

除了对自然山水进行描写之外，张岱还痴爱园林亭台，但无论是对自然山水还是园林，张岱都崇尚自然、真仆、淡远、清幽，这是性格使然。

他赞赏筠芝亭“浑朴一亭耳。然而亭之事尽，筠芝亭一山之事亦尽。吾家后此亭而亭者，不及筠芝亭；后此亭而楼者、阁者、斋者，亦不及。总之，多一楼，亭中多一楼之碍；多一墙，亭中多一墙之碍。太仆公造此亭成，亭之外更不增一椽一瓦，亭之内亦不设一槛一扉，此其意有在也。”[①] 在他的心中筠芝亭的恰到好处的美是无法超越的，多一楼、多一墙都属画蛇添足。

他欣赏巘花阁上有“层崖古木，高出林皋”[②] 下有“支壑回涡，石拇棱棱，与水相距。阁不槛、不牖，地不楼、不台，意正不尽也。”[③] 景致正好，然而自五雪叔从广陵回来之后，对巘花阁进行了一番改造，自认为想法绝妙，但在张岱眼中，却是弄巧成拙，反而破坏了原本和谐自然的美，认为“未免伤板、伤实、伤排挤，意反局蹐，若石窟书砚。”[④]

他见范长白园，写道“地必古迹，名必古人，此是主人学问。但桃则溪之，梅则屿之，竹则林之，尽可自名其家，不必寄人篱下也。”[⑤] 在此，

---

① 张岱著，谷春侠、张立敏注析. 陶庵梦忆 西湖梦寻 · 筠芝亭 [M]. 郑州：中州古籍出版社，2012：86.

② 张岱著，谷春侠、张立敏注析. 陶庵梦忆 西湖梦寻 · 巘花阁 [M]. 郑州：中州古籍出版社，2012：188.

③ 张岱著，谷春侠、张立敏注析. 陶庵梦忆 西湖梦寻 · 巘花阁 [M]. 郑州：中州古籍出版社，2012：189.

④ 张岱著，谷春侠、张立敏注析. 陶庵梦忆 西湖梦寻 · 巘花阁 [M]. 郑州：中州古籍出版社，2012：189.

⑤ 张岱著，谷春侠、张立敏注析. 陶庵梦忆 西湖梦寻 · 范长白 [M]. 郑州：中州古籍出版社，2012：116.

他认为对于园林景致命名这件事，既要体现出园林主要的儒雅学问，又要能表达作者自身的情趣意境，因此，发出了这样的感慨，园内的景致必仿古迹，取名必用古人名，这正是主人的学问体现。但是在溪边种桃树，峭壁下种梅树，树林深处种竹林，有这样的美景，主人本可以自己取名，不必要寄人篱下而取名。这也正是张宗子山水小品所追求的审美品位。

张岱游历山水，也写山水，他喜欢将山水风景与当地的风土人情、民俗典故相结合，以此来丰富自己山水小品文的内涵。无论是作者游历过的风景名胜，例如，《钟山》《日月湖》《孔林》，还是园林池沼，例如《于园》《不系园》《龙喷池》《阳和泉》，抑或是树木花草，例如《天台牡丹》《鲁府松棚》《一尺雪》，从他描写的字里行间，都能看出张岱对这些景致的喜爱。在这些山水小品中，张岱会将自己的生活际遇，将内心的真实感受、审美情趣、艺术体验等多种情感都融入对自然的描写当中，情景交融，正如他自己所说“深情领略，是在解人”[①]，在游历山水的过程中，唯有全身心地投入才可看到景致所散发出来的独特美，能看出作者对自然山水的一种独特且复杂的爱，这与罗丹的“世界上并不缺少美，而是缺少发现美的眼睛。”所表达的意思相近，在他的心中，西湖的景致，无论是季节变换、日夜转换、阴晴交替都是美的，但是作为游客能否发现其不同状态下的美，在于游客如何去深情领略，这种寄情于景的思想也是明末时期文人名士满腔抱负得不到施展，心中郁结，而唯有寄情山水，借山水的包容与开阔来解郁抒怀的一种方式。

从以上分析可见，张岱的山水小品，并非单纯地对山水景致进行描写，而是寄托了自己的思想情感、审美情趣及休闲思想。有着对生命真谛的感悟，有着对大千世界的俯仰自得，也是结合自身经历的情感表达，体

---

① 张岱著，谷春侠、张立敏注析．陶庵梦忆 西湖梦寻・明圣二湖［M］．郑州：中州古籍出版社，2012：226.

现了张岱崇尚自然和谐，追求精致、艺术化生活的休闲思想。

从休闲学的角度进行分析，中国的审美文化具有精神感悟、人生理想追求、生活情感抒发等多项特征，总的来讲，体现于进入一种自由的休闲生活状态。“物我两忘，主客融合”的休闲旅游生活体验，也正是休闲学里面所提倡的，保持一种“平和、宁静的状态”。自古以来，人们就视审美境界为人生的高层次境界之一，提倡的是对自然万物要超越功利，要做到与自然万物欣然融合，达到一种物我合一的审美境界，这正是人的本性与人的身心达到一种自由状态的体现。张岱十分善于在山水园林中去发现美，并且将这种审美活动融入自己的生活，同时通过刻画山水园林，表达自己的休闲思想，由此可见，审美休闲也是当时人们休闲生活实现的一种重要方式。

二、风俗小品中所体现的休闲思想

（一）感受节庆氛围、市井烟火气，凑好热闹

张岱是一个十分热爱世俗生活的人，热衷于去感受市井的那股烟火气，他喜欢繁华的都市生活，喜欢结交一些精通一门技艺、极深于情、有癖之人，虽从小锦衣玉食，但仍关心穿衣吃饭、种田做工等诸多俗人俗事。在《陶庵梦忆》中，有多篇文章是针对当时社会节日繁华热闹场景的描写，涉及各地传统风俗习惯，涉及明末时期江南生活的点点滴滴，进而构成了以风俗人情为题材的风俗小品文。自古以来，人们都十分重视节庆活动的开展，许多传统节日都和农作物的生长周期、与气候的周期性变化息息相关。一年当中，人们根据不同的节气，来开展不同活动，来表达相应的祝福，进行不同的祈愿，也成为中国传统文化的一项重要特征，节日

当天，也是人们的休息日，因此，节庆活动便成为休闲的重要来源。张岱是一个既有闲心又具闲情的“闲人”，张岱生活在当时经济发展最为繁华的江南地区，且长期游历于杭州、绍兴、扬州、南京等繁华大都市，每逢节庆日，他总是会凑这份热闹，去感受最浓郁的节日氛围，结交各式各样的人，领略最真实的民俗风情。

在此，笔者便就张岱在《陶庵梦忆》中有关岁时节日民俗的文章进行简单地整理（如表6—1所示）。

表6－1 《陶庵梦忆》的岁时节日民俗整理

岁时节日	篇　名	主要内容
元宵节	绍兴灯景	是作者对绍兴灯景的美好回忆，描写了绍兴城在元宵节那天张灯的繁华场面，各类观灯赏灯之人众多
	龙山放灯	记述了万历年间，张岱的叔父辈张灯龙山的情形，场面十分热闹，同时也介绍了与之相关的传说
	闰元宵	这是一篇张灯致语，在这篇致语中张岱用了很多典故
花朝节	西湖香市	描写了起于花朝的西湖香市的盛衰，表达了作者对昔日美好生活的怀念
清明节	越俗扫墓	越地扫墓更重视踏青游玩
	扬州清明	描写了扬州人扫墓踏青的场面，异常热闹
端午节	秦淮河房	秦淮河的灯景天下闻名，但这篇文章对灯景描写不多，主要写京城士女竞看灯船的场景
	金山竞渡	金山寺以看龙船制胜，且龙船造型十分独特
观荷节	葑门荷宕	描写了农历六月二十四日，观荷节那天苏州市民竞游荷花宕的风俗，突出的是船多、人多、歌盛
中元节	钟山	描写了明朝政府祭祀的场景
	西湖七月半	人们借祭祀之名游玩赏月
八月观潮	白洋湖	描写了作者与友人八月于绍兴白洋湖观潮的过程，旨在表达潮水之猛、观者之多，场面壮观

续表

岁时节日	篇　名	主要内容
中秋节	虎丘中秋夜	中秋月圆之夜，虎丘会举行昆曲表演以助兴
	闰中秋	张岱仿照苏州虎丘中秋习俗，举办晚会，观会赏月之人众多

张岱写民间风俗，许多都是将一些热闹喧腾的节气场景、将一些错综复杂的事情、将形形色色的人物、将纷繁复杂的景物融合在文章中，这些风俗小品往往篇幅短小，却更显张岱写作上的高超，可谓是“丹青妙笔，收放自如”。在张岱笔下，元宵节张灯、清明节扫墓踏春、端午节龙舟竞渡、中秋节赏月等具有节日特色的场面一一呈现出来，无不充满浓郁的生活气息。例如，在《金山竞渡》中的描写，“瓜州龙船一二十只，刻画龙头尾，取其怒；旁坐二十人，持大楫，取其悍；中用彩篷，前后旌幢绣伞，取其绚；撞钲挝鼓，取其节；艄后列军器一架，取其锷；龙头上一人足倒竖，战敠其上，取其危；龙尾挂一小儿，取其险。”[①] 作者用八个“其”字，将其热闹场面描绘得十分生动。后又以“金山上人团簇，隔江望之，蚁附蜂屯，蠢蠢欲动。晚则万齐艨开，两岸沓沓然而沸。”[②] 作为文章的结尾，写出了群众娱乐生活的热闹场面，不但描绘了明末时期百姓社会文化生活的丰富，也反映了当时民众心态上的积极与活跃。

对于当时的人们来说，节庆活动是具有一定生命价值的，即使生活是忙碌的、五味杂陈的，但是节庆日本身所蕴含的意义，以及以节庆日发展而来的各种具有娱乐性、健身性、仪式性的休闲类活动，总能给参与者带来一种心灵上的满足感，以实现其生命价值。自古以来，人们都十分重视

① 张岱著，谷春侠、张立敏注析. 陶庵梦忆 西湖梦寻·金山竞渡［M］. 郑州：中州古籍出版社，2012：134.

② 张岱著，谷春侠、张立敏注析. 陶庵梦忆 西湖梦寻·金山竞渡［M］. 郑州：中州古籍出版社，2012：134.

节庆活动的开展，不同的节日有不同的习俗与仪式感，所以节日总是给人一种欢快、热闹的体验，同时也是休闲实现的一种重要方式。

在《扬州清明》中，描写了扬州人扫墓踏青的热闹场面。“是日，四方流离及徽商西贾、曲中名妓，一切好事之徒，无不咸集。长塘丰草，走马放鹰；高阜平冈，斗鸡蹴鞠；茂林清樾，劈阮弹筝。浪子相扑，童稚纸鸢，老僧因果，瞽者说书，立者林林，蹲者蛰蛰。”[①] 描写了清明时分，城中男女老少毕出，华装丽服，轻车骏马，孩童、老者、货郎、博徒等各色人物无不咸集，或斗鸡蹴鞠、或弹筝相扑、或放纸鸢，无不热闹。这一段描写不足百字，但却字字珠玑，四字便描绘出一个画面，且句式多变，也不会显得单调乏味。最后，再写倦游归家的女眷“山花斜插，臻臻簇簇，夺门而入。”简练且细腻，通过这一细微的举动表现人物的动作神态，极具画面感，节日气息仿佛扑面而来。通篇文章都旨在展示出一幅扬州百姓扫墓踏青的生动活泼的场面。但也让人不禁反思，清明节原本是庄严伤悲、感怀故人的节日，但扬州清明却异常热闹，由此可见，当时人民的生活是何等的闲适。

在《陶庵梦忆》当中，如此这般场面浩大的节庆热闹场面描写还有许多，例如，在《龙山放灯》中作者对父叔辈龙山放灯的热闹场景：“山无不灯、灯无不席，席无不人，人不无歌唱鼓放。男女看灯者，一入庙门，头不得顾，踵不得旋，只可随势潮上潮下，不知去落何所，有听之而已。”[②]《鲁藩烟火》不但描写了尧州烟花之妙，而且介绍了兖州鲁王藩邸放烟火是如何的讲究，“放烟火时一定要挂花灯，鲁王藩邸的花灯，要在

---

① 张岱著，谷春侠、张立敏注析. 陶庵梦忆 西湖梦寻·金山竞渡［M］. 郑州：中州古籍出版社，2012：132.

② 张岱著，谷春侠、张立敏注析. 陶庵梦忆 西湖梦寻·龙山放灯［M］. 郑州：中州古籍出版社，2012：182.

大殿上挂灯、在墙壁上挂灯、在楹柱上挂灯、在屏风上挂灯、在座位上挂灯、在宫扇伞盖上挂灯。”[①] “在藩邸的大殿前搭起了有数层的木架子，上面放了‘黄蜂出窠’‘撒花盖顶’‘天花喷礴’之类的烟火。四周又有珍珠帘八架，架子高二丈多，每一个花帘上镶嵌上了孝、悌、忠、信、礼、义、廉、耻各一个大字。”[②] 旨在对兖州鲁王藩邸的烟花场面进行描写，既有烟花的绚烂、又有民间传统文化的缩影，种种风俗民情构筑了一幅充满生气的生活百汇图。

（二）品世间百味，感人间冷暖

当然，除了对节日风俗的描写之外，在其风俗小品中，也有许多反映当时社会阴暗面的文章，例如在《二十四桥风月》中，描写了二十四桥妓院之盛、妓女之多，并且作者将目光投向了那些下等妓女，真实地再现了这些下等妓女所经历的凄惨辛酸的生活，表达了自己对这些妓女的同情及怜悯，在当时社会，以张岱这样的眼光与笔触来描写妓女的文章特别少，可见张岱对底层民众的关怀。又比如，在《扬州瘦马》中，描写了当时封建社会的纳妾陋俗，揭露了这些被卖为妾的少女，如同被贩卖的牲口（瘦马）一样的悲惨命运。通过这些文章，细致生动地再现了明末时期的社会生活风貌及各地的习俗，同时也反映了张岱艺术化与现实交融的生活感受。

由此可见，张岱的风俗小品，给读者展现出了一个当时最真实的状态，而且他认为，节庆时日能更真实地反映社会与人们日常生活的风貌。生活中所表现出来的闲适与从容的心态，是一个人进入休闲状态的重要心

---

① 张岱著，谷春侠、张立敏注析. 陶庵梦忆 西湖梦寻·鲁藩烟火［M］. 郑州：中州古籍出版社，2012：53.

② 张岱著，谷春侠、张立敏注析. 陶庵梦忆 西湖梦寻·鲁藩烟火［M］. 郑州：中州古籍出版社，2012：53.

理前提。张岱在以休闲为目的的游历活动中，因为身心放松从而能使身心做到自在从容，也就更易进入一种休闲的状态，然后以一种悠然自得的心态去看待生活百态，在日常生活的各个细节中窥探社会的本质，在日常生活景致中去追求美。因此，从其民俗小品中可以看出，需养成闲适、从容的心态，才能在社会百态、民俗风情中去实现审美的休闲状态。

三、人物小品中所体现的休闲思想

张岱同许多明末时期的文人一样，十分推崇李贽提出来的“真心说”，在结交朋友上，强调无癖、无疵之人不可交，指出交友当交那些率性之人，有“真气”之人。在《陶庵梦忆》中，有文章一百二十四则，其中以人名为文章名的就有二十余则，描写的都是一些文人、伶人、说书人、妓女、工匠及一些有特殊癖好之人，张岱对这些人物的描写十分细致，通过品读文章，仿佛一个个活生生的人就在眼前。笔者将其在《陶庵梦忆》中描写的主要人物进行了梳理，见表6—2。

表6－2 《陶庵梦忆》的人物小品

篇名	描写人物
金乳生草花	刻画了一位名叫金乳生，对花草十分痴爱之人，嗜花如命，构建了一个别具匠心的花园
濮仲谦雕刻	刻画了一位名叫濮仲谦的雕刻技工，不但对濮仲谦的高超技艺进行了深入刻画，而且突出了濮仲谦的一种忠于雕刻艺术，不为名利所动的君子情操
沈梅冈	刻画了一位名叫沈梅冈的传奇人物，作为忠良之臣却遭奸人陷害入狱，在狱中二十余年却读书不辍，且磨铁为刀雕刻出了许多精美之物，旨在表现沈梅冈坚韧不拔的意志品质及自己的钦佩之情

续表

篇名	描写人物
闵老子茶	刻画了一位名叫闵汶水的茶道高人，张岱专程拜访闵老先生，然后与其一起品茶、论茶，在品茶、论茶的过程当中，通过一问一答的形式，两人产生共鸣，最终结为忘年之交
陈章侯	刻画了一位名叫陈章侯的性情之人，张岱与陈章侯一同泛舟饮酒，遇一貌美女子，陈章侯毫不掩饰自己对这一貌美女子的欣赏，张岱在文中表达了自己对陈章侯这种真性情之人的赞赏
祁止祥癖	刻画了一位名叫祁止祥的有众多癖好之人，此人癖好众多且十分怪异，但张岱却对其十分欣赏，张岱认为癖是一种人生态度，反映了一个人对人生、对生活的态度，这种态度是饱含深情与执着的，有“癖”之人，多半也是有个性的人
范长白	刻画了一位名叫范长白的面貌丑陋却博学、文雅、风趣的人物，范长白虽然长相丑陋，但却博学多才，极具内涵，其丑陋的长相与风雅的言辞形成强烈的对比，突出了作者不以貌取人，更重人的内在修养的交友标准
姚简叔画	刻画了一位名叫姚允在的绘画奇人，主要突出描写姚允在画艺的精湛及人品的慷慨大义
柳敬亭说书	刻画了一位名叫柳敬亭的貌丑艺高，性格孤傲说书艺人，首先描写了柳敬亭的样貌，样貌不登大雅之堂，然后开始重笔墨刻画其说书时的惟妙惟肖，通过这一对比描写，产生了强烈的艺术效果
朱楚生	刻画了一位名叫朱楚生的女花旦，其出生卑微、长相卑微，却兰心蕙质、卓尔不群，作为一名戏子，在演戏时十分投入，精益求精，令人心生敬意
彭天锡串戏	刻画了一位名叫彭天锡的戏痴，其原本为贵家子弟，却无心经营家业，沉迷于戏剧，导致家道中落，但彭天锡串戏却实为精彩，其演戏的特点是不乱编造一字，擅长饰演反面角色，演技无人可比
王月生	刻画了一位名叫王月生的明末时期的名妓，她不如一般妓女般的放浪轻薄，反而清高孤傲，极具艺术天赋，却不张扬，但却惋惜如此高洁女子却沦落风尘，身不由己，令人感慨

续表

篇名	描写人物
张东谷好酒	刻画了一位名叫张东谷的好酒山民，文章对张东谷好酒的描写不多，更重在描写张东谷洒脱不羁、幽默的语言风格，表现了当时文人的一种通脱达观的精神面貌
范与兰	刻画了一位名叫范与兰的爱兰花盆景、爱琴之人，旨在表现范与兰对兰花的喜爱

通过6—2的整理可见，张岱所刻画的人物，大部分都是社会底层之人，他们大多数是说书艺人、伶人艺妓、民间工匠等名不见经传的市井百姓，但是张岱没有一丝一毫的轻视意味，字眼里尽是赞赏与钦佩，在他眼中，这些人完完全全可以与上流社会之人“列坐抗礼”[①]。在张岱的思想观念中，只要有一技之长的人即可着笔刻画，所以他将种花的、喝茶的、踢球的都进行细致地刻画。在《祁止祥癖》中，他写到祁止祥是一个奇人，具有五种癖好，“余友祁止祥有书画癖，有蹴鞠癖，有鼓钹癖，有鬼戏癖，有梨园癖。”[②] 而且“止祥精音律，咬钉嚼铁，一字百磨，口口亲授，阿宝辈皆能曲通主意。”[③] 整篇文章凸显了自己对其的赞赏之情，也表达出了祁止祥对艺术的执着、狂热追求，当然也能看出张岱的一种休闲美学思想，那便是对于喜好，必须要全身心地投入，但是张岱反对“斧凿”，他认为真正的艺术家对艺术的追求是在有意为之的基础上的无意得之。他笔下的许多艺人也都是“艺痴”，他们“技艺之巧，夺天工焉”，但却不追逐金钱等名利之事，沉浸在自己的艺术世界里，这样的人才能成为真正的艺术

① 张岱著，谷春侠、张立敏注析. 陶庵梦忆 西湖梦寻·诸工［M］. 郑州：中州古籍出版社，2012：119.

② 张岱著，谷春侠、张立敏注析. 陶庵梦忆 西湖梦寻·祁止祥癖［M］. 郑州：中州古籍出版社，2012：113.

③ 张岱著，谷春侠、张立敏注析. 陶庵梦忆 西湖梦寻·祁止祥癖［M］. 郑州：中州古籍出版社，2012：113.

家，例如张岱笔下的濮仲谦，雕刻技术可谓巧夺天工，也极负盛名，许多人都从他的身上赚到了不少钱财，但他自己却贫困如故。“于友人座间见有佳竹、佳犀，辄自为之。意偶不属，虽势劫之、利啖之，终不可得。”[①] 此外，《范与兰》《姚简叔画》《柳敬亭说书》等文章也都通过细致生动地描写，展现了艺人的高超技艺。

张岱所写的人物小品也反映了张岱的择友观，他会先看此人是否具有“真性情”，是否具有高尚的品格，是否是有癖之人，来决定此人是否可交。因此，他在对人物的描写时，喜欢刻画一些有疵、有癖的性情之人，张岱善于抓住人物的性真及“真气”，然后通过描写人物的某一癖好来突显人物的性格。

张岱在人物描写的过程中，还十分注重对人物精神面貌与内在气质的刻画，能捕捉到人物身上的闪光点，或孤傲、或执着、或慷慨、或热情、或精通某项技艺、或专注于某一嗜好，也因此，他的人物小品都十分传神，能给人留下深刻印象。例如，他对南京名妓王月生的描写，在简练地对王月生倾国倾城的美貌进行描写之后，笔者用更多的笔墨专注于描写王月生不同于一般风尘女子的矜持高傲气质，她“月生寒淡如孤梅冷月，含冰傲霜，不喜与俗子交接；或时对面同坐起，若无睹者。”[②] 她善于绘画，但喜画代表淡泊、高洁、典雅品质的兰花、竹子和水仙，她虽善解吴歌，却“不易出口”，权贵之人若想听她唱歌，需提前下定金预约，且还需看姑娘愿意与否，不然就算同吃同住半月，她也不会开口。她好茶，还与闵

---

① 张岱著，谷春侠、张立敏注析. 陶庵梦忆 西湖梦寻·濮仲谦雕刻［M］. 郑州：中州古籍出版社，2012：46.

② 张岱著，谷春侠、张立敏注析. 陶庵梦忆 西湖梦寻·王月生［M］. 郑州：中州古籍出版社，2012：184.

汶水交友，“虽大风雨、大宴会，必至老了家啜茶数壶始去。”[①] 由此可见，王月生虽然出生卑微、且身处风月场中，但其仍保有一颗高洁典雅之心，如荷塘莲花，出淤泥而不染，忠于内心，敢于追求自己喜欢的东西，言语间无不流露出作者对这样一个奇女子的赞赏与敬意。

又比如他对另一戏子朱楚生的描写，张岱抓住了她的三个特征进行刻画：第一，写朱楚生技艺之精湛，“其科白之妙，有本腔不能得十分之一者。盖四明姚益城先生精音律，尝与楚生辈讲究关节，妙入情理，如《江天暮雪》《霄光剑》《画中人》等戏，虽昆山老教师细细摹拟，断不能加其毫末也。”[②] 第二，写朱楚生对戏剧之热爱，“性命于戏，下全力为之，曲白有误，稍为订正之，虽后数月，其误处必改削如所语。”[③] 第三，写朱楚生对感情的一往情深，作为一个有才、有情、有追求的奇女子，对待感悟也是执着奋力追求，“劳心忡忡，终以情死。”[④]

其实，在对王月生或朱楚生的描写中，侧面也反映了当时社会的一种休闲娱乐生活，王月生是当时名满南京的名妓、朱楚生是当时名噪一时的戏子，再加之远近闻名的说书艺人柳敬亭，张岱能对这些人物刻画得如此深入人心，将他们的特点都描写出来，也正说明张岱是一个真正的闲人，他了解这些休闲娱乐场所，并且了解这些休闲娱乐场所中的名人，且与他们都有交集，但他是一个有思想的闲人，他以自己独到的眼光去看待生

---

① 张岱著，谷春侠、张立敏注析. 陶庵梦忆 西湖梦寻·王月生［M］. 郑州：中州古籍出版社，2012：184.

② 张岱著，谷春侠、张立敏注析. 陶庵梦忆 西湖梦寻·朱楚生［M］. 郑州：中州古籍出版社，2012：163.

③ 张岱著，谷春侠、张立敏注析. 陶庵梦忆 西湖梦寻·朱楚生［M］. 郑州：中州古籍出版社，2012：163.

④ 张岱著，谷春侠、张立敏注析. 陶庵梦忆 西湖梦寻·朱楚生［M］. 郑州：中州古籍出版社，2012：163.

活，看待这些寻花问柳、听戏饮酒之事，也反映出张岱的一种洒脱不羁、追求自由的休闲思想。

除了对这些奇人、艺人的描写居多之外，张岱还描写了“花痴”“茶痴”，种花、品茶，自古以来就是休闲文化生活的重要组成部分，通过对这些人的描写也能体现作者的休闲审美情趣，接以来笔者便以“物性自遂”“人文关怀”两方面细述《陶庵梦忆》中的人物小品所表现出来的休闲思想。

（一）物性自遂

在明末时期，社会已现一种衰败的景象，再加上后面的清军入关、江山易主，更让人们的生活陷入困顿，同时这一衰败、困顿的景象经过自身的不断发酵与翻新，又给整个社会增添了一份异样的光环。在当时，阳明心学、禅宗思想十分盛行，公安派的性灵说也得到推崇，出现了一股追求个性解放、物性自遂的潮流。物性自逐，是对人独特个性与价值的肯定，指出要顺应物体的自然本性，鼓励人们听从内心的声音表达自己的真性情，追求个性的解放。长江学者特聘教授吴承学先生通过自己对古代文学的研究指出晚明文人“洒脱随便的多，而执着认真的少。”[①] 而张岱就属这小部分执着认真的人，他以一种自由舒展的情怀来接受每一个具有癖好，且执着于自己喜好的人，无关地位、无关样貌。当然张岱自己也是这一类人，既洒脱随性、又执着认真。例如，张岱夜游金山寺，忽然戏性大发，便在大殿中盛张灯火，上演了一出抗金大戏，待天明才收场，引得寺中僧人面面相觑，这种癫狂随性正是张岱物遂自性休闲思想的外在表现。张岱自己是这种具有特有禀赋与气质之人，他也欣赏与其一样具有特有禀赋与

① 吴承学. 晚明小品研究［M］. 南京：江苏古籍出版社，1999：388.

气质之人，所以他写癫狂的燕客、他写充满冰雪气息的王月生、他写痴迷娈童的祁止祥、他写花痴金乳生、他写茶痴闵汶水等，在文章中，张岱毫不掩饰对这一类人的赞赏，因为他们没有矫揉造作、没有虚情假意，没有过分地在意世俗的眼光，他们的生活保留了自己的率性及真实。

（二）人文关怀

休闲其本身就是“人文关怀”思想的深层次表现，从字面意思上进行解释，“休”，指的是“人以木而休”，“闲”通“娴”，有娴静的含义，具有思想上的纯洁与安宁的寓意。所以，休闲可以定义为完成社会必要劳动之后，为了获得生理及精神上的休整而进行的一种物质生命活动之外的精神活动，是人与自然的高度融合。旅游作为人们休闲生活的一种典型方式，是人们在闲暇时光里所进行，通过特定的方式，可以是游山玩水、可以是访古探迹，但总的目的是通过休闲旅游来获得良好的心理体验，体现的是个体内在生命的和谐、个体身体与精神的和谐、个体身心与自然的和谐。通过休闲旅游活动，游客能享受到自己的内心与外界自然的活动，并且享受通过这一活动所带来的内在与外在的幸福体验，可在精神层面上获得提升，也能促使人生品味的升华，所以说表现了“以人为本”的发展理念，蕴含着深刻的人文关怀。

人文关怀的核心在于肯定人性、肯定人所存在的价值，提倡人性的解放及自由平等，提倡去尊重人的理性思考、去关怀个体的精神文化生活。人文关怀，强调的是尊重个体的主体地位及个性差异，以平等的眼光看芸芸众生，关心不同人群的不同需求，张岱的人物小品则能体现这种人文关怀的休闲思想，通过张岱的人物小品，可看到张岱对生活在社会底层的“奇人”身上所散发出来的闪光点的赞赏，突出了对他们精湛精艺的尊重。尤其是对于普通妇女、弱者及妓女、女戏子的描写，表现了张岱对人格的一种尊重，他敢于且善于发现这些人身上的闪光点，并且写出来，让更多的人看到。又或者是面对一些有特殊癖好之人，不管是癖于钱、癖于酒，还是癖于美色，张岱对他们的这些癖好都予以尊重，尊重他们的癖好，并且欣赏他们的真性情。

有人说，张岱是中国古代文学史中第一个致力于用散文来描写普通百姓生活，表现出对他们的尊重，真诚地与他们交朋友，对他们的技艺表示赞赏的散文家。竹刻艺人濮仲谦、说书艺人柳敬亭、“茶痴”闵汶人、“花痴”金乳生、好酒者张东谷等，他们都是一些市井小人物，虽说有一技之能，但在当时社会环境下也不受尊重。张岱却与当时的社会名流不同，他通过自己的文章将他们一一细致刻画，将他们的深性、至性、痴癖及悲苦等进行描写，让一个个生动的人物形象跃然纸上，给后世读者留下了那个时代社会生活画卷中最为动人的一部分。在对这些人物的描写当中，展现了作者自身人文关怀的休闲思想，同时也寄托了自己的情怀与追求，可称得上是晚明时期人物小品的经典之作。

第二节　《西湖梦寻》体现的休闲思想

除以上介绍的《陶庵梦忆》之外，《西湖梦寻》也是张岱以描写自然山水、市井百态为主的文学作品集的代表，全书都是围绕西湖而写，尽管说每篇文章的篇幅都较短，所写内容也比较日常，但是张岱的写作文笔流畅，写作风格明丽清新，不管是写景、抒情，抑或是记人记事，都是娓娓道来，慢条斯理地为读者介绍他心中的西湖。虽然说《西湖梦寻》仅仅是围绕西湖来写，但是内容却十分丰富，被誉为一部地方志，全书描写了西湖早期的开发与形成、中期的鼎盛、后期的衰败。全书以《西湖总记》为引，然后按照北路、西路、中路、南路、外景这样一个空间顺序来对杭州西湖一带重要的山水景色、人文景观等进行整体的描述，不但对明清时期杭州西湖这一带的自然风光与文化风貌进行了详细介绍，而且也介绍了多篇与之相关的诗文、反映了江南士人文化，同时，通过这些文章也反映了张岱个人的文化信仰与休闲思想。接下来，笔者便从《西湖梦寻》中的自然山水、建筑景观、市井民俗三个方面来分析《西湖梦寻》中所体现的休闲思想。

一、回归自然、亲近山水的休闲思想

《西湖梦寻》可以说较为完整地为后人描绘出了明清之际杭州西湖一带的幽静灵动的山水自然风貌，由于真情实感、印象深刻，作者的描写十分细腻，能让读者感受到作者的那份情真意切。

《南高峰》一文，先从整体描写了南高峰的险峻和开阔，然后从塔中四望的赏景方式，按照从高至低、按照东南西北的方位次序，将南高峰四周的湖、江、陵、坛等景致通过比喻等手法一一呈现，让读者仿佛能看到波涛汹涌的江河，舟楫在茂密幽静的山林间若隐若现，岩穴、怪石、洞穴幽深灵动。“塔中四望，则东瞰平芜，烟销日出，尽湖中之景。南俯大江，波涛洄洑，舟楫隐见杳霭间。西接岩窦，怪石翔舞，洞穴邃密。其侧有瑞应像，巧若鬼工。北瞩陵阜，陂陀曼延，箭栝丛出，麰麦连云。”①

《龙井》一文，作者以龙井为起点，介绍了其上、其西、其南的自然风光，描写了九溪十八涧的悠然闲适，龙井泉水清冷碧绿，涓涓流过九溪十八涧，泉水随意洒脱地流淌着，宛如被世人弃存于丛林之间，“上为老

① 张岱著，谷春侠、张立敏注析. 陶庵梦忆 西湖梦寻·南高峰 [M]. 郑州：中州古籍出版社，2012：327.

龙井，一泓寒碧，清冽异常，弃之丛薄间，无有过而问之者。”[①] 有着一种恣意洒脱的畅快之感，表达了作者自然洒脱的休闲思想。

《五云山》一文，作者选用了从上至下的描写方式，首先描写了五云山峰峦山林的整体风貌，然后写进山，细致地介绍了进山一路的风貌，最后写登上山顶从东南西北四个方位俯视北五峰的景象。“冈阜深秀，林峦蔚起”“五峰森列，驾轶云霞，俯视南北两峰，若锥朋立。长江带绕，西湖镜开，江上帆樯，小若鸥凫，出没烟波，真奇观也。”[②] 在张岱看来，五云山山色幽深秀丽，山林茂盛；北五峰高耸入云霞；站在高处看江山帆船就如小小的鸥凫般，十分渺小；等等。有一种登高远望的悠然自得。

《九溪十八涧》一文，更是整篇文章都旨在凸显九溪十八涧的幽静灵动，“九溪在烟霞岭西，龙井山南。其水屈曲洄环，九折而出，故称九溪。其地径路崎岖，草木蔚秀，人烟旷绝，幽阒静悄，别有天地，自非人间。溪下为十八涧，地故深邃，即缁流非遗世绝俗者，不能久居。”[③] 九溪虽然风景秀美，但是这里小路崎岖蜿蜒、草木生长繁茂，鲜有人踏足此地，静寂幽深，另有一番天地，不同于人间。溪下是十八涧，环境幽深，是非凡人居住之地。显而易见，九溪十八涧仿如“桃花源”，僻静清幽，需超凡脱俗者才能居住。张岱是极爱这种幽静之地的，也极具冒险、探索的精神，与友共至十八涧后，久久不愿离云，并写下一首诗，以表情怀“溪九涧十八，到处流活活。我来三月中，春山雨初歇。奔雷与飞霰，耳目两奇绝。悠然向溪坐，况对山嵯峨。我欲参云栖，此中解脱法。善哉汪子言，

① 张岱著，谷春侠、张立敏注析. 陶庵梦忆 西湖梦寻・龙井 [M]. 郑州：中州古籍出版社，2012：341.

② 张岱著，谷春侠、张立敏注析. 陶庵梦忆 西湖梦寻・五云山 [M]. 郑州：中州古籍出版社，2012：357.

③ 张岱著，谷春侠、张立敏注析. 陶庵梦忆 西湖梦寻・九溪十八涧 [M]. 郑州：中州古籍出版社，2012：344.

闲心随水灭。”[①]

在《飞来峰》中，张岱将飞来峰视为一块奇石，言山脊“如西子以花艳之肤，莹白之体，刺作台池鸟兽，乃以黔墨涂之也。”[②] 张岱没有直接写飞来峰山峰的挺拔俊俏，而是将它形容成西湖洁白如玉的身躯的化身，作者将其视为西湖的一部分，在他心中，西湖与周边的山水景观是相互映衬的。

由此可见，在张岱的心中，杭州西湖它是有灵魂的，不是没有血肉的景致，西湖透露出来的是一种幽静且灵动的美，所以，在明朝覆灭，张岱经历了人生重大变故之后，西湖虽然也已经不如往昔，但曾经幽静且灵动西湖已经深深地印在了作者的脑海中，成为张岱心中的一块净土，能使其安宁。

为了能更真实地观赏到西湖幽静且灵动的美，张岱还尤其喜欢在秋冬之季、月圆之夜、雨雪之中游览西湖，因为在这些时候，少去了熙熙攘攘的人群、少了一些市井之气、少了一些俗气，西湖就更显幽静，别具情调。细细品读《西湖梦寻》中对自然山水的描写，可以发现，众多文章都透露着这种幽静空间的纯净之美，同时也能折射深藏于张岱内心的一种避世态度，一种回归自然、亲近山水的休闲思想。

二、追求无为、寻求安宁的休闲思想

张岱的以描写自然山水、市井百态为主的文学作品当中，除了自然水

---

① 张岱著，谷春侠、张立敏注析. 陶庵梦忆 西湖梦寻・九溪十八涧［M］. 郑州：中州古籍出版社，2012：345.

② 张岱著，谷春侠、张立敏注析. 陶庵梦忆 西湖梦寻・飞来峰［M］. 郑州：中州古籍出版社，2012：256.

山景观之外，最多的当属描写建筑景观的文章了。在《西湖梦寻》中，广泛记录了杭州西湖的古曲园林、亭台楼阁、坛庙祠堂。随着时代的变迁、文化的发展，杭州西湖深受儒家文化、道家文化及佛教文化的影响，建有大量的庙宇寺院、祠堂。在《西湖梦寻》中便有多篇描写庙宇寺院、祠堂的文章，例如，昭庆寺、玛瑙寺、智果寺、玉泉寺、集庆寺、灵隐寺、韬光庵、关王庙、灵芝寺、净慈寺、高丽寺、法相寺、伍公祠等。有关这些庙宇寺院、祠堂，在《西湖梦寻》中，张岱都详细介绍了他们的地理位置、由来，介绍了它们的现状，追溯其历史渊源，介绍与其相关的奇闻趣事，并且引用了与其相关的诗词书画，从而让这些坛庙祠堂衍生出一番新的文化意境。

当然，苏杭地区，最负盛名的还有园林，张岱也痴迷于园林，在张岱心中，西湖园林宛如凝固的音乐，奏响了西湖建筑的乐章。通过对这些建筑的描写，映衬出当时西湖人民安居乐业的景象，并借景抒情，来表达自己的感悟。

例如，倚靠着莲花峰，掩映在山林间的青莲山房，虽然说只是一所由石屑垒砌成坛、用木柴做篱笆而建成的小茅舍，张岱却称其是“台榭之美，冠绝一时”。就算对其布局构思，张岱也是极为称赞：“一室之中，宛转曲折，环绕盘旋，不能即出。”[①] 称赞青莲山房在建筑构思上精巧绝伦，像是效仿隋炀帝建迷楼，门户千百，房廊迂回，外人进入无法辨识。

又比如，灵隐韬光山下的岣嵝山房，建于回曲的溪流与深邃的山谷之上，“溪声淙淙出阁下，高厓插天，古木蓊蔚，大有幽致。”[②] 有山、有水，

① 张岱著，谷春侠、张立敏注析．陶庵梦忆 西湖梦寻・青莲山房［M］．郑州：中州古籍出版社，2012：272.

② 张岱著，谷春侠、张立敏注析．陶庵梦忆 西湖梦寻・岣嵝山房［M］．郑州：中州古籍出版社，2012：270.

古木相佐，十分幽致。并且，园林主人李茇还堆砌山石预造墓穴，表现了李茇旷达洒脱的心境。张岱极为喜欢这种建于山林间的幽静园林，并且十分欣赏李茇旷达洒脱的心境。回忆自己当年与友人一同于岣嵝山房读书时，园中已然是一幅清淡闲适的景象，但那时的自己却仍保有名利之心，现在回忆起来深感惭愧，感觉唐突了山中的神灵。

由此可见，张岱梦中的西湖园林，与自然景观一样，都是雅静清幽的，这也正是作者清高孤洁、躲避世俗这一心态的真实写照。在《西溪》一文当中，张岱便袒露了自己这一躲避世俗的心态："余谓西湖真江南锦绣之地，入其中者，目厌绮丽，耳厌笙歌，欲寻深溪盘谷，可以避世如桃源、菊水者，当以西溪为最。"[①] 他沉醉于十锦塘断桥残雪"遍植桃柳，一如苏堤。岁月既多，树皆合抱。行其下者，枝叶扶苏，漏下月光，碎如残雪。意向言断桥残雪，或言月影也。"[②] 的寂静；他赞赏青莲山房曲径通幽的绝妙构思；他喜爱岣嵝山房山林小院的幽静雅致；等等。在张岱的梦中，西湖的自然山水风光、园林建筑与其人文意境可谓是相映成趣，然后凸显出一派淡雅幽绝的景象，这也是张岱在经历了人生大变故、厌倦了喧闹动荡后，渴望一个幽深宁静的归宿的深层感悟，同时也体现出晚年时期的张岱内心的一种追求无为、寻求安宁的休闲思想。

三、寄情于繁华市井，感受人间烟火的休闲思想

明末时期，商品经济得到了较好的发展，促使了市民阶级的兴起，也

① 张岱著，谷春侠、张立敏注析. 陶庵梦忆 西湖梦寻·西溪［M］. 郑州：中州古籍出版社，2012：346.

② 张岱著，谷春侠、张立敏注析. 陶庵梦忆 西湖梦寻·十锦塘［M］. 郑州：中州古籍出版社，2012：282.

推动了市井文化的发展与繁荣，张岱作为一个都市文人，自然深受这一市井文化的影响。在《西湖梦寻》中，无论是对自然山水景观的描写，还是对园林建筑的欣赏，都饱含了作者浓郁的人文情愫。就如周作人对其的评价而言，张岱所注意的人事并非天然，对山水园林的描写只不过是在记录其生活的背景。在《西湖梦寻》中，张岱眼中的西湖是“活的”，是具有灵魂的，他赋予了西湖景观以人文及民俗的双重内涵，从而使后人在读这些文章时，能产生一种情感上的共鸣。

在描写苏公堤时，作者不但介绍了从北宋至明末这一段时间苏公堤屡次兴建的历史，而且还记载了繁盛时期，太守刘梦谦与士大夫陈生甫在万历二年二月作胜会苏堤的热闹景象，“城中挂羊角灯、纱灯几万盏，遍挂桃柳树上，下以红毡铺地，冶童名妓，纵饮高歌。夜来万蜡齐烧，光明如昼。湖中遥望堤上万蜡，湖影倍之。”①

在介绍放生池时，他虽然旨在赞赏放生池佛舍的精致及环境的肃穆与寂静，但他也不忘描写放生池春游时的热闹景象“春时游舫如鹜，至其地者，百不得一。”②

在介绍昭庆寺时，张岱不但历叙了从五代至清朝初期这一时间段昭庆寺屡次烧毁、屡次重建的历史，而且也生动地描绘出了一幅明末时期西湖时市的盛况：“春时有香市，与南海、天竺、山东香客及乡村妇女儿童，往来交易，人声嘈杂，舌敝耳聋，抵夏方止。”③

在介绍柳洲亭时，张岱对柳洲亭的风景进行描写时，还针对周边的繁

① 张岱著，谷春侠、张立敏注析. 陶庵梦忆 西湖梦寻·苏公堤［M］. 郑州：中州古籍出版社，2012：302.

② 张岱著，谷春侠、张立敏注析. 陶庵梦忆 西湖梦寻·放生池［M］. 郑州：中州古籍出版社，2012：307.

③ 张岱著，谷春侠、张立敏注析. 陶庵梦忆 西湖梦寻·昭庆寺［M］. 郑州：中州古籍出版社，2012：232.

华景象进行了描绘，极具画面感，读文仿佛置于车马嘈杂、人声喧哗的市井街头。“门以左，孙东瀛建问水亭。高柳长堤，楼船画舫会合亭前，雁次相缀。朝则解维，暮则收缆。车马喧阗，驺从嘈杂，一派人声，扰嚷不已。”[①]

在介绍湖心亭时，不但概括了湖心亭的历史由来，而且在文章末尾描绘出了湖心亭花朝节时的热闹景象。“春时，山景、睺罗、书画、古董，盈砌盈阶，喧阗扰嚷，声息不辨。”[②] 春时，游玩之人、买卖之人，纷纷云集，集市喧嚣热闹，声音都分辨不清。

早年的张岱是一个爱凑热闹的人，并且他总要等到热闹散了，繁华尽了。而在经历了家破人亡的人生大变故后，张岱的晚年生活异常凄凉，因此，昔日里西湖熙熙攘攘的市井风光，形形色色的市井人物，常常出现在他的梦中，让他魂牵梦萦，难以忘怀。张岱通过描写昔日充满活力的市井民俗，使昔日西湖盛景与今日西湖的衰败进行对比，一盛一衰，进行激烈地碰撞。

此外，《西湖梦寻》还对西湖的神灵信仰、世俗奇闻趣事进行了概括介绍。就神灵信仰而言，在《上天竺》中，展现了民间的观音信仰；在《五云山》中，介绍了五云山的山顶真际寺，信奉五路财神的习俗；在《关王庙》中，展现了关帝信仰在吴越地区的盛行表现；等等。就世俗奇闻趣事而言，在《灵芝寺》中，作者记载了明高宗在灵芝寺祭祀崔府公子，崔子明死后化为神明，在明高宗遇难之际化作为一匹白马帮助明高宗逃离劫难的故事；在《智果寺》中，作者记载了一位扬州秀才，因受苏轼

---

① 张岱著，谷春侠、张立敏注析．陶庵梦忆 西湖梦寻·柳洲亭［M］．郑州：中州古籍出版社，2012：312.

② 张岱著，谷春侠、张立敏注析．陶庵梦忆 西湖梦寻·湖心亭［M］．郑州：中州古籍出版社，2012：305.

托梦，修缮了智果寺，进京后得知自己被委派县令的故事；等等。通过这些神灵信仰、世俗奇闻趣事的描写，让张岱梦中的西湖更显活力，形象更加鲜活饱满。

张岱通过对西湖市井民俗进行生动地描写，展开细致地评判，为世人展现了一幅明末时期的西湖风情画卷，既是作者浓郁的西湖情思，也是当代人了解明末时期西湖市井民俗的一个窗口。与张岱在梦中相会的西湖，与作者内心的情感一样，是充满矛盾、充满痛楚的，对于自然山水及园林建筑，张岱都将其描写得异常幽静，仿佛唯有如此，才能让作者痛楚的心灵得到安置；而对于市井民俗，作者又将其描写得格外热闹、极尽奢华，那是因为市井的热闹繁华、百姓的安居乐业，是他心心向往的和谐景象。这样一种矛盾的心理，体现出了张岱渴望在喧闹繁华的市井烟火中得到一种心灵安宁的休闲思想。

第三节　《琅嬛文集》体现的休闲思想

《琅嬛文集》是张岱所著的一部诗歌兼散文集，又被称为《陶庵文集》。张岱被后人誉为小品大师、文章圣手，他各类文体无所不精，例如，序、记、启、疏、檄、碑、辨、制、乐府、书牍、传、墓志铭、跋、铭、赞、祭文、颂、词等文体，在《琅嬛文集》中分门别类，尽有收录。作为一个小品大师，张岱在写作风格上，自有自己的门道，他善于将理致与情趣、学问与才思、雅与俗、奇与正、灵与朴等各种看似矛盾的美学元素融为一体，将知性、情性及慧性巧妙地结合起来，并以此来抒发自己的思想情感。

一、休闲求适、适意而游的休闲思想

就以《游山小启》来看，“幸生胜地，鞋靸间饶有山川；喜作闲人，酒席间只谈风月。野航恰受，不逾两三；便榼随行，各携一二。僧上凫下，觞止茗生。谈笑杂以诙谐，陶写赖此丝竹。兴来即出，可趁樵风；日暮辄归，不因剡雪。愿邀同志，用续前游。”[①] 张岱喜欢结伴出游，热衷于休闲娱乐，出游的目的旨在休闲娱乐，只谈风月，莫论家事、国事、天下事，与同道之人，饮酒品茗，畅谈作诗，随兴而致，乘兴而归。在晚明时期，文人士大夫热衷于结伴出游，张岱也喜欢组织这种以休闲娱乐为目的的群体性游玩活动，这也成为他们实现社会交往、交友切磋的一种重要方式。这种结伴旅游活动，通常对时间、地点、人数都不做限制，以组织者发出邀请函的方式招携志同道合者，共游山水、共赏名胜，品评风景，高谈阔论，通过这样的方式，不但能增加休闲旅游活动的情趣，而且还能实现交友结社的目的。《游山小启》便是一篇典型的邀约友人出游的邀请函，在这则邀请函中，张岱详细列举了出游时所带器具、物品，大到小船，小到一篮一壶二小菜，一应俱全，张岱生于钟鸣鼎食之家，过惯了奢侈的生活，就算是出游也不愿委屈自己，表现出早期的张岱的一种旨在休闲求适、适意而游的休闲思想。

二、享乐化的休闲思想

在明末时期，社会上盛行着一种“圣人之道，无异于与‘百姓日

① 张岱. 琅嬛文集・卷二・游山小启 [M]. 长沙：岳麓书社，2016：73.

用’”[①]，“百姓日用条理处，即是圣人之条理处”[②]，“人生贵适意，胡乃自局促。允娱允娱，声色穷情谷”[③] 的追求物质上满足的享受主义休闲观念。这种享受主义有别于传统文人贤士的禁欲约束，而是倾向于追求个人的物质享受及感官体验，这种享受主义，不但成为普通百姓所追求的目标，也成为张岱这种文人士大夫的价值取向。在《琅嬛文集》中就能找到张岱追求物质、精神层面上的满足，向往着人生的自由化及生活的艺术化的理想。

在张岱的小品文当中，许多都是对自身享乐生活的现实书写，可以让我们清晰地感受到他的这种享受主义。张岱不但如实地叙写自己在日常中的一些享受生活，而且还对这种享受生活极为赞扬，与古来圣贤的禁欲约束及道德操守相比，张岱更注视的是现实生活中的感官享受，在其文章中所表达的精神上、物质上的享受成分，便是他对世俗化生活的热切肯定。在《琅嬛文集·卷五·自为墓志铭》中，张岱便坦言自己的这种享乐主义追求。张岱在此文中如此坦然地列举自己的物质及精神嗜好，毫无疑问是对传统的“载道”“代圣贤立言”文学传统的有力突破。

从《自为墓志铭》中所列举的爱好来看，爱繁华、爱精舍、好鲜衣、好美食、好华灯，其实并不为过，这些都是构成人生活的一些物质需求，但是张岱又坦言自己好美婢、好娈童，这便有失文人的风雅。当然，张岱不是完全贪图享乐的纨绔子弟，他仍有一些高雅的休闲爱好，例如，“好梨园，好鼓吹，好古董，好花鸟，兼以茶淫橘虐，书蠹诗魔”。但是总的

① 王艮撰，陈祝生等校点. 王心斋全集［M］. 南京：江苏教育出版社，2001：10.

② 王艮撰，陈祝生等校点. 王心斋全集［M］. 南京：江苏教育出版社，2001：10.

③ 袁中道著，钱伯城点校. 珂雪斋集［M］. 上海：上海古籍出版社，1989：63－64.

来看，早年的张岱，是极为贪图物质与精神上享受的，有着一种享乐化的休闲思想。

三、儒家自适情怀的休闲观

张岱著有《四书遇》《大易用》，对儒家经典进行了阐释，见解独到，理解透彻，由此也见，张岱熟读儒家经典著作，并深受儒家思想的影响，所以有着儒家自适情怀的休闲观。早年的张岱也有着儒家所提倡的“修身、齐家、治国、平天下”的远大抱负，因此，屡考功名，以期施展自己的满腔热血，但是明末时期，官场已腐败不堪，自己的思想不被认可，在仕途偃蹇、人生失意之时，张岱便另辟蹊径，开始著书以传，在文学创作中抒发情怀。表现出一种悠然自得、看淡功名、随缘自适的情怀。

例如，在《琅嬛文集·卷二·快园记》中，首先，作者介绍了快园为明朝御史大公韩公之别业，然后还原了陵古变迁之前快园的风貌“园在龙山后麓，山既尾掉，是背弗痴，水复肠回，是腹勿闷。屋如手卷，段段选胜，开门见山，开牖见水。前有园地，皆沃壤高畦，多植果木”[①]，张岱记忆中的快园是开门见山，开窗见水。前有园地，皆沃壤高畦，梨楂杨杏，闭门成市。池广十亩，肥鱼晒脊。另有桑树百株，桃李树数颗。一派欣欣向荣之势。

然而陵谷变迁，韩公去世之后，子孙零落，快园衰败，此前这番欣欣向荣之势已经不复存在，林泉木石仅存其意。张岱在稍加修葺之后入住快园，且一住便是二十四年。作者还跟好友陆德先打趣道“昔人有言，孔子何阙，乃居阙里。史极臭，而住香桥；弟极苦，而住快园。世间事，名不

---

① 张岱. 琅嬛文集·卷五·快园［M］. 长沙：岳麓书社，2016：68.

副实者，大率如此。”[①] 而好友听言，只是一笑置之。这是一种苦中作乐的自嘲，作者在入住快园之后，已非富贵之身，衣食无继，开始挑粪种菜，关心柴米油盐，并且要求子孙后代也参加劳作。他没有在经历人生大变故之后，一蹶不振，郁郁寡欢，而是去接受另一种生活，随缘自适，表现了张岱的一种豁达乐观的人生态度。

其实，无论是《陶庵梦忆》《西湖梦寻》，还有《琅嬛文集》，作为张岱的代表著作所表现出来的休闲思想也是相通的。总的来讲，都体现了张岱人文关怀的休闲思想，体现了张岱个性张扬、注重自我的休闲思想，体现了张岱追求自然美的休闲思想，体现了张岱“贵真求趣”的休闲思想，体现了张岱自适情怀的休闲思想；等等。而这些休闲思想，对于现当代文人的文学创作、对于当代人休闲旅游文学生活的开展都具有一定的影响作用。

① 张岱. 琅嬛文集·卷五·快园［M］. 长沙：岳麓书社，2016：69.

第七章　张岱文学作品对现当代的指导意义

第一节　张岱文学思想体系对现代学术提升的指导意义

张岱的文学作品，皆蕴含了作者洞察人生百态的清明理智。在文章中，作者将自己独具特色的思想观念、审美思想及对世态人情的看法相融合，自出手眼，这些思想观念构成了张岱特有的文学思想体系，这一文学思想体系彰显出张岱独特且卓越的文化品格，同时对现当代休闲旅游文学产生了极其深远的影响，对现当代文学界的学术提升具有一定的指导意义。

一、张岱文学思想体系对现代散文理论上的启发

张岱的文学作品反映了张岱的性灵思想，反映了张岱率真、任情的人生态度，反映了张岱对生活艺术化的向往与追求。在文章中，有大量对有癖、有疵之人的描写，并且不乏赞美之词。正如张岱所说："人无癖不可

与交，以其无深情也；人无疵不可与交，以其无真气也。”[①] 这表明，在个性解放思潮的影响下，当时的文人墨客已不再执着于对传统意义上完美人格的描写，而是认为有癖、有疵之人才是真性情之人，完美之人是不自然的存在。在《自为墓志铭》中，作者更是毫不掩饰自己作为纨绔子弟的一些癖好，坦然地说出自己对繁华生活的追求。在这份坦诚中，有张岱的自信自得与豁达，一句“劳碌半生，皆成梦幻”，一句“回首二十年前，真如隔世”，里面有辛酸、有无奈、有不舍、有向往。但是经历了人生大变之后，他没有自我放弃、没有一蹶不振、没有自怨自艾，而是将自己的思绪集中于著书立传，因此，张岱开始回忆、开始做梦，回忆昔日的美好，在梦中与西湖相会，以此来保持自己的那份率真。因为见到月光太美，他会兴致突发，决定在万籁俱寂的夜晚，在灯火通明的佛寺大殿扮演抗金名剧，并写下《金山夜戏》；游岣嵝山房时，因痛恨杨髡在飞来峰上滥塑雕像的行为，而“椎落其首，并碎诸蛮女，置溺溲处以的之。”[②]；读《四书》时，不读朱注……诸如这些，皆体现出张岱任情率性的个性特点，这份率真是难能可贵的，是当代休闲旅游文学创作所需要的。

在五四时期，散文创作强调要体现“自我表现”的审美价值取向。刘半农在《我之文学改良观》中指出，写文章切不可丢去自我。周作人也指出，在散文创作的过程中“我们可以看了外国的模范做去，但是须用自己的文句与思想，不可去模仿他们。”[③] 随着这股“以个人为本位”的新散文观的确立，在散文创作的过程中，表达自己真实的情感，解放个性，已经一步步地成为散文作家抒情言志的内在动力。在五四时期，散文作家创作

① 张岱著，谷春侠、张立敏注析. 陶庵梦忆 西湖梦寻・祁止详癖［M］. 郑州：中州古籍出版社，2012：113.

② 张岱著，谷春侠、张立敏注析. 陶庵梦忆 西湖梦寻・岣嵝山房［M］. 郑州：中州古籍出版社，2012：271.

③ 张菊香编. 周作人散文选集［M］. 天津：百花文艺出版社，2009：13.

思想的转变，大家都认为是受英国随笔的影响。当然，在当时的历史背景下，中国文学力图转变，无论是在思想观念、情感体验上，还是在艺术形式、语言系统等方面都追求现代性，开始学习西方文学，英国随笔这种倡导个性解放的艺术主张、这种对个体性情感的强调、这种对自然化情感的推崇思想正符合我国现代散文创作的需求，因此一拍即合。但是，我们为什么要舍近求远呢，张岱散文中所体现的“物性自遂”的思想及“贵真求趣”的审美倾向不正是突破了中国古代散文创作中“文以载道”的传统，与英国随笔有着许多相似之处。因此，我们应重视对古代文学的研究，重视对张岱的研究，融古通今，这样定能让中国现当代休闲旅游文学创作绽放新的光芒。

二、张岱文学思想体系对现代散文家创作的影响

现代，是张岱的文学作品接受史上十分关键的一个时期，在当时，包括鲁迅、周作人、俞平伯在内的众多文坛大家的散文、小品文，无论是从文学观念上来看，还是从个人创作思想上来看，都深受张岱文学作品的影响。但是就以鲁迅、周作人、俞平伯三人来看，对于张岱文学思想体系的理解，也大不相同，并且都分别将各自的态度折射到自己所创作的文学作品当中。总的来说，从鲁迅、周作人、俞平伯等人的文学作品中可以看出，现代文学中对张岱文学作品接受的主流动向，在一定程度上也影响了张岱本人及张岱文学作品在中国文学史上地位的确立。

（一）张岱文学思想体系对鲁迅文学创作的影响

同为浙江绍兴人，鲁迅在青年时期就读过许多张岱的散文。鲁迅从小受当地地域文学的熏陶，对于绍兴历代的名人作家非常看重，特别珍惜这

些前辈留下来的宝贵文化遗产。同时，因为受章太炎的影响，鲁迅在早年还与周作人一同整理、辑录乡邦文献，《会稽郡故书杂集》与《旧绍兴八县乡人著作目录》就是他们整理、辑录乡邦文献的重要研究成果。在这一过程中，鲁迅阅读了大量先正著述，自然也阅读了张岱的文学作品。从鲁迅所作文章进行分析，也能发现里面有张岱文学作品的影子，尤其是《陶庵梦忆》。

同一方乡土之上，有着相同的风俗，尽管在历史发展进程中，这些风俗会有一些变化，但总的来讲仍是一脉相传的。这相传的一脉，也就能勾起不同时代人的缕缕乡情。因此，便不难理解鲁迅对张岱写作风格的传承、对张岱文章中有关绍兴风俗描写印象的深刻。例如在《五猖会》中，鲁迅在回忆家乡每年举办的迎神赛会时，就联想到了张岱在《陶庵梦忆》中所描写的豪奢的祈雨赛会。“现在看看《陶庵梦忆》，觉得那时的赛会，真是豪奢极了，虽然明人的文章，怕难免有些夸大。因为祷雨而迎龙王，现在也还有的，但办法却已经很简单，不过是十多人盘旋着一条龙，以及村童们扮些海鬼……这样的白描的活古人，谁能不动一看的雅兴呢？可惜这种盛举，早已和明社一同消灭了。”[①] 通过这一文章不但能看出作者对故乡传统民俗文化十分感兴趣，而且表明了作者对张岱这种白描的散文写作风格的喜爱。除此之外，在另一篇文章《无常》中也提到了《陶庵梦忆》，“目连戏的热闹，张岱在《陶庵梦忆》上也曾夸张过，说是要连演两三天。在我幼小时候可已经不然了，也如大戏一样，始于黄昏，到次日的天明便完结。”[②] 将《陶庵梦忆》所写的《目连戏》与自己记忆里的目连戏进行比较，表达了自己对目连戏演出时的热闹情形印象深刻。

鲁迅所著的散文集《朝花夕拾》原名《旧事重提》，与《陶庵梦忆》

---

① 鲁迅. 朝花夕拾［M］. 南京：江苏凤凰文艺出版社，2018：28－29.

② 鲁迅. 朝花夕拾［M］. 南京：江苏凤凰文艺出版社，2018：37.

一样，都属于回忆性质的散文集，但他们二人在追忆往事的过程中，都不是单纯地写过往旧事，写游山玩水、世俗民风，同时个别文章中也带有一定的批判色彩。例如，张岱在《斗鸡社》中举例唐玄宗因喜欢斗鸡而亡国，批判玩乐误国，在《包涵所》中同样也讽刺了权贵的穷奢极欲；在《扬州瘦马》《烟雨楼》等文章中揭露了当地的陋俗、恶俗等；在《二十四桥风月》将当时妓女的悲惨命运展示在世人面前；等等。但是，虽说张岱在回忆中，有些文章带有些许批判的意味，但是张岱著文的目的主要还是追忆昔日的美好，回忆自己的休闲旅游生活，只是在写到晚明风气的不合理之处时内心有所反思而进行批判。

鲁迅的《朝花夕拾》也主要是回忆自己的童年生活、青年生活，其间穿插着议论，夹杂着对旧社会封建思想、教育理念及风俗习惯的批判与讽刺。例如，在《从百草园到三味书屋》中，作者首先回忆了自己儿时在百草园得到的乐趣，在鲁迅的描述中，百草园就是儿童在自然环境中的一个极乐世界，那是一个充满颜色与声音的生命世界，在夏天，有蝉的“长吟”、有油蛉的“低唱”、有蟋蟀的“弹琴”，在冬天，可以同好友闰土一起在雪中捕鸟，那是一个没有烦恼与忧愁的儿童乐园。“我不知道为什么家里的人要将我送进书塾里去了，而且还是全城中称为最严厉的书塾。”[①]文中用这样一句过渡的话来引出三味书屋，紧接着描写了自己在三味书屋读书严格但不乏乐趣的生活，作者指出了儿童广阔的生活趣味和束缚儿童天性的封建书塾教育的尖锐矛盾。著名文学史家、教育家王瑶认为，鲁迅的散文集《朝花夕拾》与他其他的杂文有所不同，鲁迅所写的杂文是针对当时社会所存在的现实问题的直接批判，《朝花夕拾》中的批判没有如此

① 鲁迅. 朝花夕拾［M］. 南京：江苏凤凰文艺出版社，2018：43.

尖锐，而是在追忆往事的过程中联系现实进行反思与批判。[①] 这与张岱所写的《陶庵梦忆》可谓如出一辙。绍兴籍作家宋志坚更是直接指出："鲁迅之写《朝花夕拾》，在某种程度上也是因为张岱写《陶庵梦忆》的心理暗示。"[②]

通过以上分析可见，《陶庵梦忆》与《朝花夕拾》，它们在创作动机与创作思路上有相似之处，可以看出张岱的文学创作动机与思路对鲁迅散文创作具有重要影响。

（二）张岱文学思想体系对周作人文学创作的影响

周作人，作为鲁迅（周树人）之弟，同为绍兴人，且与鲁迅一同整理、辑录过乡邦文献，因此，对张岱也十分熟悉，并且，周作人一直毫不避讳地表示自己对张岱的喜爱。周作人的书斋中收藏了张岱的《陶庵梦忆》《西湖梦寻》《琅嬛文集》等多部作品，并且还收集了张岱散文的不同版本。周作人曾说："小时候看见过的书，虽本是偶然的事，往往留下很深的印象，发生很大的影响。"[③] 而周作人所说的小时候偶然看过的书，给其留下了深刻影响的就包括张岱的著作。在周作人所作的《〈燕都风土丛书〉序》中也提到了，"在杭州时才十三岁，得读《砚云甲编》中之《陶庵梦忆》，心甚喜之，为后来搜集乡人著作之始机，借以乏力至今所收不能多耳。"[④] 由此可见，周作人在少年时期就读过张岱的《陶庵梦忆》，并且深深地被书中所写的一些既新奇又充满趣味的风俗物产所吸引，且作为

---

① 王瑶．论鲁迅的《朝花夕拾》［J］．北京大学学报（哲学社会科学版），1984（1）：3.

② 宋志坚．鲁迅根脉·上卷［M］．福州：福建教育出版社，2008：268.

③ 周作人著，张丽华编．我的杂学［M］．北京：北京出版社，2005：6.

④ 周作人著，陈子善、张铁荣编．周作人集外文 1904－1948［M］．海口：海南国际新闻出版中心，1995：524.

同乡雅士，又有一种同乡、故土的亲切感。

周作人同鲁迅一样，在三味书屋接受传统的汉学教育，1901 年，因受国内新学风潮的影响，前往南京，进入江南水师学堂学习海军管理，毕业后考取官费留学日本，直至 1911 年，才从日本留学归国乡居，并同鲁迅一起参与《会稽郡故书杂集》的辑录工作中，周作人按照自己的偏好，开始搜集一些反映民俗风情及寄情于景、追古思今的著作，这也是周作人少年时期阅读喜好的延续。因此，在《会稽郡故书杂集》的辑录过程当中，周作人便不再拘泥于史学价值，也没有那么强烈的政治意图，他辑录的目的开始由“存史”向个人情感寄托转化，体现了周作人自身的文学偏好。在这一阶段，周作人主要还是将张岱的散文定义为“风土志”一类。

在 1915 至 1916 年间，周作人曾署名岂明在《绍兴教育杂志》中相继发表了几十则“读书杂录”，其中就有对张岱散文的研究，在《读书杂录·越中游览记录》中，周作人对于张岱的《陶庵梦忆》是这样评价的：“其书杂记江南风物，越中古实不及三之一焉，然以文言道俗情，并冷爽绝伦如握冰雪。读《龙山放灯》《越俗扫墓》诸篇，每为神往，想见明季奢华之状，令人感慨系之。”[①] 在这一时期，虽说周作人已敏锐地感受到如张岱这般的晚明散文家已经有了“以文言道俗情”的特点，但是他仍没能完全跳出封建文学史对张岱的总体评价。

1919 年，五四运动爆发，马克思主义思想进一步在中国传播，再加上当时民族危机及阶段矛盾的演进，推动了“文化革命”的发展。当时，周作人坚持的就是非功利主义的纯文学思想，他的这一文学思想与当时宣称文艺是为政治革命服务的观念相冲突，同时，周作人所倡导及创作的“美文”也遭到了当时来自左翼文坛的强烈抵制。在这种情况下，周作人为了

---

① 周作人著，陈子善、张铁荣编. 周作人集外文·上［M］. 海口：海南国际新闻出版中心，1995：220.

争夺文坛的话语权，树立起写作范型的正当性，毅然与左翼文学做斗争，毅然决然地指出“我们自己的园地是文艺”[①]，同时，他还以一种迂回包抄的方式，尝试走出一条寻求中国新文学源流的道路。以期让自己坚持的思想观点更具逻辑性及系统性，他认为中国文学的发展可视为是载道文学与言志文学这两大文学潮流的交迭，周作人还认为现代新文学是晚明时期自然、真诚地表达自我情感的言志文学的复兴，他甚至将新文学的发达归功于现代文学作家对晚明时期公安派及竟陵派“言志”传统的继承，认为在现代散文创作中，要以言志散文为中心。正是在这种言志文学观的影响之下，周作人开始干扰性地接受张岱的散文创作思想。

1922年，周作人在当时的一所私立教会大学——燕京大学担任国文教师。周作人最初的教案是论述当下的白话文，然后再追溯到明清文学，分析包括张岱、王思任、李渔等文人的文学作品。这时，在周作人的观点里面张岱的散文已不是简单地反映乡土风物的作品，他认为张岱散文可以视为是启发、支撑新文学源流观形成的重要素材。自此之后，周作人对张岱散文的介绍，都将其归类于构建新文学源流的文学史叙事当中。周作人在《地方与文艺》中，将近三百年来文艺界的作品分为两大潮流，“第一种如名士清淡，庄谐杂出，或清丽，或幽玄，或奔放，不必定含妙理而自觉可喜。第二种如老吏断狱，下笔辛辣，其特色不在词华。”[②] 而张岱则归为第一种。周作人在写给俞平伯的信中，探讨用字的学问，也是称赞张岱喜欢以古家奇字来代替俗字，且用得比王思任自然，张岱所写的《岱志》《海志》这两篇长篇山水游记，也比王思任的《文饭小品》写得更加自然。

① 周作人著，钟叔和编订. 周作人散文全集·第二卷［M］. 南宁：广西师范大学出版社，2009：510.

② 孔范今主编，秦艳华编选. 中国现代新人文文学书系文论卷［M］. 济南：山东文艺出版社，2005：80.

1926年，俞平伯要重刊《陶庵梦忆》，请周作人作序一篇，在这篇序中，他认为"《梦忆》是这一流文字之佳者，而所追怀者又是明朝的事，更令我觉得有意思。"[①]"张宗子的文章是颇有趣味的，这也是使我喜欢《梦忆》的一个缘由。"[②] 在对《陶庵梦忆》做出一番鉴赏评析之后，周作人随即指出，"我们读明清有些名士派的文章，觉得与现代文的情趣几乎一致，思想上固然难免有若干距离，但如明人所表示的对于礼法的反动则又很有现代的气息了。"[③] 周作人认为，现代散文与明末时期的小品文在写作风格上十分相似的议论，其目的昭彰显著。

周作人之所以将张岱归类于"言志派"，主要是因为周作人看到了张岱散文中表达自我、抒发内心真实情感的一面，并给张岱的散文赋予了现代意义。在《〈陶庵梦忆〉序》中，周作人对张岱的评价是，他是一个会诗的人，他所关注的其实是人事而非自然，他描写山水只不过是他所写生活的背景；同时他还指出，张岱洒脱的文章只不过是其性情的自然流露，读了会让人产生共鸣，而不会生厌。通过这一评价可见周作人认为张岱的散文书写，不是简单的越地风土志，更突出的是对日常生活琐事的描写，张岱只是想通过对山水风物的描写来展现自身的闲情逸致，与其说是山水文，不如说是言志文。

在1932年，周作人应好友沈兼士的邀请，于辅仁大学作了题为"中国的新文学运动"的系列演讲，在此次演讲中，周作人对张岱给予了极高的评价，他指出："后来公安竟陵两派文学融合起来，产生了清初张岱（宗子）诸人的作品，其中如《琅嬛文集》等，都非常奇妙。《琅嬛文集》现在不易买到，可买到的有《西湖梦寻》和《陶庵梦忆》两书，里边有些很

---

① 张岱著．国学经典丛书陶庵梦忆［M］．武汉：长江文艺出版社，2015：231.
② 张岱著．国学经典丛书陶庵梦忆［M］．武汉：长江文艺出版社，2015：232.
③ 张岱著．国学经典丛书陶庵梦忆［M］．武汉：长江文艺出版社，2015：232.

好的文章。这也可以说是两派结合后的大成绩。”[①] 在周作人所写的另外两篇文章——《〈枣〉和〈桥〉的跋》和《〈苦茶随笔〉小引》也有类似于此的论述。周作人认为张岱是晚明时期公安派与竟陵派文学艺术成就的融合者以及集大成者，最主要的原因在于周作人认为张岱是以一种抒情的态度来写文章，他通过景物的描述、人物的描述来表达自己内心的情感，以此来展现最真实的自己，与公安派、竟陵派所主张的“独抒性灵，不拘格套”“信腕信口，皆成度律”相得益彰。

在20世纪30年代，是周作人译介、研究日本文学最为重要的一段时间，在这一时期，周作人细致地考察、研究了日本的民间信仰及俳谐滑稽文学。在基于对日本文学的研究上，周作人提出了张岱散文是中国新俳文的主张。在《再谈俳文》中，周作人写道：“他的目的是写正经文章，但是结果很有点俳谐，你当他作俳谐文去看，然而内容还是正经的，而且又夹着悲哀。写法有极新也有极旧的地方，大抵是以写出意思来为目的，并没有一定的例规，口不择言，亦言不择事，此二语作好意思讲，仿佛可以说出这些特质来，如此便与日本俳谐师所说俳言俗语颇相近了。”[②] 并且列举了张岱所著的《夜航船序》《一卷冰雪文后序》等文章来说明张岱所写文章中所具有的“文白并用、雅俗共赏、寄感慨于诙谐语”的语言特点，并指出张岱的行文风格与现代文写作风格，与外国文学中的随笔一样，都是为了表达自己内心的有感而发，因此，肯定了张岱散文与当时新文学的关系。

1937年抗日战争全面爆发，国内局势十分紧张，在紧张的战争环境

---

① 周作人著，钟叔和编订．周作人散文全集・第六卷［M］．南宁：广西师范大学出版社，2009：71.

② 周作人著，钟叔和编订．周作人散文全集・第七卷［M］．南宁：广西师范大学出版社，2009：783.

下，不允许再过多地谈论闲适与幽默，并且，虽然是周作人将休闲小品文推出来的，但他自己对此方面研究的兴致却不高，在此环境下，使得新文学源流理论的研究就此终结。自此之后，周作人又开始致力于民俗学的研究上，开始研究张岱的文学作品在民俗学领域的成就。周作人偏爱收藏一些地方乡土类的书籍，包括一些文化史料类、非志书的地志，尤其喜欢收藏一些描写岁时风土的书籍，张岱的《陶庵梦忆》就被他归为文化史料类图书。

周作人指出，材料好、意思好并且文章好的地理杂志有三大类，其一是记一个地方风物的，列举了晋代的《南方草木状》及唐代的《北户录》；其二是前代的，由于变乱之后，江山易主，著者大部分都是一些逸民遗老，追忆起当前的风景，便情不自禁地发出感慨，借景抒情，大胆地表达自己内心的真实情感，张岱的《陶庵梦忆》就属于第二类；其三是讲本地的，与第一类相近，但是却也有细小差别，在此不多做赘述。因为深受民俗学理论的影响，周作人推崇张岱文学思想的本意在于吸引更多的人投入民俗学的研究中来，努力挖掘诸如张岱所著的《陶庵梦忆》之类的文章中所包含的民俗学研究价值。就民俗学研究的角度来看，周作人对于张岱散文的接受，则显得更加纯粹，旨在对中国古代民俗的挖掘。

通过以上分析可见，周作人对张岱文学思想的接受，始终是以与自身的文艺学术观念的转变及自身的兴趣爱好相关联的。在不同的时期，周作人从不同的角度研究了张岱的《陶庵梦忆》《西湖梦寻》等作品，既将他们当作风土志、言志散文，也将他们归类为民俗文化史料。但归根结底，周作人受张岱散文的影响，激发了他闲适悠游、自由主义思想的形成，从而使得周作人能在社会环境不断变化的情况下仍坚守在“自己的园地”里。

（三）张岱文学思想体系对俞平伯文学创作的影响

1. 异代同声的交融共鸣

俞平伯是周作人的得意门生，在周作人的推荐下，俞平伯也很早便阅读了张岱所著的《陶庵梦忆》《西湖梦寻》《琅嬛文集》，并且深受张岱散文风格的影响，周作人曾将俞平伯比作“竟陵派”。除此之外，现代著名散文家朱自清在《燕知草·序》中也指出，俞平伯的性情行径及散文的写作风格，皆与明末时期的张岱、王思任一派名士很像。虽然俞平伯本人否认了这一点，但我们仍可从俞平伯的散文作品中窥探出张岱文学思想体系对俞平伯文学创作的影响。

俞平伯的散文虽然深受晚明名士派小品文的影响，但是他不是简单地模仿或者沿袭，更突出的是一种异代同声的交融共振。文学作品，是一种具有社会性的精神活动，因此，文中所体现的思想情感或多或少都会留下时代的印记，会受作者当时所处的社会环境、历史文化所影响。

张岱是明末时期“公安派”与“竟陵派”的集大成者。公安派，是一个十分激进的反复古诗文的文学流派。在明万历前二百余年沉闷的“复古拟古”的环境中异军突起，他们高举“性灵”的旗帜，大胆地冲击了传统的古典理性主义，并彰显出了蓬勃的生机。但是在明末时期，随着朋党之争的逐渐升级，朝廷加深了对新派文人的压制与迫害，公安派文人往日的那种豪放个性在此环境下日益收敛。直至后来竟陵派的出现，在当时险恶动乱的现实政治环境影响下，文化墨客产生了畏祸退藏的思想，文人昔日的那种以名节励的心态开始向自我封闭的方向转变，他们所创作的文学作品也开始朝着脱离现实的幽深孤寂的方向发展。张岱，经历了明王朝的灭亡，经历了忧患怵惕的心理过滤，最终选择避士于山林，化悲愤于力量，致力于著书立传，自然因为所处环境的不同，张岱的作品与公安派的袁宗道、袁宏道、袁中道，与竟陵派的钟谭等人的作品相比，多了一丝末世遗老的心态。

俞平伯所创作的小品美文，大部分都是在“五四文化运动”平息后的军阀统治时期所写。经历了时代的急遽变化，同当时的众多知识分子一样，俞平伯也渐渐从“五四”热潮的兴奋中清醒过来，继而产生一种无力感。他们既不愿意附庸于恶势力，与其同流合污，但是对于现状又无能为力，因而，表现出一种对社会人生的失望情绪。因为思想层面上的颓丧及彷徨，使他们的审美情趣及行为方式逐渐向传统文学靠拢，俞平伯则是典型之一。他开始放弃如“五四”时期那般激进的新诗与杂文创作，开始创作一些极具浓厚古典名士文化心理的，以表达自身情感为主的小品美文。

以俞平伯在1924年所写的《陶然亭的雪》为例，便没有了五四时期所写文章的锋芒，而是以抒情为主。“惟云天密吻，酿雪意的浓酣，阡陌明胸，积雪痕的寒皎，似乎全与迟暮合缘，催着黄昏快些来罢。至屋内的陈设，人物的须眉，已尽随年月日时的迁移，送进茫茫昧昧的乡土，在此也只好从缺。”[①] “闲闲的意想，乍生乍灭，如行云流水一般的不关痛痒，比强制吾心，一念不着的滋味如何？这想必有人能辨别的。”[②] ……这篇散文细细品来可以发现，作者的思想已深受传统思想的影响，开始对生活持有一种“乍生乍灭”的想法，觉得人生如梦，他将朦胧与梦幻当作艺术的美感来追求，体现出了文人的一种清高及忧郁的本色。在这篇文章中，俞平伯似乎将那种惆怅的感伤之情当作趣味细细地品尝。他写梦、写月夜、写景色；他在文字中重温旧梦，讲述自己如梦般的人生，表达自己对生死的看法，在抒情当中又蕴含着一股忧伤、透露着一丝“我心清静”“依心而动”的适时自然，俞平伯将他的时空观与生活情趣都在字里行字表露出来，让人们看到一个即使处于动荡年代仍能超脱适然，以一颗平常心对待人生变故的俞平伯。此外，他在1927年写的《月下老人祠下》《冬晚有别》《古槐梦遇》等文章，也透露着这种闲适之情。

通过以上分析可见，虽说俞平伯与张岱所处的历史环境不同，但是他

---

① 俞平伯. 桨声灯影里的秦淮河［M］. 北京：中国青年出版社，2017：36.

② 俞平伯. 桨声灯影里的秦淮河［M］. 北京：中国青年出版社，2017：38.

们都是生活在一个社会动荡的环境中，都经历了激进之后的空虚和苦闷，都曾有一种抱负无从施展的无奈，最终也都是选择在乱世中独善其身。同时，张岱的那种以追求真性情、表现性灵美的价值取向，以及他经历明朝覆灭的一种幻灭的末世心态，也与俞平伯产生了异代同声的共鸣。

由于与张岱的惺惺相惜以及张岱文学作品的喜爱，1926 年，俞平伯决定重刊《陶庵梦忆》，在《重刊〈陶庵梦忆〉跋》中，俞平伯写道："重印此书，使梦中人多一机遇扩其心眼。痴人说梦，将有另一痴人倾耳听之，两毋相笑。于平居暇日，'偶拈一则，如游旧径，如见故人'。"[①] 这段话写出了自己与张岱之间在精神上的契合与认同。虽然说俞平伯没有刻意地去模仿张岱的小品文，但是正是这种不刻意的契合与贯通，更能彰显出两人在精神情趣上的相通。例如，张岱所著的《陶庵梦忆》与《西湖梦寻》，旨在表达自己亲身经历国破家亡的惨痛，只能以做梦的方式去回忆曾经的美好。同时，俞平伯的许多散文也是以这样一种感怀"前尘前梦"，以此来表达自己处于军阀统治时代的怅惘及无奈。在俞平伯所写的散文作品中，许多都是以"梦"、以"忆"进行构思的，例如《芝田留梦记》《梦游》《古槐梦遇》《忆》等，显然，这与张岱所写散文在构思上十分相像。

2. 浙东文化的一脉相承

一位文人的审美情趣及创作特点，通常都是对某一种文化传统认识、选择及融合的结果。在前面章节中我们多次介绍过，张岱出身名门望族，长于诗书礼乐之家，在此家庭环境的影响之下，天资聪颖的张岱能诗善文，博学多才，各个方面都有涉猎。俞平伯也同样生于一个传统文化氛围十分浓郁的学术之家，俞平伯的曾祖父俞樾是经学大师，其父亲俞陛云是晚清时期的探花，并就职于翰林院。俞平伯继承家学，成为我国最后一代

---

① 俞平伯. 俞平伯散文 [M]. 长春：吉林文史出版社，2014：80.

旧学的正规接受者。由此可见，不仅都身处动荡年代，就连出身家世，所接受的教育，俞平伯都与张岱十分相似。

周作人曾经在研究地域环境对文人创作的影响时，认为浙江文艺可分为两派，分别为“飘逸派”及“深刻派”。周作人在谈及“飘逸派”时，便列举了张岱与俞樾（俞平伯的曾祖父），由此可见，俞平伯的家庭与张岱之间早在其曾祖父时期就已有了地域性文化方面的血脉传承关系。俞平伯小时候是跟随曾祖父在苏州度过的，因此深受包括浙东文化在内的传统士林文化的影响，这可看作是张岱所继承的浙东文化传承余脉的一种延伸。1983 年 11 月，已至耄耋之年的俞平伯自谓“余浙人而生长于苏，于吴越并有桑梓之敬。”① 他与张岱一样，熟悉江浙文化，且对吴山越水情有独钟，尤其偏爱西湖山水，与张岱一样，这也影响了俞平伯散文创作素材的选择与处理。俞平伯所写的那些清新脱俗的白话“美文”与张岱的山水小品文都不约而同地钟情于对西湖山水的描写，这也表明二人有共同的西湖情结。

以俞平伯所写的散文名篇《西湖的六月十八夜》为例，作者用细腻的笔触为读者描绘出了一幅倦意朦胧的、变幻的西湖美景，营造出了一种空灵的意境。在文章的开头，作者便写“我写我的‘中夏夜梦’罢。有些踪迹是事后追寻，恍如梦寐，这是习见不鲜的；有些，简直当前就是不多不少的一个梦，那更不用提什么忆了。”② 在俞平伯眼里，他所见的西湖也如张岱所描写的西湖一样，一切都像是梦，一切都是那样的朦胧且梦幻。随后，作者在文章中用彩笔细腻地描绘了西湖六月十八夜的节日盛景，同时将自己的情感自然而然地融入景象的描写当中，“这几幅图或清逸如九皋鸣鹤，或古雅如摇琴朱弦，或明净如高山积雪，给人以一种情景交融的自

① 俞平伯. 俞平伯全集第 2 卷 [M]. 石家庄：花山文艺出版社，1997：808.

② 俞平伯. 桨声灯影里的秦淮河 [M]. 北京：中国青年出版社，2017：56.

然融洽感。”[①] 显然而见，这与张岱的行文风格极其相似。

放眼当代，人们谈论俞平伯的散文，许多人的关注点都在他写作风格由“繁缛缠绵”到“简赅冲淡”的转变，而鲜有人会注意到他散文作品中透露出来的诙谐幽默。其实，在俞平伯所写的多部散文中，都有着冷幽默。例如，在《读诗札记》中，俞平伯用释梦的方式来抱怨文稿无法出版；在《性（女）与不净》中，以一种诙谐幽默的语言来嘲笑性别歧视；等等。不过，虽说俞平伯的散文中也透露着幽默之趣，但是他的幽默与张岱的谑趣相比，仍然存在着一定的差异。张岱身于官宦世家，既有纨绔子弟的豪纵习气，也有明末时期文人的颓放作风。但是随着清军入关，明朝覆灭，步入中年的张岱，其生活跌入了“布衣蔬食、常至断炊”[②] 的窘迫境界，经历了这种人生的大起大落，张岱仍豁达乐观，在作品中也尽显诙谐幽默，尽管幽默中也透露着哀伤。如果从浙东“飘逸派”文人“庄谐杂出”的共性进行分析，俞平伯与张岱的散文中都透露着诙谐，但是细细品来，二者的幽默又有所不同。总的来讲，俞平伯一生都在教坛度过，这也造就了他温和、宽容的个性，他一生淡泊自持、宠辱不惊，不像张岱那样执着于功名，因此，他散文中的幽默嘲讽也来得更温和一点，不像张岱那样快意放笔、讽喻世事。

3. 名士格调的贯通

自古以来，文人都喜欢与志同道合之人交游，张岱与俞平伯也不例外。张岱好交友、好交游，张家为浙东名门，与他家几代往来的也多为当时的著名文士，如徐渭、汤显祖、王思任等。俞平伯同样出身名门，1919年毕业于北京大学之后，先后于燕京大学、北京大学、清华大学任教，是

---

① 林中鹿. 细腻绵密 文思郁勃——《西湖的六月十八夜》品赏［J］. 名作欣赏，1985（2）：26.

② 张岱. 琅嬛文集·卷五·自为墓志铭［M］. 长沙：岳麓书社，2016：159.

当时著名的散文家、红学家，新文学运动初期的诗人，中国白话诗创作的先驱者之一，知名度颇高。在20世纪二三十年代，周平伯与周作人、朱自清、叶圣陶等当时颇负盛名的名人作家都交往密切，其一生几乎都在这些名士所营造的“雅文化圈”中活动，固守着传统文人“独善其身”的思想，从著书立说、吟诗弹唱中找寻生命的价值，寻求生活的乐趣。张岱就曾与越中琴客组建“丝社”，立社的目的在于“共怜同调之友声，用振丝坛之盛举。”① 俞平伯也精通昆曲，在20世纪30年代，俞平伯便与妻子许宝驯一起集合了清华大学的昆曲爱好者组建了“谷音社”，俞平伯为“谷音社”的盟主。虽说俞平伯与张岱所处时代不同，但他们都属才子型、学者型作家，就以他们两人对西湖的比喻来看，张岱称西湖为“曲中名妓”，俞平伯称西湖之夏为“林下之风”，都带有一种清逸高雅的情致。当然这种清逸高雅的情致都体现在他们的文学作品当中，并且形成了他们作品中一种共同的纯粹性灵的审美取向，一种追求清高绝俗、静雅闲适的审美取向。在他们所写的散文中，既有表现作者孤芳自赏、消极避世的一面，也有表现作者面对纷乱世态及流俗曲折抗辩的一面，表现出他们内心的矛盾性。

当然，张岱的小品文也接受了市井文化，并且深受民间文艺的影响，从而使其文学作品体现出一种世俗人文气息，但是张岱在沟通“雅”文化与“俗”文化的过程当中，却一直带有一种“孤芳自赏”的名士格调。抑或说，受其出身地位、环境的影响，他的这种名士格调是与生俱来的，因此，他才会以山水“解人”的风人雅士自居。以张岱所描写的杭州景物进行分析，他的审美视角大部分是集中在“雨雪”“月夕”“花朝”等方面，描写的也大部分是表现幽人韵士和清风明月相伴的林泉高致。在《湖心亭

① 张岱著，谷春侠、张立敏注析. 陶庵梦忆 西湖梦寻・丝社 [M]. 郑州：中州古籍出版社，2012：70.

看雪》和《虎丘中秋夜》等散文名篇中，都极力表现了张岱高雅脱俗的孤寂情怀。在《西湖七月半》中，更是将自己和那些懂月的雅士与他人明显区分开来，讽刺那些达官贵族、名门闺秀、名妓闲僧、醉酒莽汉根本不懂得赏月，表达了自己对这些不懂赏月之人的鄙夷之情。“月色苍凉，东方将白，客方散去。吾辈纵舟，酣睡于十里荷花之中，香气拍人，清梦甚惬。”① 这样的描写，尽显“孤芳自赏”的名士格调。

俞平伯的散文中也尽显这种清虚幽孤的名士格调，在他所写的散文名篇中，《西湖的六月十八夜》《桨声灯影里的秦淮河》《芝田留梦记》等，都抒写了作者月夜中的感怀及闲适的回忆。例如在《月下老人祠下》中，表达了作者在闲暇时光于清雅的神祠品茶寻诗的高雅情怀；在《眠月》中，写出了作者回首旧尘、惘然凝想，在一种物我同一的境界中所获得的虚静体验，这些都表现出作者闲适而清雅的静趣。总之，俞平伯与张岱一样，皆具有名人雅士的格调，他们鄙夷世俗，喜静、喜雅，厌恶一切破坏这种清静高雅的人与物，都有着一种清高绝俗的姿态。

第二节 张岱文学作品对当代旅游生活的指导意义

一、全民休闲时代的到来

在英语中，“休闲”这一单词是“leisure”，这个单词在希腊文当中，主要指的是“学习活动”，因此，在古希腊时期，休闲被认为是一种学习活动，人参加休闲活动，是处于一种自由的状态，且具有精神启蒙的作

① 张岱著，谷春侠、张立敏注析．陶庵梦忆 西湖梦寻・西湖七月半［M］．郑州：中州古籍出版社，2012：165.

用。美国学者约翰·凯利曾说过，休闲应该被理解为“成为人”的过程，是人一生当中的一个展示自我价值的持久的、重要的舞台。休闲，能让人随心自由地生活，它是一种超然的境界，是一种心灵行为、一种生存智慧，能让人的生活变得更加的纯粹，让生命绽放更亮丽的色彩。[①] 在人类近现代发展史中，工业革命推动了休闲的快速发展，发展至二十世纪，人类休闲史也迈入新的篇章，生产力的发展解放了劳动力，人类走进一个普遍有闲的社会，现如今，休闲也已发展成为人们生活当中的重要组成部分。《国际休闲宪章》中指出：“在保证生活质量方面，休闲同健康、教育一样同等重要，各国政府应当确保公民得到丰富多彩的高质量的休闲与娱乐机会。”可见，人类早已意识到休闲的重要性，我国作为一个历史文化底蕴浓厚的文明古国，自先秦时期就产生了休闲思想及休闲文化，但是在古代及近代都没有出现过真正意义上的休闲时代。

现如今，随着社会经济的高速发展，劳动方式的改变，人们的生活水平、生活质量得到了极大的提高，闲暇时间也越来越多。马斯洛的需求层次理论指出，当一个人的基本需求得到满足之后，必然会去追求一种更高层次的需求，例如，情感需求、自我社会需求等。而休闲旅游正好能满足人们的这一需求。休闲旅游现已成为一个时代的潮流，其主要标志表现为三有——“有闲、有钱、有心情”，当前，在我国休闲制度得到不断调整之后，普通职工一年的法定节假日已经达到了 115 天，节假日的增多，使有闲的条件得到了满足；据《2020 年国民经济和社会发展统计公报》公布数据显示，2020 年中国人均 GDP 约为 10504 美元，全国居民人均可支配收入 32189 元，使有钱的条件得到了满足；在有闲、有钱，且大家受教育程度提升的条件下，要追求更高层次的精神生活的条件下，享受生活、充

① 郭鲁芳. 休闲学 [M]. 北京：清华大学出版社，2011：1.

分体验人生的观念也逐渐被大众所接受，使心情的条件得到了满足。在这些条件都得到满足之后，也标志着我国社会即将迎来全民休闲时代。在全民休闲时代背景之下，在享受生活、自我体验等精神需求的指引之下，休闲旅游已成为当代人休闲的重要方式，休闲旅游活动增加了，在一定程度上也会加深人们对休闲旅游文学的了解、激发人们对休闲旅游文学创作的热情，因此，随着全民休闲时代的来临，休闲旅游文学自然会绽放出新的光芒。

二、休闲旅游文学与休闲旅游文化的关系

休闲旅游文学，是游客在休闲旅游的过程中，对真实景物的一种描写与情感抒发，大部分都是对山水人文景物的描写。尽管说在休闲旅游文学作品中，作者在对山水人文景观的描写过程当中，会自然而然地夹杂个人情感，但是这些个人情感的抒发也多是立足于景物描写之上的，多数都为细致客观地景物描写之后的情感抒发，因此，通过这些休闲旅游文学作品，读者能了解这些休闲旅游景观，萌发身临其境、感受一番的冲动，从而推动休闲旅游业的发展。与此同时，休闲旅游文学作品的审美内容，还蕴含了丰富的审美知识，文学作品是一种具有艺术性的创作，休闲旅游文学作品，不但会对山水人文景观进行真实客观的描写，同时也带有艺术性，会对其秀美、状美、雄美等美学特征进行深入刻画，从而提升了休闲旅游文学作品的文化内涵、提升了休闲旅游景观的审美意义、提升了读者的审美情趣。

休闲旅游文化是随着休闲旅游的发展而产生的，是随着人类文明发展进步而产生的一种社会文化现象。在古代，休闲旅游反映的是当时社会各阶段人民的一种文化娱乐生活，而发展至今，休闲旅游文化已发展成为人

类文明进步程度的重要标志之一。

休闲旅游作为人类历史发展过程中的一种重要的文化现象，自其出现之后便与文学密切相关。人在参与休闲旅游的过程当中，在自然景观、人文景观的观赏当中，能开阔视野、增长阅历够陶冶情操；在对外在世界的丰富感受中，会在游客心中引起强烈的心理活动，从而在精神上得到审美、情感等方面的满足。古人云，“情动于中，不禁足之蹈之，歌之咏之。”作为文人来讲，他们自然是热衷于用文字来表达自己的审美感悟、抒发自己内心的情感。他们会将在休闲旅游过程当中的所见所闻、所思所想以文字的形式记录下来，这些文学作品也就成为文人抒发情感的一种重要方式。对于旅游者而言，无论是在旅途中有感而发所写的一首诗还是一篇散文，在当时或许只是一种记忆的表达、一种人生的纪念，而以文字的形式记录下来之后，经过后世人们的不断传诵之后，便成为人类共有的精神财富，成为人类永恒的情感留存。

后人在阅读前人所创作的作品时，不但能通过文字去体会作者在休闲旅途中的细致感受及对景观的细致描写，还能通过优美、生动的文字描述，让读者产生休闲旅游动机，例如，通过张岱对冬日中杭州西湖的描写“雾凇沆砀，天与云与山与水，上下一白。”[①] 能给读者看到一幅水天一色，白雪笼罩着的西湖美景，“共情”式的阅读，让读者产生一种愉悦的情感体验，产生想要在冬日游览西湖的愿望。因此，休闲旅游文学作品，作为休闲旅游生活中的重要内容，也已成为休闲旅游文化的重要组成部分，让人能一想到某个旅游景点，便会情不自禁得想起某篇休闲旅游文学作品，诵唱几句，结合自身体会去感受诗词中的饱满情感。

正所谓文学来源于生活，自古以来，文学作品正是因为有源源不断的

---

① 张岱著，谷春侠、张立敏注析. 陶庵梦忆 西湖梦寻·湖心亭观雪［M］. 郑州：中州古籍出版社，2012：91.

生活进行滋养，才能永不干涸、源远流长，不断散发出新的生命。在交游的过程中，旅游者能看到不同自然景观所展现的或壮美、或秀美、或奇美的自然景观，能品味市井生活中所表现出来的浓郁生活气息，感受不同的民俗文化、节日气氛等。通过这些内容，不但可以起到陶冶旅游者情操、丰富旅游者精神世界及知识世界的作用，而且也为他们的文学创作提供了丰富的创作素材，并且基于实践的文学创作素材，也更能与后世的读者产生共鸣，留下传世佳作。

古人云："读万卷书，行万里路。"毋庸置疑，游历四海、品味不一样的人生，能拓宽游客的视野，能提升游客的内在修养。从古至今流芳百世的文人作家，大多都会通过游历山水、探寻故迹等休闲旅游活动，来开拓自己的文学创作。张岱说："余少爱嬉游，名山恣探讨。"[①] 其游玩的目的当然不仅是为了结交朋友、品茶赏月，更在于让自己在休闲旅游的过程中，感受自然的真趣对其精神世界、对其文学创作的巨大推动力，通过市民生活能真实地感受不同阶层人群的生活状态，然后通过与不同人结交谈心，来丰富自己的精神世界。所以，才能留下《西湖梦寻》《陶庵梦忆》《琅嬛文集》等或清丽、或坚实、或空灵，雅俗共赏、一往情深的休闲旅游文学作品。让后人能从这些文学作品中观赏美景、学习历史、感受当时的社会生活百态。

细细品来可以发现，休闲旅游文学作品与名山大川、与亭台楼阁、与市井生活都是相得益彰的。仔细阅读张岱的文学作品可以发现，其中的佳句名篇，多是得益于不同景观的帮助，张岱也只有在身临其境才能写出如此写实、空灵的绝美篇章。张岱写"万山载雪，明月薄之，月不能光，雪

① 张岱著，谷春侠、张立敏注析．陶庵梦忆 西湖梦寻・大佛头［M］．郑州：中州古籍出版社，2012：236．

皆呆白。”[①] 想必是在家道中落之后，回忆以前观龙山大雪之后的有感而发，写雪之大、天之寒、雪之白，同时也反映出了雪天的透骨之寒，联想其所处环境而有感而发。张岱写“林下漏月光，疏疏如残雪”[②] 突出了月夜之美，在树林中，皎洁的月光从树缝里漏下，疏疏落落，宛如残雪一般。描写得形象生动，读者读之，仿佛这美丽月色置于眼前。

此外，还有一些园林亭台，也因张岱的文章而被世人所熟知，如《筠芝亭》《砎园》《不二斋》《于园》等，这些都为张家所拥有的园林，本不被世人熟悉，但是通过张岱的描写，通过其文学作品的流传，才能让更多的人所知晓，表现了园林建筑之巧妙，亭之神离不开树，园之魂离不开水。砎前老槐、井边梧桐，以及作者居住在这些园林当中，在树林间穿梭、在亭台中学习的童年，作者将对故园的怀念全部倾注于这些景观当中。张岱写园林的佳篇很多，这也是对江南地区园林文化的一种介绍，可以增进当代读者对园林文化的了解，展现了景观与文人之间的一种相辅相成、相互成就的奇妙关系。

休闲旅游文学，其文体种类十分繁多，在写作手法及抒情方式上也是多种多样的。就张岱的以描写自然山水、市井文化为主的作品来讲，从体裁方面来看，大部分为散文、小品文，但也有诗歌、传记等文体；就描写方式来讲，既有通过对景象的描摹，直接抒情的，也有通过对某一景象的描写而引申出来的更深层次的情感，还有通过对故迹的描写，回忆当年的景象来寄托自身对故人的思念。不同作品中的侧重点或许各不相同，但是却都能反映出休闲旅游活动与文学作品之间的密切联系。当代人通过阅读

① 张岱著，谷春侠、张立敏注析. 陶庵梦忆 西湖梦寻·龙山雪［M］. 郑州：中州古籍出版社，2012：170.

② 张岱著，谷春侠、张立敏注析. 陶庵梦忆 西湖梦寻·金山夜戏［M］. 郑州：中州古籍出版社，2012：35

张岱的文学作品，也可以提高自身的审美能力、增长自己的见识，得到一种精神层面上的享受，甚至会激发自己对休闲旅游文学创作的热情，写出新的与休闲旅游相关的文章。通过对张岱文学作品的阅读，读者可以学习其写作手法以提升自己的写作水平。当然，休闲旅游文学对旅游活动最直接的影响，还是推动了休闲旅游产业的发展，接下来，笔者便主要就休闲旅游文学对休闲旅游产业发展的促进作用进行分析。

三、休闲旅游文学对休闲旅游产业发展的促进作用分析

随着全民休闲时代的来临，我国休闲旅游产业也得到了较快、较好的发展，当然这一发展与休闲旅游文学有着一定关系，休闲旅游文学在休闲旅游业的发展进程中，起到了一个文化渲染、文化烘托的重要作用。在此，笔者便具体分析休闲旅游文学在哪些方面促进了休闲旅游产业的发展。

（一）休闲旅游文学具有旅游资源属性

旅游资源，指的便是在旅游产业发展过程当中发挥着推动作用的自然、人文等景观资源，游客通过对这些旅游资源进行参观游览，能更深层次地了解当地的风土人情，感受当地的文化底蕴，并且，游客还可将“景”和“情”进行融合，从而实现一种更具立体感的欣赏模式，使游客能通过休闲旅游活动获得真正的放松，身心舒畅、愉悦。

我国历史文化底蕴深厚，自先秦两汉时期就孕育了旅游文学，经过几千年的发展，我国的休闲旅游文学作品已不计其数，这都是不同时期的文人在游历过程中的有感而发，而这些浓缩了作者真实情感的诗词歌赋、散文游记，都已成为当代人宝贵的文化财富。当代人在阅读这些文学作品

时，总能从字里行间捕捉到作者的思想及情感，这便是休闲旅游文学所具有的旅游资源属性最直观的表现，也因此成为推动休闲旅游产业发展的重要力量。

（二）休闲旅游文学的文化包装作用

休闲旅游文学作品，是作者对旅游活动的一种再创造，是作者以一种文化方式对旅游资源的抒写，因此，可以说，休闲旅游文学对旅游产业的发展，能起到一种文化包装的作用。人们选择出门旅游，其目的主要是想在旅途中在视觉上感受美、在精神上享受美、在情感上得到放松。虽说就算没有休闲旅游文学作品，游客也能获得这种体验，但是通过休闲旅游文学作品的渲染及包装，游客能获得更深刻的体验。通过休闲旅游文学作品，能让游客的出游更具趣味性与目的性，就以《湖心亭看雪》一文来看，假如游客对此文有所了解，那么定能增加其冬日游览西湖的兴致。因为作者通常都会以一种艺术手法对景物进行更深层次的描写，将原本干涩的旅游资源以一种更具艺术性的方式呈现出来，赋予了景物灵魂，也增添了景物的美感，能激发游客的游玩兴致。

（三）休闲旅游文学对旅游主题的营造

文学是一种语言艺术、是一种社会意识形态，是作者内心情感的抒发。自然，张岱文学作品也是其内心情感的抒发，而我们在阅读这些文章时，自然而然地会受其影响，思作者所思、想作者所想，沉浸在作者营造的那个主题氛围当中，心向往之，逐萌生追随作者步伐，渴望身临其境感受这一主题氛围的冲动，无疑，休闲旅游文学作品，已成为一种强大的精神武器，让人萌生强烈的旅游动机，让其踏上旅程，从而推动了休闲旅游产业的蓬勃发展。除此之外，休闲旅游文学作品对当代休闲旅游生活还具有一定的指导意义，接下来，本书便就张岱文学作品对当代休闲旅游生活的指导意义展开深层次地论述。

四、张岱文学作品在对当代休闲旅游生活的指导意义

（一）学会欣赏、学会观察，获得更好的旅游体验

现如今，休闲旅游已成为一种时尚，一到节假日，热门旅游景点总会人山人海，人满为患，但许多游客都是来去匆匆，没有获得较好的旅游体验，没有得到精神层面上的享受与放松。但是，假如游客是一个好读古文之人，熟读休闲旅游文学作品，那么便可追寻古人的足迹去探寻眼前美景，从而获得不一样的旅游体验，也可起到陶冶情操的效果。

就以游览西湖美景来说，杭州西湖无疑是当前最为热闹的旅游景点之一，自古便有“上有天堂，下有苏杭”的盛赞，杭州历来就被文人墨客交相称颂，当前，随着经济与交通的发展，杭州仍是著名的休闲旅游城市，是风景名胜与当代休闲生活融合得较好的城市之一。但是近些年来，由于西湖游客众多，许多人都感觉，去西湖所看的不是景，而是人头，最后悻悻而归。游客出现这种感受，多源于对西湖景观的不了解，张岱在其文章《西湖十景》中，便细数了西湖十景——两峰插云、三潭印月、断桥残雪、南屏晚钟、苏堤春晓、曲院风荷、柳浪闻莺、雪峰夕照、平湖秋月、花港观鱼。每一景都以一首五首绝句来进行概括描写，生动形象，且看《平湖秋月》“秋空见皓月，冷气入林皋。静听孤飞雁，声轻天正高。”看似是简单易懂，描写精简，但是细品之下，却又觉得此诗清新如山泉，极具深远的意境。“平湖秋月”作为西湖十景之一，在白堤的西边，前面是视野开阔的西湖外景，每当在皓月当空的秋夜，波平似境，清光如泄，既幽静又

清凉。遥想当年，张岱在一个皓月当空的秋夜，站在西湖的白堤西边，看着周围残破的舞榭亭台，不禁想到多年前与好友在此品酒论诗，欢声笑语，载歌载舞的昔日情景，不禁伤感起来，秋夜渐凉，孤独的张岱此时只感到阵阵冷气袭人，突然清静而高渺的夜空被一场雁鸣打破，但孤雁一飞既过，越飞越高。假如说游客在游览西湖之前，对张岱所写的《西湖十景》有所了解，对张岱的生平与创作背景略知一二，那么，在游览西湖时，定能做到心之所向，而不至于走马观花。同时，熟读张岱的文章，不但可以提高读者的文学素养，同时也能让游客学会何时游、如何游，怎样才能见到最真实的美景。例如在《西湖七月半》中，文章开头便写："西湖七月半，一无可看，止可看看七月半之人。"① 这时候，游客众多，当景色被游客所影响之后，便可细心去观察游客。虽说现如今，游客中不便分成三六九等，但是也可通过旅游结识志同道合的朋友，并且在西湖七月半中，张岱也指出，待夜晚游客散去之后才是游览西湖的好时间，这时便可以邀上好友一同观赏这幽静的西湖月色，如此这般，定能给游客的休闲旅游活动增添色彩。

（二）带真情、寻本真，凑好热闹

休闲旅游文学作品作为一种精神层面上的文学产物，可以起到陶冶情操、净化心灵的效果，绘声绘色地描写，能让读者感觉仿如置身其中，获得一种美感体验。张岱好出游，其出游最主要的目的之一便在于观世间美景、品世间百态，以期能汲取自然天地之精华，来达到扩宽眼界、结交挚友、修身养性、磨炼意志的目的。张岱在寻访山水山川、流连市井街头、追思名人故迹时，也往往会以一种充满激情的写作手法去描摹美丽的风

---

① 张岱著，谷春侠、张立敏注析. 陶庵梦忆 西湖梦寻·西湖七月半［M］. 郑州：中州古籍出版社，2012：164.

景，以一种写实抒情的手法去反映当时社会百态，并从这些文字当中抒发自己的见解，他喜欢深深的庭院、喜欢奇花异草、喜欢神奇的灯、喜欢烟花在幽蓝的夜空绽放的光芒；他喜欢眼神俏皮的丫鬟、喜欢少年、喜欢骏马奔跑的姿态、喜欢有癖好之人、喜欢真性情之人；他还喜欢紫檀架上的古物、喜欢新绿的茶叶在水中缓缓绽放的姿态；等等。张岱是一个纨绔子弟，他爱热闹、喜繁华，有人说，张岱一生就是为了凑一场大热闹，所以每次“凑热闹”，张岱都要挨到热闹散了，繁华尽了，天地大静，再去感受繁华过后的幽静，并将这些繁华与幽静都写给后人看。这些文学作品在留传了几百年之后，生于二十一世纪的我们再次读到时，也自然而然地会被作品的情感所影响，会情不自禁地感动于作者所表达的真情实感，获得一种心灵上的愉悦及审美享受，随他欢喜、随他忧愁。

以《陶庵梦忆·西湖香市》一文为例进行分析，“此时春暖，桃柳明媚，鼓吹清和，岸无留船，寓无留客，肆无留酿。”[①] 通过这种四字句的写作方式，娓娓道来、朗朗上口，介绍了平时西湖三月的景象，但当香客拥来时，就呈现出另外一翻繁华景象。“士女闲都，不胜其村妆野妇之乔画；芳兰芗泽，不胜其合香芫荽之薰蒸；丝竹管弦，不胜其摇鼓颌笙之聒帐；鼎彝光怪，不胜其泥人竹马之行情；宋元名画，不胜其湖景佛图之纸贵。”[②] 运用一系列前后对比的排比句式，重点突出了昭庆市香市的人众、货物、歌声、佛纸等，与诸多文人雅士追求典雅高贵不同，张岱认为具有市井气息，蕴含真情实感的才更为真实，因此，在其描写中具有村、俗、

① 张岱著，谷春侠、张立敏注析．陶庵梦忆 西湖梦寻·西湖香市［M］．郑州：中州古籍出版社，2012：161.

② 张岱著，谷春侠、张立敏注析．陶庵梦忆 西湖梦寻·西湖香市［M］．郑州：中州古籍出版社，2012：161.

朴、野的特色。接着写“如逃如逐，如奔如追，撩扑不开，牵挽不住。”[①]同样是以四字句的写作方式，再将游人蜂拥而至，匆匆忙忙的景象以这种生动夸张地手法描写出来，将昔日繁华的西湖香市情景形象地呈现在读者的面前。毋庸置疑，去逛西湖香市的张岱，他是去“凑热闹”的，但是他又不同于普通人的凑热闹，他带着情感，细心观察，细细品味，不仅是对景物的欣赏，同时还夹杂着对人物的观察。不可否认，我们当中的许多人，在休闲旅游活动中，也是凑热闹的一分子，但凑热闹归来，只有一身疲惫。当前，随着休闲旅游业的不断发展，节假日出游成为人们休闲娱乐、调节身心的重要方式，但是随着人口的增多，出游人数的增多，出门游玩看的是人头的现象已无法避免，当这种现状无法改变时，便需要游客调整心态，寻找一种更适合自己的出游方式。通过张岱的作品，可以让我们明白，在今后的休闲旅游活动当中，在人声鼎沸的情况下，你可以随波逐流，但是请保留一份真性情，细心观察体会，凑好这份热闹。

（三）了解历史、了解民俗，获得丰富的知识

休闲旅游文学作品，是作者对其所经历的休闲旅游生活的文字反映，具有的一个重要特征便是其中蕴含了历史，包含着民俗，具有丰富的知识性，通过阅读此类作品能起到一个增长知识、开阔眼界的作用。休闲旅游文学作品，记录了旅游者的游历过程，会对山水风光、城镇村庄等一些自然景观进行描写；会寻古追迹，通过游览名胜古迹，来介绍一些历史典故，介绍一些神话传说；也会记叙不同地方的不同民俗风情；等等。内容十分广泛，不一而足。因此，通过阅读休闲旅游文学作品，我们不仅能了

---

① 张岱著，谷春侠、张立敏注析．陶庵梦忆 西湖梦寻·西湖香市［M］．郑州：中州古籍出版社，2012：162．

解某一地区在某一时代中包括自然状况、地理形式及风土人情等诸多现实情况，而且能通过作品了解它们的历史沿袭、文化底蕴，以提升自己的文化修养。张岱的有关自然山水、人文景观、社会百态的文学作品许多也蕴含着丰富的历史、文化、民俗知识。近些年来，随着人们对张岱文学作品研究的深入与重视，他的众多作品都再次呈现在世人面前，散发着光芒。

就以《西湖梦寻》为例，作为张岱所著的一部散文作品集，自然极具文学研究价值，但同时它也蕴含着丰富的知识，并被列入杭州方志的主要书目之一，被郑州大学历史学院的杨思炯认为是一部被“遗忘”的方志。《四库全书总目提要·西湖梦寻》记载：“《西湖梦寻》五卷，浙江鲍士恭家藏本国朝张岱撰。岱家陶庵，自号蝶庵居士，家本剑州，乔寓钱塘。是编乃於杭州兵燹之后，追记旧游。以北路、西路、南路、中路、外景五门，分记其胜。每景首为小序，而杂采古今诗文列於其下。岱所自作尤夥，亦附著焉。其体例全仿刘侗《帝京景物略》，其诗文亦全沿公安、竟陵之派。”[①] 由此可见，此部著作自编写四库全书起，就认为此书体例全仿刘侗、于奕正同撰的历史地理著作《帝京景物略》，将其归类于地理类游记，极具知识性。同时，《清史稿》也注意到《西湖梦寻》所具有的方志特点，将其归于艺文志中的史部地理类。首先我们来看看《西湖梦寻》的目录，如表 7－1 如示。

表 7－1　《西湖梦寻》目录

<table>
<tr><td rowspan="3">卷一</td><td>西湖总记</td><td>明圣二湖</td></tr>
<tr><td rowspan="2">西湖北路</td><td>玉莲亭　昭庆寺　哇哇宕　大佛头　保俶塔　玛瑙寺</td></tr>
<tr><td>智果寺　六贤祠　西泠桥　岳王坟　紫云洞</td></tr>
</table>

① 张岱著，谷春侠、张立敏注析. 陶庵梦忆 西湖梦寻·四库全书总目提要·西湖梦寻［M］. 郑州：中州古籍出版社，2012：207.

续表

卷二	西湖西路	玉泉寺　集庆寺　飞来峰　冷泉亭　灵隐寺　北高峰
		韬光庵　岣嵝山房　青莲山房　呼猿洞　三生石　上天竺
卷三	西湖中路	秦楼　片石居　十锦塘　孤山　关王庙　苏小小墓　陆宣公祠
		六一泉　葛岭　苏公堤　湖心亭　放生池　醉白楼　小青佛舍
卷四	西湖南路	柳洲亭　灵芝寺　钱王祠　净慈寺　小蓬莱　雷峰塔　包衙庄　南高峰
		烟霞石屋　高丽寺　法相寺　于坟　风篁岭　龙井　一片云　九溪十八涧
卷五	西湖外景	西溪　虎跑泉　凤凰山　宋大内　梵天寺　胜果寺　五云山　云栖　六和塔
		镇海楼　伍公祠　城隍庙　火德庙　芙蓉石　云居庵　施公庙　三茅观　紫阳庵

注：表格内参考来源①

从表7－1的目录上可以看出，《西湖梦寻》是按照总记、北路、西路、中路、南路、外景的空间顺序来对西湖一带的亭阁寺院、山水景色、先贤祭祠等进行全方位的描述，将昔日繁华的西湖与明亡后的西湖，以古今对比的形式呈现于读者面前。并且，张岱还在每则记事之后选录先贤时人所作的诗文若干篇，更使山水增辉。如果将这些所选诗人都集中起来看的话，《西湖梦寻》还可称为是一部西湖诗文选。除此之外，在这些文章中，还有许多与寺院兴废有关的记载，为后人研究佛教寺院提供了丰富的参考资料。但总的来讲，整部著作都是围绕西湖而写，文中作者对西湖名胜如数家珍般的详尽记录，对六桥烟柳情丝难断的回忆，对前人所著相关诗文的整理，表达了作者对昔日西湖美景的怀念，怀古思今，以此来化解自己

① 张岱著，谷春侠、张立敏注析. 陶庵梦忆 西湖梦寻［M］. 郑州：中州古籍出版社，2012：17－18.

在明亡之后颠沛游离、衣食无继生活的痛苦之情。接下来举例分析。

以卷二西湖西路中的文章来看，第一篇《玉泉寺》首先点出玉泉寺是原来的净空院，“南齐建元中，僧昙起说法于此，龙王来听，为之抚掌出泉，遂建龙王祠。”[①] 然后介绍了与玉泉寺相关的传说故事。晋天福三年，即公元 983 年，才在泉的左边建有净空院。宋朝第十四位皇帝宋理宗亲自为其书写匾额“玉泉净空寺”，介绍了玉泉寺名字的由来。紧接着“祠前有池亩许，泉白如玉，水望澄明，渊无潜甲。中有五色鱼百余尾，投以饼饵，则奋鬐鼓鬣，攫夺盘旋，大有情致。泉底有孔，出气如橐籥，是即神龙泉穴。又有细雨泉，晴天水面如雨点，不解其故。泉出可溉田四千亩。”这些语句都是对玉泉寺泉水与水中鱼儿的细致描写，不难发现，这篇文章当中，只字未提玉泉寺中的亭台楼阁及花石树木，这在张岱的寺院散文中极其少见，不过也由此可见，作者或许是想突出玉泉寺以泉水与鱼而见长的特点，也可让读者更好地记得玉泉寺的特别之处。

第二篇《集庆寺》与《玉泉寺》描写方式截然不同，首先描写寺外九里松的的翠绿，然后走上几里便有集庆寺，接下来，着重笔墨描写了集庆寺建造的缘由，“行里许，有集庆寺，乃宋理宗所爱阎妃功德院也。”[②] 指出集庆寺是宋理宗为其爱妃阎妃祈福而捐造的寺院。同时，寺院的建筑过程中，砍伐树木、追捕直谏旧臣，极为扰民害民。当然这华丽的寺院建起来了，且匾额由宋理宗亲笔题写，是诸寺院中最美妙、最华丽的，当时有人在法堂的鼓上写道：“净慈灵隐三天竺，不及阎妃好面皮。”极为讽刺。文末一句“六陵既掘，冬青不生，而帝之遗像竟托阎妃之面皮以存，何可

---

① 张岱著，谷春侠、张立敏注析．陶庵梦忆 西湖梦寻・玉泉寺［M］．郑州：中州古籍出版社，2012：253.

② 张岱著，谷春侠、张立敏注析．陶庵梦忆 西湖梦寻・集庆寺［M］．郑州：中州古籍出版社，2012：255.

轻消也。”更是直接表明了作者对于这种不顾百姓疾苦大兴土木行为的痛恶，表明了作者对宋理宗的嘲讽与讥笑。通过此文，可以让读者了解集庆寺建筑缘由，加深理解。

第三篇《飞来峰》，“飞来峰，棱层剔透，嵌空玲珑，是米颠袖中一块奇石。”① 文章开头就总结概括了飞来峰的特点，它山峰险峻、结构奇妙、凹陷处玲珑空阔，绝对可以称为是米颠袖中的一块奇石，可以让读者对飞来峰有一个总体的印象。但是接下来作者没有写山中风光如何，而是写杨髡在飞来峰上大肆凿壁雕刻佛像，罗汉世尊，并将佛像雕成自己的样子，破坏了飞来峰的天然玲珑，实属让人心痛。这样的描写，不仅能让读者了解飞来峰的原本模样，还能让读者了解飞来峰各个雕刻佛像的由来，了解历史，丰富自己的知识涵养。

第四篇《冷泉亭》，“冷泉亭在灵隐寺山门之左。丹垣绿树，翳映阴森。亭对峭壁，一泓冷然，凄清入耳。亭后西栗十余株，大皆合抱，冷飓暗樾，遍体清凉。秋初栗熟，大若樱桃，破苞食之，色如蜜珀，香若莲房。”文章开头是景物描写，描写了冷泉亭的茂树、泉亭，还有香甜的栗子。言简意赅，突出了冷泉亭树木繁盛、泉水清凉、栗子香甜的特点。虽然说后半部分作者是夹杂着回忆与现实的对比，将少年时在冷泉亭读书时的心境与现今于冷泉亭避难的心境进行对比，表达出作者在明亡之后的一种孤独凄凉之情。但对于读者来说，也可从中了解冷泉亭的特点，了解张岱的生平，无论是对读者出游做攻略，还是增加读者对明末清初历史的了解都具有重要意义。

第五篇《灵隐寺》，当前，灵隐寺作为一个著名的佛教圣地，已成为热门旅游景点。甚至有“到杭州，不游灵隐，等于没到过杭州”的说法。

---

① 张岱著，谷春侠、张立敏注析. 陶庵梦忆 西湖梦寻・飞来峰［M］. 郑州：中州古籍出版社，2012：255.

但是游灵隐之人，又有谁真正了解灵隐寺呢，许多游客都是慕名而来，最后走马观花般游览一番，甚感无味。阅读张岱的这遍《灵隐寺》，能让读者对灵隐寺的历史有个准确的了解。这篇文章是一篇诗序，先以明末战乱时期，杭州著名的三大佛教寺院——昭庆寺、灵隐寺、上天竺皆被烧毁，但这三座被毁寺院中，灵隐寺是最先重建的，以突出灵隐寺的重要性，也突出了具德和尚的功劳。然后，作者历叙了灵隐寺千年来的毁建过程，能让读者对其历史有个准确的了解。紧接着，作者写自己亲眼所见灵隐寺重建的进展情况，重建之后的灵隐寺，香火已重新旺盛了起来。最后，张岱细述了具德和尚重建灵隐寺的整体计划，指出自己作诗的缘由。接下来，除了记录了自己所作的《寿具和尚并贺大殿落成》之计外，还选取了张祜、贾岛、周诗三人所作《灵隐寺》的诗文，加深了读者对灵隐寺的了解。

接下来，在卷二西湖西路中还有《北高峰》《韬光庵》《岣嵝山房》《青莲山房》《呼猿洞》《三生石》《上天竺》等八篇文章，在此，笔者便不一一详述，有意者可细品《西湖梦寻》作品集，尽管说今日的杭州西湖或许与几百前年张岱魂牵梦绕的西湖不完全一样，但是我们仍然能从张岱的回忆中，去了解杭州西湖，增加自己对杭州西湖的了解，拓宽自己的知识面。

尽管说我国当代旅游事业有了长足的发展，但我国幅员辽阔、历史文化底蕴深厚，面对这丰富的休闲旅游文化资源，难以做到踏足每一个景点，因此，我们便可将休闲旅游文学作品当作拓展旅游视野的精神食粮，当作认识外部世界、了解各个景点的重要途径。张岱作为一名极具山水情怀的散文家，它的文学作品在审美方面独具慧眼，对我们具有重要的指导意义。张岱对休闲旅游生活的认识、评价及独特的审美视角与方法，可帮助我们提升对休闲旅游活动的认知，指导我们正确地审视休闲旅游资源，从而更好地享受旅途。

（四）开展丰富多彩的文体活动，提高游客的参与体验

1. 张岱文学作品中的生活休闲

张岱的文学作品呈现出了晚明时期江南地区各都市市民的日常生活场景，虽说这些都市市民的日常生活场景不可尽归为休闲领域之中，但诸如结社交友、品茶论诗、听书唱戏等都尽显当时都市人的休闲旅游生活。接下来，笔者便就张岱文学作品中极有代表性的一些休闲方式展开分析，以此来分析张岱生活中的休闲。

（1）结社

“社”这个字的解释，主要有两层含义，一种指的是土地神及祭祀土地神的地方、日子与祭礼；另一种指的是团体或机构，是一些因为兴趣相投而组成的团体或机构。而在此结社中的“社”指的是后一种含义。

在张岱的文学作品中，可以定义为是以休闲为目的的结社，所指的便是那种以游戏怡情、陶冶性情为目的而集结的社，正如古人所云：“君子以文会友”，张岱所参与的这种聚会结社当中，与传统文人“会文”交流又有些不同，更显宽松随意，没有剑拔弩张般的较量，大家随心而作、畅所欲言，更主要的是群体内的成员能在此环境中得到放松。并且，在一个相对来说较为独立、固定的小群体中，能与志同道合之人会心地交流，表达自己内心的情感，比起独自吟唱、孤芳自赏，更添一份乐趣，还能听到不一样的思想表达，提升自己的见解。

张岱兴趣广泛，对音乐也十分喜爱，但作为一个喜欢热闹的人，总喜欢邀请好友，一起分享。张岱组织的丝社，是一个演奏琴艺的社团，由于当时绍兴的琴艺水平不高，因此，张岱就期望能以结社的方式来鼓励、刺激同好者，以振兴绍兴琴艺。在《陶庵梦忆》当中就有《丝社》一文：

“越中琴客不满五六人，经年不事操缦，琴安得佳？余结丝社，月必三会之。……幸生岩壑之乡，共志丝桐之雅。清泉磐石，援琴歌《水仙》之操，便足怡情；涧响松风，三者皆自然之声，正须类聚。偕我同志，爰立琴盟，约有常期，宁虚芳日。”[①] 在丝社活动的开展中，固然重视的是社团成员琴艺的提升，注重对琴声清音的欣赏，但同时似乎更注重的是抚琴者在操缦时所秉持的一种心境及情趣，注重这种心境与情趣得到回应并获得共鸣时的欢喜与满足。正如《丝社》文中所言“杂丝和竹，用以鼓吹清音；动操鸣弦，自令众山皆响。非关匣里，不在指头，东坡老方是解人；但识琴中，无劳弦上，元亮辈正堪佳侣。”[②]

又如噱社，以讲一些诙谐幽默故事而结成的社，在当时可谓别开生面。在《噱社》中，张岱记录了社中的一些有趣的事情“仲叔善诙谐，在京师与漏仲容、沈虎臣、韩求仲辈结‘噱社’，唼喋数言，必绝缨喷饭。”[③] 这类社团活动，主要是以人的诙谐幽默语言来逗乐大家，犹如现在的相声、脱口秀，虽然这类社团活动的内容文学造诣不高，但却有一种会心知言的机智敏捷之乐。并且因为噱社中的文人层次较高，因此语言虽然诙谐好笑，但却文雅且不失哲理，听来也别有一番风味。

再如斗鸡，作为一种民间流传的休闲娱乐活动，本是市井当中游手好闲之人的娱乐方式，文人雅士往往不屑与之为伍。但到了明末时期，斗鸡盛行，张岱也沉迷于此，并且张岱特别幸运，在斗鸡战场上屡战屡胜，张岱还因此组建了斗鸡社。“天启壬戌间好斗鸡，设斗鸡社于龙山下，仿工

---

① 张岱著，谷春侠、张立敏注析. 陶庵梦忆 西湖梦寻·丝社［M］. 郑州：中州古籍出版社，2012：70.

② 张岱著，谷春侠、张立敏注析. 陶庵梦忆 西湖梦寻·丝社［M］. 郑州：中州古籍出版社，2012：70.

③ 张岱著，谷春侠、张立敏注析. 陶庵梦忆 西湖梦寻·噱社［M］. 郑州：中州古籍出版社，2012：154.

勃《斗鸡檄》，檄同社。仲叔秦一生日携古董、书画、文锦、川扇等物与余博，余鸡屡胜之。”[①] 斗鸡社可谓是一个完全以娱乐游戏为目的而成立的社团，无关情操志趣。虽说后来张岱在读到唐玄宗斗鸡亡国的教训之后，自觉地终止了这一类活动，体现了张岱能以史为鉴、适可而止、避免玩物丧志的一种难能可贵的品质，但就斗鸡社的成立及活动的进行，也足以反映当时明末时期人们休闲生活的一种娱乐倾向。

（2）文艺类活动

自宋元之后，像张岱这种都市文人所能参与的较为普遍的文艺类休闲活动方式当属观戏听书，而且张岱也特别热衷于观戏听书，在其所著文章中，多有与之相关的记载。就戏曲来讲，在明末时期，可谓是雅俗共赏。对于中上之家，通常都养有“家班”以满足他们日常观赏戏曲的需求，张家也有家班戏优，并且张岱在出游时也经常会带上家班伶人同行。对于大部分平民百姓来讲，看戏听曲也是他们日常生活中的重要休闲娱乐方式。在《金山夜戏》中，我们看到了一个因月光太美而在灯火通明的佛寺大殿乘兴导演一出抗金名剧的张岱，引得寺中僧人情绪跌宕起伏，可见金山夜戏的精彩。在《楼船》中，作者讲述了其父建造巨型楼船，为庆祝楼船建成而塔台唱戏的一段往事，场面壮观。“以木排数重塔台演戏，城中村落来观者，大小千余艘。”可见当时人们对于观戏的热情十分高涨。[②] 张岱在其文学作品当中，除介绍看戏者众多之外，还介绍了朱云崃、刘晖吉、彭天赐等多位当时著名的唱戏之人，在当时的历史社会背景之下，戏子的社会地位十分低下，但是张岱在交友方面“无癖之人不交”，也因此结交了

① 张岱著，谷春侠、张立敏注析. 陶庵梦忆 西湖梦寻·斗鸡社［M］. 郑州：中州古籍出版社，2012：89.

② 张岱著，谷春侠、张立敏注析. 陶庵梦忆 西湖梦寻·楼船［M］. 郑州：中州古籍出版社，2012：187.

许多唱戏之人。

介绍完观戏，接下来分析听书，就说书的题材来讲，大部分是针对一些传统历史英雄人物传奇的描述，在《柳敬亭说书》当中，作者所听的便是《景阳冈武松打虎》的桥段。在《陶庵梦忆》当中，有关听说评书的文章并不多，但只需通过《柳敬亭说书》，我们便可窥见明末时期大家对于说书这种休闲娱乐方式的喜爱。“南京柳麻子，……一日说书一回，定价一两。十日前先送书帕下定，常不得空。南京一时有两行情人：王月生、柳麻子是也。”[①] 想要邀请一个当红的说书人，需提前十日下贴预约，而且不一定能约得到。在《柳敬亭说书》中，作者首先介绍了柳敬亭的外貌特征及在说书界的地位，紧接着是对说书人的绝妙技艺及清高品格的描写，柳敬亭说书不局限于“教条主义”，而是自由发挥，形象生动，关键处情绪激昂，扣人心弦，获得满堂喝彩。“主人必屏息静坐，倾耳听之，彼方掉舌。稍见下人呫哔耳语，听者欠伸有倦色，辄不言，故不得强。”[②] 但是，虽说柳敬亭是一个说书艺人，但却不卑不亢，极端的孤傲与自尊，这在说书艺人当中实属少见。

（3）体育类活动

与文艺类休闲活动方式相比，在张岱的文学作品当中，有关休闲体育竞技活动的记载相对较少。在《陶庵梦忆》当中，只有卷四中有一篇《牛首山打猎》，卷五中有《扬州清明》《金山竞渡》两篇文章是关于休闲体育活动的记载。《扬州清明》中记载了一幅清明时节，扬州人纷纷出来踏青祭祀的场景，“长塘丰草，走马放鹰；高阜平冈，斗鸡蹴鞠；茂林清樾，

---

① 张岱著，谷春侠、张立敏注析．陶庵梦忆 西湖梦寻·柳敬亭说书［M］．郑州：中州古籍出版社，2012：124.

② 张岱著，谷春侠、张立敏注析．陶庵梦忆 西湖梦寻·柳敬亭说书［M］．郑州：中州古籍出版社，2012：124.

劈阮弹筝。浪子相扑，童稚纸鸢……”① 在文章中，张岱描述了一番热闹的景象，但是或恐这仅是恰逢清明节才可一见的场景，而非常态。

另一文章《金山竞渡》则描写了民族传统体育运动项目——龙舟竞渡的热闹场景，“金山上人团簇，隔江望之，蚁附蜂屯，蠢蠢欲动。晚则万齐艓开，两岸沓沓然而沸。”② 虽然整篇文章的着重点是对瓜洲龙船的描写，对于金山竞渡场面的描写不多，但仅这一句话就能让读者感受到这股热闹的氛围。现场观看比赛的人围拢簇拥，隔着江在两边岸上观望，像蚂蚁、蜜蜂样聚集在一起，蠢蠢欲动。直至天黑之后，活动结束之后，江边有上万只小船开动起来，两岸人群嘈杂，像开水一样翻涌沸腾。

但是无论是扬州清明还是金山竞渡都是在特定的节日才有的热闹场景，且张岱也只是以一个看客的角度去观赏、去描绘。就张岱本人来讲，现在我们能看到他真正亲身参与其中的，可以算得上体育活动的，当属《牛首山打猎》所记载的那一回。关于牛首山打猎，“姬侍服大红锦狐嵌箭衣、昭君套，乘款段马，鞲青骹，绁韩卢，统箭手百余人，旗帜棍棒称是，出南门，校猎于牛首山前后，极驰骤纵送之乐。得鹿一、麂三、兔四、雉三、猫狸七。”③ 这属张岱第一次参加打猎，所以印象十分深刻，驰骤纵送，收获颇多，但在文章最后，作者也指出此次打猎虽然获得猎物不少，但花费颇多，进而感慨，“南不晓猎较为何事，余见之图画戏剧，今

① 张岱著，谷春侠、张立敏注析．陶庵梦忆 西湖梦寻·扬州清明［M］．郑州：中州古籍出版社，2012：132.

② 张岱著，谷春侠、张立敏注析．陶庵梦忆 西湖梦寻·金山竞渡［M］．郑州：中州古籍出版社，2012：134.

③ 张岱著，谷春侠、张立敏注析．陶庵梦忆 西湖梦寻·牛首山打猎［M］．郑州：中州古籍出版社，2012：98—99.

身亲为之，果称雄快。然自须勋戚豪右为之，寒酸不办也。”[①] 可见，打猎作为一种休闲体育活动，也实属难求。

2. 张岱文学作品中的生活休闲对当代旅游生活的指导意义

通过阅读张岱所著的文学作品可见，张岱不仅好游，而且会游，在他的旅游生活中，不仅是观山水、游园林，还喜欢去集市上游玩，看各地百姓的生活，品各地美食，交四海知己。他喜欢结识与之有共同爱好、共同志向的人，然后聚在一起，吟诗、抚琴、斗鸡、蹴鞠，既可以提升自己的兴趣爱好，又可以让旅途更添一份色彩，以获得更好的旅途体验。

当前，随着人们生活水平的提高，我国的旅游业也得到了迅猛发展。毋庸置疑，提高游客的旅途体验是吸引游客的一大举措。因此，我们可以借鉴张岱文学作品中的一些休闲生活方式，让游客可以参与到一些自己感兴趣的休闲娱乐方式中去，让游客能在运动中、在参与中获得快乐，让他们能流连忘返。这也是为什么现今各地休闲体育旅游、民俗风情旅游发展如此迅速的原因之一。都市人的生活是快节奏、乏味的，他们渴望不一样的生活体验，渴望通过畅快的玩来释放自己的压力。例如，在《牛首山打猎》打猎中，都市文人张岱在平时的生活中得不到这种体验，所以第一次打猎才能让他印象如此深刻。现如今，虽说打猎这种游玩方式已经没有了，但是与之相类似的如漂流、攀岩、徒步等方式，同样能给游客带来全新的体验。

(五) 宣传山水，吸引更多的游客

休闲旅游文学作品与休闲旅游景点交相辉映，是我国许多旅游景点的

---

① 张岱著，谷春侠、张立敏注析. 陶庵梦忆 西湖梦寻·牛首山打猎［M］. 郑州：中州古籍出版社，2012：99.

一大特色。许多著名的旅游景点，之所以被大家所熟知、欣赏并且喜爱，与休闲旅游文学作品的广泛流传是紧密相连的。元代著名文学家许有壬就曾说过：“山川景物因人而胜，因文章而传。”事实也充分证明，许多籍籍无名的休闲旅游景点往往会因为文人对其描写的诗文而著名，甚至成为热门景点。即便是如杭州西湖这般历代闻名的名胜之地，也离不开文人的宣传作用。张岱的《湖心亭看雪》将冬日的西湖美景一气呵成地展现出来，全文写景、叙事、抒情融为一体，重点在于写景，但以叙情为线索，将抒情这一灵魂融入其中，让人仿佛如临身其中，流连忘返，能够吸引众多选择冬日游览西湖的游客。休闲旅游文学作品，不但能起到宣传休闲旅游资源美感的作用，而且由于流传着众多与文学历史相关的佳话，还能为景点增添一丝人文之美，提升旅游景点的历史人文价值。甚至许多文人作家的事迹，也都成为休闲旅游人文资源的一部分。

此外，张岱在其文学作品当中，总会通过各种方式来表达自己对所写景点风物的感受，以此来抒发自己内心的情感，或借事叙情、或感古伤今等。读者通过阅读文章，去感受作者在文章中所传达的思想情感，往往能引起共鸣，因此，引发读者对张岱休闲旅游行为的模仿，从而激发读者的旅游欲望，这便是为什么许多游客会因为读了相关文章，为了追随作家的足迹而踏上旅途的原因。

（六）开拓景观文化

在张岱散文中对于园林建筑描写的也有经典篇章，对于后世园林景观文化的开拓具有一定的指导借鉴意义。对于园林建筑，张岱主张的是应尽可能地因地制宜，力求突出其自然本色，使得园林建设可以与周围的自然环境相谐相调、相互补充，假如可以在设计上使建设物、装饰物与外在环境浑然一体，毫无局促遮隔，可谓极致。不应一味地追求富丽雕琢，比如说在名胜古迹中进行规划建造，必须保持其原有的本色，“以淡远取之”①，切不可以自己的主观偏好出发，杜撰一些不合时宜的名目，更不能破坏历史遗迹的本来格局而胡编乱造。在家庭园林建筑中也应如此。如：“浑朴一亭耳。然而亭之事尽，筠芝亭一山之事亦尽。吾家后此亭而亭者，不及筠芝亭；后此亭而楼者、阁者、斋者，亦不及。总之，多一楼，亭中多一楼之碍；多一墙，亭中多一墙之碍。太仆公造此亭成，亭之外更不增一椽一瓦，亭之内亦不设一槛一扉，此其意有在也。”② 虽简朴疏朗，然而建筑之意态已可完全展现出来。若没做到这一点，假如像《巘花阁》中所记：“巘花阁在筠芝亭松峡下，层崖古木，高出林皋，秋有红叶。坡下支壑回涡，石拇棱棱，与水相距。阁不槛、不牖，地不楼、不台，意正不尽也。五雪叔归自广陵，一肚皮园亭，于此小试。台之、亭之、廊之、栈道之，照面楼之侧，又堂之、阁之、梅花缠折旋之，未免伤板、伤实、伤排挤，意反局蹐，若石窟书砚。隔水看山、看阁、看石麓、看松峡上松，庐山面目反于山外得之。五雪叔属余作对，余曰：‘身在襄阳袖石里，家来辋口扇图中。’言其小处。”③ 如此这般，便会将原来浑融一体的格局破坏掉。力求做到建筑与周围环境相协调，这是一方面；而另一方面，也要懂得利用好现成的环境条件，因势利导，让环境条件更好地为建筑服务。如《砎园》：“砎园，水盘据之，而得水之用，又安顿之若无水者。寿花堂，界以堤，以小眉山，以天问台，以竹径，则曲而长，则水之。内宅，隔以霞爽轩，以酣漱，以长廊，以小曲桥，以东篱，则深而邃，则水之。临池，截

① 张岱著，谷春侠、张立敏注析．陶庵梦忆 西湖梦寻·祁豸佳序［M］．郑州：中州古籍出版社，2012：210.

② 张岱著，谷春侠、张立敏注析．陶庵梦忆 西湖梦寻·筠芝亭［M］．郑州：中州古籍出版社，2012：36.

③ 张岱著，谷春侠、张立敏注析．陶庵梦忆 西湖梦寻·巘花阁［M］．郑州：中州古籍出版社，2012：188－189.

以鲈香亭、梅花禅，则静而远，则水之。缘城，护以贞六居，以无漏庵，以菜园，以邻居小户，则閟而安，则水之用尽。而水之意色指归乎庞公池之水。庞公池，人弃我取，一意向园，目不他瞩，肠不他回，口不他诺，龙山夔蚭，三摺就之而水不之顾。人称矿园能用水，而卒得水力焉。”① 如此园亭，人力天工，丝丝入扣，堪称典范。“有二老盘旋其中，一老曰：‘竟是蓬莱阆苑了也!’一老咈之曰：‘个边那有这样!’”，真让人向往之心油然生。总而言之，因地制宜而取景建筑，不追求堂皇华丽，也可显示出主人的心胸境界。

虽然说现在建私家园林的已经很少，但是各种旅游小镇的建设、客栈的设计、亭台楼阁的修建也是极为重要的，深厚的景观文化，能吸引更多游客，并且给游客带来更好的休闲旅游体验。就以客栈的设计来看，当前，住民宿、住客栈，已成为一种时尚的住宿方式，民宿客栈相比酒店来讲，主题性更强，且更具人文性，而在客栈的设计上，假如因地制宜地设计一些人文景观，来突出自己客栈的特色，也能给游客带来一种全新的感官体验，能提高自己的知名度。

综上所述可见，张岱文学作品在当代的传播，无论是在陶冶当代人精神性情方面，还是在扩大当代人知识面方面，抑或是在宣传休闲旅游景点、激发读者游览热情方面，都具有重要意义，也因此对推动我国休闲旅游事业的发展具有积极的影响作用。基于此，一方面我们在发展当代休闲旅游产业时，应该研究休闲旅游文学作品中所蕴含的美学思想、休闲理念等，以此来指导休闲旅游活动的组织及开展；另一方面，要加大对休闲旅游文学作品的宣传力度，提升游客的文学修养，使大家在休闲旅途中获得更好的精神体验。

---

① 张岱著，谷春侠、张立敏注析. 陶庵梦忆 西湖梦寻·矿园［M］. 郑州：中州古籍出版社，2012：37.

参考文献

著作类

[1] 张岱. 琅嬛文集 [M]. 长沙：岳麓书社，2016.

[2] 张岱. 陶庵梦忆 西湖梦寻 [M]. 长沙：岳麓书社，2016.

[3] 张岱著，卫绍生译评. 陶庵梦忆 [M]. 长春：吉林文史出版社，2001.

[4] 张岱著，谷春侠、张立敏注析. 陶庵梦忆 西湖梦寻 [M]. 郑州：中州古籍出版社，2012.

[5] 张岱. 张岱诗文集 [M]. 上海：上海古籍出版社，1991.

[6] 张岱著，夏咸淳辑校. 张岱诗文集 简体版 [M]. 上海：上海古籍出版社，2018.

[7] 佘德余. 都市文人——张岱传 [M]. 杭州：杭州人民出版社，2006.

[8] 保继刚，楚义芳. 旅游地理学（修订版） [M]. 北京：高等教育出版社，1999.

[9] 毛文芳. 晚明闲赏美学 [M]. 台北：台湾学生书局，2000.

[10] 张岱. 石匮书·文苑列传 [M]. 上海：上海古籍出版社，1995.

[11] 陆羽. 茶经 [M]. 北京：中华中局，2015.

[12] 张岱著. 国学经典丛书 陶庵梦忆 [M]. 武汉：长江文艺出版社，2015.

[13] 吴承学. 晚明小品研究 [M]. 南京：江苏古籍出版社，1999.

[14] 王艮撰，陈祝生等校点. 王心斋全集 [M]. 南京：江苏教育出版社，2001.

[15] 袁中道著，钱伯城点校. 珂雪斋集 [M]. 上海：上海古籍出版社，1989.

[16] 张菊香编. 周作人散文选集 [M]. 天津：百花文艺出版社，2009.

[17] 鲁迅. 朝花夕拾 [M]. 南京：江苏凤凰文艺出版社，2018.

[18] 宋志坚. 鲁迅根脉 [M]. 福州：福建教育出版社，2008.

[19] 周作人著，张丽华编. 我的杂学 [M]. 北京：北京出版社，2005.

[20] 周作人著，陈子善、张铁荣编. 周作人集外文 1904—1948 [M]. 海口：海南国际新闻出版中心，1995.

[21] 陈平原. 从文人之文到学者之文 [M]. 北京：生活读书新知三联书店，2004.

[22] 钱理群. 中国现当代文学名著导读 [M]. 北京：北京大学出版社，2002.

[23] 陈鼓应. 庄子今注今译·齐物论 [M]. 北京：中华书局，1996.

[24] 张岱. 石匮论赞·李贽焦竑列传 [M]. 北京：故宫出版社，2014.

[25] 张岱. 张岱全集 四书遇 [M]. 杭州：浙江古籍出版社，2017.

[26] 张春树，骆雪伦. 明清时代之社会经济巨变与新文化 [M]. 上海：上海古籍出版社，2008

[27] 李贽. 焚书·续焚书 [M]. 北京：中华书局，1975.

[28] 霍艳芳. 中国图书官修史，转引自《明史》[M]. 武汉：武汉大学出版社，2014.

[29] 大连图书馆参考部著. 明清小说序跋选 [M]. 沈阳：春风文艺出版社，1983.

[30] 王国维. 王国维戏曲论文集·录曲余谈 [M]. 北京：中国戏剧出版社，1984.

[31] 胡益民. 张岱研究 [M]. 合肥：安徽教育出版社，2002.

硕博论文类

[1] 李坚怀. 论现代小品散文的休闲精神 [D]. 南京：南京师范大学，2012.

[2] 季林莉. 张岱《琅嬛文集》用韵研究 [D]. 苏州：苏州大学，2018.

[3] 何玲琳. 张岱《琅嬛文集》新发现诗文研究 [D]. 杭州：浙江大学，2017.

[4] 王芹. 张岱女性交游与文学研究 [D]. 重庆：西南大学，2011.

[5] 王玲玲.《红楼梦》休闲思想研究 [D]. 杭州：浙江大学，2013.

[6] 章辉. 南宋休闲文化及其美学意义 [D]. 杭州：浙江大学，2013.

[7] 卢长怀. 中国古代休闲思想研究 [D]. 长春：东北财经大学，2011.

[8] 王静. 从中国古代休闲思想看现代休闲 [D]. 成都：四川大学，2007.

[9] 朱诗娇.《陶庵梦忆》方俗词研究 [D]. 温州：温州大学，2019.

[10] 吴崇凤. 晚明江南市井文化管窥——以《陶庵梦忆》为中心

[D]. 长沙：中南民族大学，2013.

[11] 刘恩祺.《陶庵梦忆》研究——民俗方面的研究 [D]. 上海：华东师范大学，2011.

[12] 邓诗媛.《陶庵梦忆》叙事艺术研究 [D]. 北京：中国石油大学，2016.

[13] 李晓已. 俞平伯小品文研究 [D]. 延边：延边大学，2007.

[14] 万鹏. 俞平伯散文创作思想研究 [D]. 淮北：淮北师范大学，2010.

[15] 王俊乔. 文体学视野下的张岱小品文研究 [D]. 扬州：扬州大学，2019.

[16] 单凤霞. 生态文明视域下我国城市休闲体育发展研究——以杭州、武汉、成都为例 [D]. 上海：上海体育学院，2019.

[17] 曹瑞丽. 柳宗元旅游文学研究 [D]. 郑州：河南大学，2009.

[18] 洪昊杰. 浙江文学旅游资源开发研究 [D]. 兰州：西北师范大学，2018.

[19] 卢杰. 张岱散文中的日常生活美学思想 [D]. 扬州：扬州大学，2006.

[20] 胡海琴. 晚明性灵游记研究 [D]. 重庆：西南大学，2009.

[21] 林昱冰. 张岱散文的传播与接受研究 [D]. 重庆：西南大学，2018.

[22] 毕晓君. 张岱新见诗歌研究 [D]. 济南：山东师范大学，2019.

[23] 王雨翌. 晚明游记文学研究 [D]. 杭州：浙江大学，2013.

[24] 俞红艳. 明代西湖游记研究 [D]. 杭州：浙江工业大学，2016.

[25] 徐艳. 晚明小品文体研究 [D]. 复旦：复旦大学，2003.

[26] 陈竑. 张岱游历研究 [D]. 上海：上海师范大学，2009.

[27] 靳新电. 张岱小品文本真意趣论 [D]. 济南：济南大学，2011.

[28] 安思余. “曾月花时，千空幻梦”——张岱小品文的自然审美路径、意组及内涵研究 [D]. 南宁：广西民族大学，2016.

[29] 陈秀梅. 论张岱散文的艺术特征 [D]. 北京：中央民族大学，2005.

[30] 张丽杰. 论张岱《陶庵梦忆》的情感意蕴 [D]. 内蒙古：内蒙古师范大学，2004.

[31] 李健. 明代旅游文学研究——基于旅游景观的视角 [D]. 上海：华中师范大学，2013.

[32] 赵娅红. 现当代旅游文学创作研究 [D]. 兰州：西北师范大学，2012.

[33] 张海新. 张岱及其诗文研究 [D]. 上海：复旦大学，2011.

[34] 刘舒甜. 张岱《陶庵梦忆》与晚明文人审美风尚研究 [D]. 南京：中国美术学院，2010.

[35] 王明道. 晚明游记文学的多维度研究 [D]. 西安：陕西师范大学，2015.

[36] 吴金阳. 明代中晚期文士旅游研究 [D]. 昆明：云南师范大学，2015.

[37] 田文萍. 晚明士人旅游活动研究——以游记为例 [D]. 成都：四川师范大学，2011.

[38] 张艺. 明代旅游文化初探 [D]. 济南：山东师范大学，2013.

[39] 周海涛. 从“名士”到“遗民”——张岱生命中的“梦”与“悲” [D]. 长沙：中南大学，2007.

[40] 张屏. 情不知所起 一往而深——晚明文学家张岱论 [D]. 上海：华东师范大学，2006.

[41] 王涛楷. 西湖梦寻：17 世纪杭州士人的社会网络与文化生活 [D]. 天津：南开大学，2012.

[42] 刘洋. 张岱“两梦”的民俗书写研究 [D]. 武汉：中南民族大学，2015.

[43] 乔亚. 张岱论 [D]. 济南：山东师范大学，2008.

[44] 梁佶. 张岱文化小品研究——以《陶庵梦忆》与《两湖梦寻》为例 [D]. 扬州：扬州大学，2008.

[45] 贺文锋. 张岱“小品”研究 [D]. 武汉：华中师范大学，2017.

[46] 肖艳平. 张岱文学创作中的美学思想研究 [D]. 武汉：华中师范大学，2009.

[47] 周霄. 张岱新考 [D]. 杭州：浙江工业大学，2016.

[48] 吴琼. 明末清初的文学嬗变 [D]. 上海：上海师范大学，2012.

[49] 金晓琴. 张岱散文艺术研究 [D]. 合肥：安徽大学，2010.

[50] 李璐. 明季遗民的处世之道——张岱个案研究 [D]. 大连：辽宁师范大学，2015.

[51] 郭文仪. 明清之际遗民梦想花园的构建及意义 [D]. 北京：中国人民大学，2010.

期刊类

[1] 魏向东，李蓓. 晚明文人旅游行为特征之文献研究 [J]. 桂林旅游高等专科学校学报，2007 (6)：912－915.

[2] 顾勤. 张岱《西湖梦寻》的文化解读 [J]. 大理学院学报，2011 (7)：53－55.

[3] 张雪婷. 休闲旅游的人文关怀思想初探 [J]. 企业家天地，2008 (4)：242－243.

[4] 苏雅文. 浅析张岱小品文笔下的人物形象 [J]. 科教文汇，2018 (2)：175－177.

[5] 范圣圣. 浅析陶渊明田园诗中的休闲思想 [J]. 经济研究导刊，2018 (27)：168－169.

[6] 田欣欣，陈淑莹.《陶庵梦忆》小论 [J]. 佛山科学技术学院学报（社会科学版），2018 (4)：62－69.

[7] 李丹. 《陶庵梦忆》中的江南城市生活 [J]. 华中学术，2012 (2)：141：152.

[8] 王江丽. 闲适妙境说张岱——以《陶庵梦忆》为例 [J]. 大庆师范学院学报，2013 (5)：76－78.

[9] 张娜娜. 浅析张岱小品文中的“奇人”[J]. 海南广播电视大学学报，2014 (3)：11－14.

[10] 董莉莉.《陶庵梦忆》中的小人物形象探析 [J]. 名作欣赏：学术版（下旬），2016 (6)：80－82.

[11] 李青唐，吴超颖. 晚明时期的杭州影像——论《陶庵梦忆》中杭州文化的审美书写 [J]. 杭州学刊，2017 (2)：202－211.

[12] 本萑. 从《陶庵梦忆》看明代茶文化的美学意趣 [J]. 文化学刊，2017 (7)：78－80.

[13] 宋云鹤.《陶庵梦忆》中江南士人的饮食活动 [J]. 名作欣赏，2019 (32)：87－88.

[14] 艾岩. 软题材 硬文笔——读俞平伯的《西湖的六月十八夜》[J]. 名作欣赏，1986 (5)：62－65.

[15] 林中鹿. 细腻绵密 文思郁勃——《西湖的六月十八夜》品赏 [J]. 名作欣赏，1985 (2)：26－27.

[16] 周荷初. 张岱、王思任与俞平伯的散文创作 [J]. 江汉论坛，

2002 (4)：68－71.

[17] 高恒文. 晚明小品：周作人和俞平伯的“低徊趣味”[J]. 文学与文化，2011 (3)：71－72.

[18] 尹瑞. 杭州市休闲旅游发展策略研究 [J]. 江苏商论，2017 (11)：67－68.

[19] 秦松涛. 张岱《陶庵梦忆》中的茶人茶事 [J]. 名作欣赏，2019 (23)：25－27.

[20] 何心玥. 论张岱《陶庵梦忆》的歌妓书写 [J]. 汉字文化，2019 (19)：93－99.

[21] 范根生. 张岱修养工夫论 [J]. 燕山大学学报（哲学社会科学版），2019 (6)：65－70.

[22] 敬亚平. 因“着”而‘梦”：人生况味的诗化——卞之琳《断章》与张岱《西湖七月半》之比较 [J]. 重庆第二师范学院学报，2019 (6)：61－65.

[23] 贾珺.《陶庵梦忆》园林论述析读 [J]. 建筑史，2019 (2)：105－115.

[24] 王倩. 从《西湖七月半》看张岱的社会理想 [J]. 文学教育，2019 (12)：30－31.

[25] 程玉，杨勇，刘震，熊丹丹. 中国旅游业发展回顾与展望 [J]. 华东经济管理，20203)：1－9.

[26] 姚保兴. 探析旅游业与旅游文学的关系与发展 [J]. 度假旅游，2018 (11)：18＋28.

[27] 何洁. 旅游文学在旅游资源开发中的美学价值研究 [J]. 艺术文化交流，2019 (1)：237－238.

[28] 李腾威. 旅游文学及其在旅游发展中的应用 [J]. 营销界，2019 (8)：91－92.

［29］刘春明. 张岱审美情韵和文化心理探析［J］. 学术交流，2012（6）：165－169.

［30］李莉. 张岱绘画美学思想研究［J］. 衡水学院学报，2008（5）：81－84.

［31］张则桐. 试论张岱的园林美学思想［J］. 漳州师范学院学报（哲学社会科学版），2008（2）：87－91.

［32］刘春兴，刘凤伟. 张岱与休闲文化［J］. 浙江树人大学学报，2005（2）：99－100.

［33］楼莉萍. 张岱、李渔闲适观比较［J］. 漯河职业技术学院学报，2015（3）：57－59.

［34］李秋菊. 我国旅游文学折射的游赏思想［J］. 湖南社会科学，2012（5）：186－189.

［35］傅生生. 旅游文学创作与道家思想的关系研究［J］. 江西科技师范学院学报，2012（4）：107－112.

［36］伍孝琳. 旅游文学的思想价值探究［J］. 文学界，2010（7）：207－208

［37］饶艳. 中国古代旅游文学特征及当代价值探析［J］. 开封教育学院学报，2015（2）：238－239

［38］李静，张永梅. 论张岱小品文的思想内容［J］. 才智，2017（2）：214.

［39］范根生. 张岱心学的思想特质［J］. 理论界，2018（5）：14－20.

［40］张丽君. 旅游文学内涵新论［J］. 求索，2013（8）：143－145.

［41］林丽钦.《湖心亭看雪》三奇［J］. 语文建设，2014（10）：42－43.

［42］刘蕴娇. 论张岱《湖心亭看雪》的意蕴与内涵［J］. 焦作大学学报，2015（1）：55－57.

[43] 安宝江，王志强，何洁. 园里乾坤大——晚明文人张岱的园林生活 [J]. 装饰，2017 (3)：32—36.

[44] 金花. 从张岱游历管窥明代旅游文化 [J]. 文博考古，2014 (36)：173—174.

[45] 肖良. 《湖心亭看雪》主题破解 [J]. 语文教学之友，2019 (5)：15.

[46] 王保双. 梦境中生存——浅析张岱的《陶庵梦忆》和《西湖梦寻》[J]. 名作欣赏，2012 (6)：101—102.

[47] 项娟. 论张岱散文的审美特质——以《陶庵梦忆》《西湖梦寻》为例 [J]. 科技视界，2018 (23)：224—226.

[48] 陈质晶. 从《西湖梦寻》看张岱西湖情结的旨趣和价值 [J]. 长江大学学报（社会科学版），2018 (6)：62—64.

[49] 屈水源. 论《西湖梦寻》的文本特点及价值——以与《西湖游览志》的互文性关系为中心 [J]. 安徽农业大学学报（社会科学版），2018 (5)：84—88.

[50] 杨思炯.《西湖梦寻》：一部被“遗忘”的方志 [J]. 浙江大学学报（人文社会科学版），2018 (3)：132.

[51] 房福建. 淡雅·脱俗·决绝·凄楚——《湖心亭看雪》的审美意境 [J]. 语文建设，2015 (6)：52—55.

[52] 王倩.《西湖梦寻》的历史地理价值探析 [J]. 学术探微，2017 (10)：35—37.

[53] 杜萍，王素君. 张岱休闲旅游文学作品研究 [J]. 开封教育学院学报，2018 (8)：44—46.

[54] 王彦永. 张岱小品文的艺术特色及其文化成因 [J]. 新乡师范高等专科学校学报，2006 (3)：114—116.

［55］彭知辉. 融俗于雅：张岱小品文审美特征浅析［J］. 阜阳师范学院学报（社会科学版），2011（5）：49－51.

［56］张则桥. 化峭僻之途为康庄——张岱小品文的描写艺术［J］. 写作，2012（Z1）：26－28.

［57］陈佳佳. 以《陶庵梦忆》为例看张岱散文的艺术趣味［J］. 大理学院学报，2012（11）：52－55.

［58］江舒琳. 从《陶庵梦忆》探究张岱小品文的艺术特色［J］. 语文学刊，2015（3）：68－69.

［59］朱义禄. 论王阳明自得精神及其对后世的影响［J］. 宁波大学学报（人文科学版），2018（5）：1－9.

［60］佘德余. 张岱与阳明心学［J］. 绍兴文理学院学报，2017（2）：38－43.

［61］李孟娜. 旅游与旅游文学的关系思考［J］. 黑龙江教育·理论与实践，2017（6）：18－19.

［62］刘立娅. 张岱小品文的语言艺术［J］. 六盘水师范学院学报，2016（5）：15－20.

［63］敖红艳，张久和. 晚明文人士大夫崇尚什么样的出游活动［J］. 读史札记，2017（7）：143－144.

［64］张则桐. "冰雪之气"：张岱散文艺术精神论［J］. 浙江社会科学，2003（3）：172－175.